Антон Павлович Чехов

РАССКАЗЫ. ЮМОРЕСКИ

А. П. Чехов

Рассказы
Юморески

А. П. Чехов
Рассказы. Юморески

ISBN 978-1-910880-53-1
Издательство The Planet, 2017
© Мари-Мишель Джой, 2017: дизайн обложки
www.the-planet-books.com

Суд

Изба Кузьмы Егорова, лавочника. Душно, жарко. Проклятые комары и мухи толпятся около глаз и ушей, надоедают... Облака табачного дыму, но пахнет не табаком, а соленой рыбой. В воздухе, на лицах, в пении комаров тоска.

Большой стол; на нем блюдечко с ореховой скорлупой, ножницы, баночка с зеленой мазью, картузы, пустые штофы. За столом восседают: сам Кузьма Егоров, староста, фельдшер Иванов, дьячок Феофан Манафуилов, бас Михайло, кум Парфентий Иваныч и, приехавший из города в гости к тетке Анисье, жандарм Фортунатов. В почтительном отдалении от стола стоит сын Кузьмы Егорова, Серапион, служащий в городе в парикмахерской и теперь приехавший к отцу на праздники. Он чувствует себя очень неловко и дрожащей рукой теребит свои усики. Избу Кузьмы Егорова временно нанимают для медицинского «пункта», и теперь в передней ожидают расслабленные. Сейчас только привезли откуда-то бабу с поломанным ребром... Она лежит, стонет и ждет, когда, наконец, фельдшер обратит на нее свое благосклонное внимание. Под окнами толпится народ, пришедший посмотреть, как Кузьма Егоров своего сына пороть будет.

— Вы всё говорите, что я вру, — говорит Серапион, — а потому я с вами говорить долго не намерен. Словами, папаша, в девятнадцатом столетии ничего не возьмешь, потому что теория, как вам самим небезызвестно, без практики существовать не может.

— Молчи! — говорит строго Кузьма Егоров. — Материй ты не разводи, а говори нам толком: куда деньги мои девал?

— Деньги? Гм... Вы настолько умный человек, что сами должны понимать, что я ваших денег не трогал. Бумажки свои вы не для меня копите... Грешить нечего...

— Вы, Серапион Косьмич, будьте откровенны, — говорит дьячок. — Ведь мы вас для чего это спрашиваем? Мы вас убедить желаем, на путь наставить благой... Папашенька ваш ничего вам, окроме пользы вашей... И нас вот попросил... Вы откровенно... Кто не грешен? Вы взяли у вашего папаши двадцать пять рублей, что у них в комоде лежали, или не вы?

Серапион сплевывает в сторону и молчит.

— Говори же! — кричит Кузьма Егоров и стучит кулаком о стол. — Говори: ты или не ты?

— Как вам угодно-с... Пускай...

— Пущай, — поправляет жандарм.

— Пущай это я взял... Пущай! Только напрасно вы, папаша, на меня кричите. Стучать тоже не для чего. Как ни стучите, а стола сквозь землю не провалите. Денег ваших я никогда у вас не брал, а ежели брал когда-нибудь, то по надобности... Я живой человек, одушевленное имя существительное, и мне деньги нужны. Не камень!..

— Поди да заработай, коли деньги нужны, а меня обирать нечего. Ты у меня не один, у меня вас семь человек!

— Это я и без вашего наставления понимаю, только по слабости здоровья, как вам самим это известно, заработать, следовательно, не могу. А что вы меня сейчас куском хлеба попрекнули, так за это самое вы перед господом богом отвечать станете...

— Здоровьем слаб!.. Дело у тебя небольшое, знай себе стриги да стриги, а ты и от этого дела бегаешь.

— Какое у меня дело? Разве это дело? Это не дело, а одно только поползновение. И образование мое не такое, чтоб я этим делом мог существовать.

— Неправильно вы рассуждаете, Серапион Косьмич, — говорит дьячок. — Ваше дело почтенное, умственное, потому вы служите в губернском городе, стрижете и бреете людей умственных, благородных. Даже генералы, и те не чуждаются вашего ремесла.

— Про генералов, ежели угодно, я и сам могу вам объяснить.

Фельдшер Иванов слегка выпивши.

— По нашему медицинскому рассуждению, — говорит он, — ты скипидар и больше ничего.

— Мы вашу медицину понимаем... Кто, позвольте вас спросить, в прошлом годе пьяного плотника, вместо мертвого тела, чуть не вскрыл? Не проснись он, так вы бы ему живот распороли. А кто касторку вместе с конопляным маслом мешает?

— В медицине без этого нельзя.

— А кто Маланью на тот свет отправил? Вы дали ей слабительного, потом крепительного, а потом опять слабительного, она и не выдержала. Вам не людей лечить, а, извините, собак.

— Маланье царство небесное, — говорит Кузьма Егоров. — Ей царство небесное. Не она деньги взяла, не про нее и разговор... А вот ты скажи... Алене отнес?

— Гм... Алене!.. Постыдились бы хоть при духовенстве и при господине жандарме.

— А вот ты говори: ты взял деньги или не ты?

Староста вылезает из-за стола, зажигает о колено спичку и почтительно подносит ее к трубке жандарма.

— Ффф... — сердится жандарм. — Серы полный нос напустил!

Закурив трубку, жандарм встает из-за стола, подходит к Серапиону и, глядя на него со злобой и в упор, кричит пронзительным голосом:

— Ты кто таков? Ты что же это? Почему так? А? Что же это значит? Почему не отвечаешь? Неповиновение? Чужие деньги брать? Молчать! Отвечай! Говори! Отвечай!

— Ежели...

— Молчать!

— Ежели... Вы потише-с! Ежели... Не боюсь! Много вы об себе понимаете! А вы — дурак, и больше ничего! Ежели папаше хочется меня на растерзание отдать, то я готов... Терзайте! Бейте!

— Молчать! Не ра-а-азговаривать! Знаю твои мысли! Ты вор? Кто таков? Молчать! Перед кем стоишь? Не рассуждать!

— Наказать-с необходимо, — говорит дьячок и вздыхает. — Ежели они не желают облегчить вину свою сознанием, то необходимо, Кузьма Егорыч, посечь. Так я полагаю: необходимо!

— Влепить! — говорит бас Михайло таким низким голосом, что все пугаются.

— В последний раз: ты или нет? — спрашивает Кузьма Егоров.

— Как вам угодно-с... Пущай... Терзайте! Я готов...

— Выпороть! — решает Кузьма Егоров и, побагровев, вылезает из-за стола.

Публика нависает на окна. Расслабленные толпятся у дверей и поднимают головы. Даже баба с переломленным ребром, и та поднимает голову...

— Ложись! — говорит Кузьма Егоров.

Серапион сбрасывает с себя пиджачок, крестится и со смирением ложится на скамью.

— Терзайте, — говорит он.

Кузьма Егоров снимает ремень, некоторое время глядит на публику, как бы выжидая, не поможет ли кто, потом начинает...

— Раз! Два! Три! — считает Михайло низким басом. — Восемь! Девять!

Дьячок стоит в уголку и, опустив глазки, перелистывает книжку...

— Двадцать! Двадцать один!

— Довольно! — говорит Кузьма Егоров.

— Еще-с!.. — шепчет жандарм Фортунатов. — Еще! Еще! Так его!

— Я полагаю: необходимо еще немного! — говорит дьячок, отрываясь от книжки.

— И хоть бы пискнул! — удивляется публика.

Больные расступаются, и в комнату, треща накрахмаленными юбками, входит жена Кузьмы Егорова.

— Кузьма! — обращается она к мужу. — Что это у тебя за деньги я нашла в кармане? Это не те, что ты давеча искал?

— Оне самые и есть... Вставай, Серапион! Нашлись деньги! Я положил их вчерась в карман и забыл...

— Еще-с! — бормочет Фортунатов. — Влепить! Так его!

— Нашлись деньги! Вставай!

Серапион поднимается, надевает пиджачок и садится за стол. Продолжительное молчание. Дьячок конфузится и сморкается в платочек.

— Ты извини, — бормочет Кузьма Егоров, обращаясь к сыну. — Ты не того... Чёрт же его знал, что они найдутся! Извини...

— Ничего-с. Нам не впервой-с... Не беспокойтесь. Я на всякие мучения всегда готов.

— Ты выпей... Перегорит...

Серапион выпивает, поднимает вверх свой синий носик и богатырем выходит из избы. А жандарм Фортунатов долго потом ходит по двору, красный, выпуча глаза, и говорит:

— Еще! Еще! Так его!

ЗАБЫЛ!!

Когда-то ловкий поручик, танцор и волокита, а ныне толстенький, коротенький и уже дважды разбитый параличом помещик, Иван Прохорыч Гауптвахтов, утомленный и замученный жениными покупками, зашел в большой музыкальный магазин купить нот.

— Здравствуйте-с!.. — сказал он, входя в магазин. — Позвольте мне-с...

Маленький немец, стоявший за стойкой, вытянул ему навстречу свою шею и состроил на лице улыбающийся вопросительный знак.

— Что прикажете-с?

— Позвольте мне-с... Жарко! Климат такой, что ничего не поделаешь! Позвольте мне-с... Мммм... мне-е... Мм... Позвольте... Забыл!!

— Припомните-с!

Гауптвахтов положил верхнюю губу на нижнюю, сморщил в три погибели свой маленький лоб, поднял вверх глаза и задумался.

— Забыл!! Экая, прости господи, память демонская! Да вот... вот... Позвольте-с... Мм... Забыл!!

— Припомните-с...

— Говорил ей: запиши! Так нет... Почему она не записала? Не могу же я всё помнить... Да, может быть, вы сами знаете? Пьеса заграничная, громко так играется... А?

— У нас так много, знаете ли, что...

— Ну да... Понятно! Мм... Мм... Дайте припомнить... Ну, как же быть? А без пьесы и ехать нельзя — загрызет Надя, дочь то есть; играет ее без нот, знаете ли, неловко... не то выходит! Были у ней ноты, да я, признаться, нечаянно керосином их облил и, чтоб крику не было, за комод бросил... Не люблю бабьего крику! Велела купить... Ну да... Ффф... Какой кот важный! — И Гауптвахтов погладил большого серого кота, валявшегося на стойке... Кот замурлыкал и аппетитно потянулся.

— Славный... Сибирский, знать, подлец!.. Породистый, шельма... Это кот или кошка?

— Кот.

— Ну чего глядишь? Рожа! Дурак! Тигра! Мышей ловишь? Мяу, мяу? Экая память анафемская!.. Жирный, шельмец! Котеночка у вас от него нельзя достать?

— Нет... Гм...

— А то бы я взял... Жена страсть как любит ихнего брата — котов!.. Как же быть теперь? Всю дорогу помнил, а теперь забыл... Потерял память, шабаш! Стар стал, прошло мое время... Помирать пора... Громко так играется, с фокусами, торжественно... Позвольте-с... Кгм... Спою, может быть...

— Спойте... oder...[1] oder... или посвистайте!..

— Свистеть в комнате грех... Вон у нас Седельников свистел, свистел да и просвистелся... Вы немец или француз?

— Немец.

— То-то я по облику замечаю... Хорошо, что не француз... Не люблю французов... Хрю, хрю, хрю... свинство! Во время войны мышей ели... Свистел в своей лавке от утра до вечера и просвистел всю свою бакалию в трубу! Весь в долгах теперь... И мне двести рублей должен... Я иногда певал себе под нос... Гм... Позвольте-с... Я спою... Стойте. Сейчас... Кгм... Кашель... В горле свербит...

Гауптвахтов, щелкнув три раза пальцами, закрыл глаза и запел фистулой:

— То-то-ти-то-том... Хо-хо-хо... У меня тенор... Дома я больше всё дишкантом... Позвольте-с... Три-ра-ра... Кгррм... В зубах что-то застряло... Тьфу! Семечко... О-то-о-о-уу... Кгррм... Простудился, должно быть... Пива холодного выпил в биргалке... Тру-

---

[1] или *(нем.)*.

ру-ру... Всё этак вверх... а потом, знаете ли, вниз, вниз... Заходит этак бочком, а потом берется верхняя нота, такая рассыпчатая... то-то-ти... рууу. Понимаете? А тут в это время басы берут: гу-гу-гу-туту... Понимаете?

— Не понимаю...

Кот посмотрел с удивлением на Гауптвахтова, засмеялся, должно быть, и лениво соскочил со стойки.

— Не понимаете? Жаль... Впрочем, я не так пою... Забыл совсем, экая досада!

— Вы сыграйте на рояли... Вы играете?

— Нет, не играю... Играл когда-то на скрипке, на одной струне, да и то так... сдуру... Меня не учили... Брат мой Назар играет... Того учили... Француз Рокат, может быть, знаете, Венедикт Францыч учил... Такой потешный французишка... Мы его Буонапартом дразнили... Сердился... «Я, говорит, не Буонапарт... Я республик Франце»... И рожа у него, по правде сказать, была республиканская... Совсем собачья рожа... Меня покойный мой родитель ничему не учил... Деда, говаривал, твоего Иваном звали, и ты Иван, а потому ты должен быть подобен деду своему во всех своих поступках: на военную, прохвост! Пороху!! Нежностей, брат... брат... Я, брат... Я, брат, нежностей тебе не дозволяю! Дед, в некотором роде, кониной питался, и ты оной питайся! Седло под головы себе клади вместо подушки!.. Будет мне теперь дома! Заедят! Без нот и приезжать не велено... Прощайте-с, в таком случае! Извините за беспокойство!.. Сколько эта рояля стоит?

— Восемьсот рублей!

— Фу-фу-фу... Батюшки! Это называется: купи себе роялю и без штанов ходи! Хо-хо-хо! Восемьсот руб... лей!!! Губа не дура! Прощайте-с! Шпрехензи! Гебензи...[1] Обедал я, знаете ли, однажды у одного немца... После обеда спрашиваю я у одного господина, тоже немчуры, как сказать по-немецки: «Покорнейше вас благодарю за хлеб, за соль»? А он мне и говорит... и говорит... Позвольте-с... И говорит: «Их либе дих фон ганцен герцен!» А это что значит?

— Я... я люблю тебя, — перевел немец, стоявший за стойкой, — от всей сердцы!

— Ну вот! Я подошел к хозяйской дочке, да так прямо и сказал... С ней конфуз... Чуть до истерики дело не дошло... Комиссия! Прощайте-с! За дурной головой и ногам больно... Так и мне... С дурацкой памятью беда: раз двадцать сходишь! Будьте здоровы-с!

---

[1] Говорите! Дайте... (*нем.* sprechen Sie, geben Sie).

Гауптвахтов отворил осторожно дверь, вышел на улицу и, прошедши пять шагов, надел шляпу.

Он ругнул свою память и задумался...

Задумался он о том, как приедет он домой, как выскочат к нему навстречу жена, дочь, детишки... Жена осмотрит покупки, ругнет его, назовет каким-нибудь животным, ослом или быком... Детишки набросятся на сладости и начнут с остервенением портить свои уже попорченные желудки... Выйдет навстречу Надя в голубом платье с розовым галстухом и спросит: «Купил ноты?» Услышавши «нет», она ругнет своего старого отца, запрется в свою комнатку, разревется и не выйдет обедать... Потом выйдет из своей комнаты и, заплаканная, убитая горем, сядет за рояль... Сыграет сначала что-нибудь жалостное, пропоет что-нибудь, глотая слезы... Под вечер Надя станет веселей, и наконец, глубоко и в последний раз вздохнувши, она сыграет это любимое: то-то-ти-то-то...

Гауптвахтов треснул себя по лбу и, как сумасшедший, побежал обратно к магазину.

— То-то-ти-то-то, огого! — заголосил он, вбежав в магазин. — Вспомнил!! Вот самое! То-то-ти-то-то!

— Ах... Ну, теперь понятно. Это рапсодия Листа, номер второй... Hongroise...[1]

— Да, да, да... Лист, Лист! Побей меня бог, Лист! Номер второй! Да, да, да... Голубчик! Оно самое и есть! Родненький!

— Да, Листа трудно спеть... Вам какую же, original[2] или facilité[3]?

— Какую-нибудь! Лишь бы номер второй, Лист! Бедовый этот Лист! То-то-ти-то... Ха-ха-ха! Насилу вспомнил! Точно так!

Немец достал с полки тетрадку, завернул ее с массой каталогов и объявлений и подал сверток просиявшему Гауптвахтову. Гауптвахтов заплатил восемьдесят пять копеек и вышел, посвистывая.

Мошенники поневоле
Новогодняя побрехушка

У Захара Кузьмича Дядечкина вечер. Встречают Новый год и поздравляют с днем ангела хозяйку Меланью Тихоновну.

Гостей много. Народ всё почтенный, солидный, трезвый и положительный. Прохвоста ни одного. На лицах умиление, приятность и чувство собственного достоинства. В зале на большом

---

[1] Венгерская... *(франц.)*.
[2] оригинальную *(франц.)*.
[3] облегченную? *(франц.)*.

клеенчатом диване сидят квартирный хозяин Гусев и лавочник Размахалов, у которого Дядечкины забирают по книжке. Толкуют они о женихах и дочерях.

— Нонче трудно найти человека, — говорит Гусев. — Который непьющий и обстоятельный... человек, который работающий... Трудно!

— Главное в доме — порядок, Алексей Василич! Этого не будет, когда в доме не будет того... который... в доме порядок...

— Порядка коли нет в доме, тогда... всё этак... Глупостев много развелось на этом свете... Где быть тут порядку? Гм...

Около них на стульях сидят три старушки и с умилением глядят на их рты. В глазах у них написано удивление «уму-разуму». В углу стоит кум Гурий Маркович и рассматривает образа. В хозяйской спальной шум. Там барышни и кавалеры играют в лото. Ставка — копейка. Около стола стоит гимназист первого класса Коля и плачет. Ему хочется поиграть в лото, а его не пускают за стол. Разве он виноват, что он маленький и что у него нет копейки?

— Не реви, дурак! — увещевают его. — Ну, чего ревешь? Хочешь, чтоб мамаша высекла?

— Это кто ревет? Колька? — слышится из кухни голос маменьки. — Мало я его порола, пострела... Варвара Гурьевна, дерните его за ухо!

На хозяйской постели, покрытой полинялым ситцевым одеялом, сидят две барышни в розовых платьях. Перед ними стоит малый лет двадцати трех, служащий в страховом обществе, Копайский, en face очень похожий на кота. Он ухаживает.

— Я не намерен жениться, — говорит он, рисуясь и оттягивая пальцами от шеи высокие, режущие воротнички. — Женщина есть лучезарная точка в уме человеческом, но она может погубить человека. Злостное существо!

— А мужчины? Мужчина не может любить. Грубости всякие делает.

— Как вы наивны! Я не циник и не скептик, а всё-таки понимаю, что мужчина завсегда будет стоять на высшей точке относительно чувств.

Из угла в угол, как волки в клетке, снуют сам Дядечкин и его первенец Гриша. У них души горят. За обедом они сильно выпили и теперь страстно желают опохмелиться... Дядечкин идет в кухню. Там хозяйка посыпает пирог толченым сахаром.

— Малаша, — говорит Дядечкин. — Закуску бы подать. Гостям закусить бы...

— Подождут... Сейчас выпьете и съедите всё, а что я подам в двенадцать часов? Не помрете. Уходи... Не вертись перед носом!

— По рюмочке бы только, Малаша... Никакого тебе от этого дефицита не будет... Можно?

— Наказание! Уйди, тебе говорят! Ступай с гостями посиди! Чего в кухне толчешься?

Дядечкин глубоко вздыхает и выходит из кухни. Он идет поглядеть на часы. Стрелки показывают восемь минут двенадцатого. До желанного мига остается еще пятьдесят две минуты. Это ужасно! Ожидание выпивки самое тяжелое из ожиданий. Лучше пять часов прождать на морозе поезд, чем пять минут ожидать выпивки... Дядечкин с ненавистью глядит на часы и, походив немного, подвигает большую стрелку дальше на пять минут... А Гриша? Если Грише не дадут сейчас выпить, то он уйдет в трактир и там выпьет. Умирать от тоски он не согласен...

— Маменька, — говорит он, — гости сердятся, что вы закуски не подаете! Свинство одно только... Голодом морить!.. Дали бы по рюмке!

— Подождите... Мало осталось... Скоро уж... Не толчись в кухне.

Гриша хлопает дверью и идет в сотый раз поглядеть на часы. Большая стрелка безжалостна! Она почти на прежнем месте.

— Отстают! — утешает себя Гриша и указательным пальцем подвигает стрелку вперед на семь минут.

Мимо часов бежит Коля. Он останавливается перед ними и начинает считать время... Ему ужасно хочется поскорей дожить до того момента, когда крикнут «ура!». Стрелка своею неподвижностью колет его в самое сердце. Он взбирается на стул, робко оглядывается и похищает у вечности пять минут.

— Подите, поглядите, келер этиль[1]? — посылает одна из барышень Копайского. — Я умираю от нетерпения. Новый год ведь! Новое счастье!

Копайский шаркает обеими ногами и мчится к часам.

— Чёрт подери, — бормочет он, глядя на стрелки. — Как еще долго! А жрать страсть как хочется... Катьку беспременно поцелую, когда ура крикнут.

Копайский отходит от часов, останавливается... Подумав немного, он ворочается и укорачивает старый год на шесть минут. Дядечкин выпивает два стакана воды, но... горит душа! Он ходит, ходит, ходит... Жена то и дело гонит его из кухни. Бутылки, стоящие на окне, рвут его за душу. Что делать! Нет сил терпеть! Он опять хватается за последнее средство. Часы к его услугам. Он идет в детскую, где висят часы, и наталкивается на картину, не-

---

[1] который час? (*франц.* quelle heure est-il).

приятную его родительскому сердцу: перед часами стоит Гриша и двигает стрелку.

— Ты... ты... ты что это делаешь? А? Зачем ты стрелку подвинул? Дурак ты этакий! А? Зачем это? А?

Дядечкин кашляет, мнется, страшно морщится и машет рукой.

— Зачем? А-а-а... Да двигай же ее, штоб она сдохла, подлая! — говорит он и, оттолкнув сына от часов, подвигает стрелку.

До Нового года остается одиннадцать минут. Папаша и Гриша идут в зал и начинают приготовлять стол.

— Малаша! — кричит Дядечкин. — Сичас Новый год!

Меланья Тихоновна выбегает из кухни и идет проверить супруга... Она долго глядит на часы: муж не врет.

— Ну как тут быть? — шепчет она. — А ведь у меня еще горошек для ветчины не сварился! Гм. Наказание. Как я им подам?

И, подумав немного, Меланья Тихоновна дрожащей рукой двигает большую стрелку назад. Старый год обратно получает двадцать минут.

— Подождут! — говорит хозяйка и бежит в кухню.

В ЦИРУЛЬНЕ

Утро. Еще нет и семи часов, а цирульня Макара Кузьмича Блесткина уже отперта. Хозяин, малый лет двадцати трех, неумытый, засаленный, но франтовато одетый, занят уборкой. Убирать, в сущности, нечего, но он вспотел, работая. Там тряпочкой вытрет, там пальцем сколупнет, там клопа найдет и смахнет его со стены.

Цирульня маленькая, узенькая, поганенькая. Бревенчатые стены оклеены обоями, напоминающими полинялую ямщицкую рубаху. Между двумя тусклыми, слезоточивыми окнами — тонкая, скрипучая, тщедушная дверца, над нею позеленевший от сырости колокольчик, который вздрагивает и болезненно звенит сам, без всякой причины. А поглядите вы в зеркало, которое висит на одной из стен, и вашу физиономию перекосит во все стороны самым безжалостным образом! Перед этим зеркалом стригут и бреют. На столике, таком же неумытом и засаленном, как сам Макар Кузьмич, всё есть: гребенки, ножницы, бритвы, фиксатуара на копейку, пудры на копейку, сильно разведенного одеколону на копейку. Да и вся цирульня не стоит больше пятиалтынного.

Над дверью раздается взвизгиванье больного колокольчика, и в цирульню входит пожилой мужчина в дубленом полушубке и валенках. Его голова и шея окутаны женской шалью.

Это Эраст Иваныч Ягодов, крестный отец Макара Кузьмича. Когда-то он служил в консистории в сторожах, теперь же живет около Красного пруда и занимается слесарством.

— Макарушка, здравствуй, свет! — говорит он Макару Кузьмичу, увлекшемуся уборкой.

Целуются. Ягодов стаскивает с головы шаль, крестится и садится.

— Даль-то какая! — говорит он, кряхтя. — Шутка ли? От Красного пруда до Калужских ворот.

— Как поживаете-с?

— Плохо, брат. Горячка была.

— Что вы? Горячка!

— Горячка. Месяц лежал, думал, что помру. Соборовался. Теперь волос лезет. Доктор постричься приказал. Волос, говорит, новый пойдет, крепкий. Вот я и думаю в уме: пойду-ка к Макару. Чем к кому другому, так лучше уж к родному. И сделает лучше, и денег не возьмет. Далеконько немножко, оно правда, да ведь это что ж? Та же прогулка.

— Я с удовольствием. Пожалуйте-с!

Макар Кузьмич, шаркнув ногой, указывает на стул. Ягодов садится и глядит на себя в зеркало, и видимо доволен зрелищем: в зеркале получается кривая рожа с калмыцкими губами, тупым, широким носом и с глазами на лбу. Макар Кузьмич покрывает плечи своего клиента белой простыней с желтыми пятнами и начинает визжать ножницами.

— Я вас начисто, догола! — говорит он.

— Натурально. На татарина чтоб похож был, на бомбу. Волос гуще пойдет.

— Тетенька как поживают-с?

— Ничего, живет себе. Намедни к майорше принимать ходила. Рубль дали.

— Так-с. Рубль. Придержите ухо-с!

— Держу... Не обрежь, смотри. Ой, больно! Ты меня за волосья дергаешь.

— Это ничего-с. Без этого в нашем деле невозможно. А как поживают Анна Эрастовна?

— Дочка? Ничего, прыгает. На прошлой неделе, в среду, за Шейкина просватали. Отчего не приходил?

Ножницы перестают визжать. Макар Кузьмич опускает руки и спрашивает испуганно:

— Кого просватали?

— Анну.

— Это как же-с? За кого?

— За Шейкина, Прокофия Петрова. В Златоустенском переулке его тетка в экономках. Хорошая женщина. Натурально, все мы рады, слава богу. Через неделю свадьба. Приходи, погуляем.

— Да как же это так, Эраст Иваныч? — говорит Макар Кузьмич, бледный, удивленный, и пожимает плечами. — Как же это возможно? Это... это никак невозможно! Ведь Анна Эрастовна... ведь я... ведь я чувства к ней питал, я намерение имел. Как же так?

— Да так. Взяли и просватали. Человек хороший.

На лице у Макара Кузьмича выступает холодный пот. Он кладет на стол ножницы и начинает тереть себе кулаком нос.

— Я намерение имел... — говорит он. — Это невозможно, Эраст Иваныч! Я... я влюблен и предложение сердца делал... И тетенька обещали. Я всегда уважал вас, всё равно как родителя... стригу вас всегда задаром... Всегда вы от меня одолжение имели, и, когда мой папаша скончался, вы взяли диван и десять рублей денег и назад мне не вернули. Помните?

— Как не помнить! Помню. Только какой же ты жених, Макар? Нешто ты жених? Ни денег, ни звания, ремесло пустяшное...

— А Шейкин богатый?

— Шейкин в артельщиках. У него в залоге лежит полторы тысячи. Так-то, брат... Толкуй не толкуй, а дело уж сделано. Назад не воротишь, Макарушка. Другую себе ищи невесту... Свет не клином сошелся. Ну, стриги! Что же стоишь?

Макар Кузьмич молчит и стоит недвижим, потом достает из кармана платочек и начинает плакать.

— Ну, чего! — утешает его Эраст Иваныч. — Брось! Эка, ревет, словно баба! Ты оканчивай мою голову, да тогда и плачь. Бери ножницы!

Макар Кузьмич берет ножницы, минуту глядит на них бессмысленно и роняет на стол. Руки у него трясутся.

— Не могу! — говорит он. — Не могу сейчас, силы моей нет! Несчастный я человек! И она несчастная! Любили мы друг друга, обещались, и разлучили нас люди недобрые без всякой жалости. Уходите, Эраст Иваныч! Не могу я вас видеть.

— Так я завтра приду, Макарушка. Завтра дострижешь.

— Ладно.

— Поуспокойся, а я к тебе завтра, пораньше утром.

У Эраста Иваныча половина головы выстрижена догола, и он похож на каторжника. Неловко оставаться с такой головой, но делать нечего. Он окутывает голову и шею шалью и выходит из цирульни. Оставшись один, Макар Кузьмич садится и продолжает плакать потихоньку.

На другой день рано утром опять приходит Эраст Иваныч.

— Вам что угодно-с? — спрашивает его холодно Макар Кузьмич.

— Достриги, Макарушка. Полголовы еще осталось.

— Пожалуйте деньги вперед. Задаром не стригу-с.

Эраст Иваныч, не говоря ни слова, уходит, и до сих пор еще у него на одной половине головы волосы длинные, а на другой — короткие. Стрижку за деньги он считает роскошью и ждет, когда на остриженной половине волосы сами вырастут. Так и на свадьбе гулял.

ЖЕНЩИНА БЕЗ ПРЕДРАССУДКОВ
Роман

Максим Кузьмич Салютов высок, широкоплеч, осанист. Телосложение его смело можно назвать атлетическим. Сила его чрезвычайна. Он гнет двугривенные, вырывает с корнем молодые деревца, поднимает зубами гири и клянется, что нет на земле человека, который осмелился бы побороться с ним. Он храбр и смел. Не видели, чтобы он когда-нибудь чего-нибудь боялся. Напротив, его самого боятся и бледнеют перед ним, когда он бывает сердит. Мужчины и женщины визжат и краснеют, когда он пожимает их руки: больно! Его прекрасный баритон невозможно слушать, потому что он заглушает... Сила-человек! Другого подобного я не знаю.

И эта чудовищная, нечеловеческая, воловья сила походила на ничто, на раздавленную крысу, когда Максим Кузьмич объяснялся в любви Елене Гавриловне! Максим Кузьмич бледнел, краснел, дрожал и не был в состоянии поднять стула, когда ему приходилось выжимать из своего большого рта: «Я вас люблю!» Сила стушевывалась, и большое тело обращалось в большой пустопорожний сосуд.

Он объяснялся в любви на катке. Она порхала по льду с легкостью перышка, а он, гоняясь за ней, дрожал, млел и шептал. На лице его были написаны страдания... Ловкие, поворотливые ноги подгибались и путались, когда приходилось вырезывать на льду какой-нибудь прихотливый вензель... Вы думаете, он боялся отказа? Нет, Елена Гавриловна любила его и жаждала предложения руки и сердца... Она, маленькая, хорошенькая брюнеточка, готова была каждую минуту сгореть от нетерпения... Ему уже тридцать, чин его невелик, денег у него не особенно много, но зато он так красив, остроумен, ловок! Он отлично пляшет, прекрасно стреляет... Лучше его никто не ездит верхом. Раз он, гуляя с нею, перепрыгнул через такую канаву, перепрыгнуть через которую затруднился бы любой английский скакун!..

Нельзя не любить такого человека!

И он сам знал, что его любят. Он был уверен в этом. Страдал же он от одной мысли... Эта мысль душила его мозг, заставляла его бесноваться, плакать, не давала ему пить, есть, спать... Она отравляла его жизнь. Он клялся в любви, а она в это время копошилась в его мозгу и стучала в его виски.

— Будьте моей женой! — говорил он Елене Гавриловне. — Я вас люблю! бешено, страшно!

И сам в то же время думал:

«Имею ли я право быть ее мужем? Нет, не имею! Если бы она знала, какого я происхождения, если бы кто-нибудь рассказал ей мое прошлое, она дала бы мне пощечину! Позорное, несчастное прошлое! Она, знатная, богатая, образованная, плюнула бы на меня, если бы знала, что я за птица!»

Когда Елена Гавриловна бросилась ему на шею и поклялась ему в любви, он не чувствовал себя счастливым.

Мысль отравила всё... Возвращаясь с катка домой, он кусал себе губы и думал:

«Подлец я! Если бы я был честным человеком, я рассказал бы ей всё... всё! Я должен был, прежде чем объясняться в любви, посвятить ее в свою тайну! Но я этого не сделал, и я, значит, негодяй, подлец!»

Родители Елены Гавриловны согласились на брак ее с Максимом Кузьмичом. Атлет нравился им: он был почтителен и как чиновник подавал большие надежды. Елена Гавриловна чувствовала себя на эмпиреях. Она была счастлива. Зато бедный атлет был далеко не счастлив! До самой свадьбы его терзала та же мысль, что и во время объяснения...

Терзал его и один приятель, который, как свои пять пальцев, знал его прошлое... Приходилось отдавать приятелю почти всё свое жалованье.

— Угости обедом в Эрмитаже! — говорил приятель. — А то всем расскажу... Да двадцать пять рублей дай взаймы!

Бедный Максим Кузьмич похудел, осунулся... Щеки его впали, кулаки стали жилистыми. Он заболел от мысли. Если бы не любимая женщина, он застрелился бы...

«Я подлец, негодяй! — думал он. — Я должен объясниться с ней до свадьбы! Пусть плюнет на меня!»

Но до свадьбы он не объяснился: не хватило храбрости.

Да и мысль, что после объяснения ему придется расстаться с любимой женщиной, была для него ужаснее всех мыслей!..

Наступил свадебный вечер. Молодых повенчали, поздравили, и все удивлялись их счастью. Бедный Максим Кузьмич принимал поздравления, пил, плясал, смеялся, но был страшно несчастлив. «Я себя, скота, заставлю объясниться! Нас повенчали, но еще не поздно! Мы можем еще расстаться!»

И он объяснился...

Когда наступил вожделенный час и молодых проводили в спальню, совесть и честность взяли свое... Максим Кузьмич, бледный, дрожащий, не помнящий родства, еле дышащий, робко подошел к ней и, взяв ее за руку, сказал:

— Прежде чем мы будем принадлежать... друг другу, я должен... должен объясниться...

— Что с тобой, Макс?! Ты... бледен! Ты все эти дни бледен, молчалив... Ты болен?

— Я... должен тебе всё рассказать, Леля... Сядем... Я должен тебя поразить, отравить твое счастье... но что ж делать? Долг прежде всего... Я расскажу тебе свое прошлое...

Леля сделала большие глаза и ухмыльнулась...

— Ну, рассказывай... Только скорей, пожалуйста. И не дрожи так.

— Ро... родился я в Там... там... бове... Родители мои были не знатны и страшно бедны... Я тебе расскажу, что я за птица. Ты ужаснешься. Постой... Увидишь... Я был нищим... Будучи мальчиком, я продавал яблоки... груши...

— Ты?!

— Ты ужасаешься? Но, милая, это еще не так ужасно. О, я несчастный! Вы проклянете меня, если узнаете!

— Но что же?

— Двадцати лет... я был... был... простите меня! Не гоните меня! Я был... клоуном в цирке!

— Ты?!? Клоуном?

Салютов в ожидании пощечины закрыл руками свое бледное лицо... Он был близок к обмороку...

— Ты... клоуном?!

И Леля повалилась с кушетки... вскочила, забегала...

Что с ней? Ухватилась за живот... По спальной понесся и посыпался смех, похожий на истерический...

— Ха-ха-ха... Ты был клоуном? Ты? Максинька... Голубчик! Представь что-нибудь! Докажи, что ты был им! Ха-ха-ха! Голубчик!

Она подскочила к Салютову и обняла его...

— Представь что-нибудь! Милый! Голубчик!

— Ты смеешься, несчастная? Презираешь?

— Сделай что-нибудь! И на канате умеешь ходить? Да ну же!

Она осыпала лицо мужа поцелуями, прижалась к нему, залебезила... Не заметно было, чтобы она сердилась... Он, ничего не понимающий, счастливый, уступил просьбе жены.

Подойдя к кровати, он сосчитал три и стал вверх ногами, опираясь лбом о край кровати...

— Браво, Макс! Бис! Ха-ха! Голубчик! Еще!

Макс покачнулся, прыгнул, как был, на пол и заходил на руках...

Утром родители Лели были страшно удивлены.

— Кто это там стучит наверху? — спрашивали они друг друга. — Молодые еще спят... Должно быть, прислуга шалит... Возятся-то как! Экие мерзавцы!

Папаша пошел наверх, но прислуги не нашел там.

Шумели, к великому его удивлению, в комнате молодых... Он постоял около двери, пожал плечами и слегка приотворил ее... Заглянув в спальную, он съежился и чуть не умер от удивления: среди спальни стоял Максим Кузьмич и выделывал в воздухе отчаяннейшие salto mortale; возле него стояла Леля и аплодировала. Лица обоих светились счастьем.

Смерть чиновника

В один прекрасный вечер не менее прекрасный экзекутор, Иван Дмитрич Червяков, сидел во втором ряду кресел и глядел в бинокль на «Корневильские колокола»[1]. Он глядел и чувствовал себя на верху блаженства. Но вдруг... В рассказах часто встречается это «но вдруг». Авторы правы: жизнь так полна внезапностей! Но вдруг лицо его поморщилось, глаза подкатились, дыхание остановилось... он отвел от глаз бинокль, нагнулся и... апчхи!!! Чихнул, как видите. Чихать никому и нигде не возбраняется. Чихают и мужики, и полицеймейстеры, и иногда даже и тайные советники. Все чихают. Червяков нисколько не сконфузился, утеря платочком и, как вежливый человек, поглядел вокруг себя: не обеспокоил ли он кого-нибудь своим чиханьем? Но тут уж пришлось сконфузиться. Он увидел, что старичок, сидевший впереди него, в первом ряду кресел, старательно вытирал свою лысину и шею перчаткой и бормотал что-то. В старичке Червяков узнал статского генерала Бризжалова, служащего по ведомству путей сообщения.

«Я его обрызгал! — подумал Червяков. — Не мой начальник, чужой, но всё-таки неловко. Извиниться надо».

---
[1] Оперетта Р.-Ж.-Л. Планкетта.

Червяков кашлянул, подался туловищем вперед и зашептал генералу на ухо:

— Извините, ваше-ство, я вас обрызгал... я нечаянно...

— Ничего, ничего...

— Ради бога, извините. Я ведь... я не желал!

— Ах, сидите, пожалуйста! Дайте слушать!

Червяков сконфузился, глупо улыбнулся и начал глядеть на сцену. Глядел он, но уж блаженства больше не чувствовал. Его начало помучивать беспокойство. В антракте он подошел к Бризжалову, походил возле него и, поборовши робость, пробормотал:

— Я вас обрызгал, ваше-ство... Простите... Я ведь... не то чтобы...

— Ах, полноте... Я уж забыл, а вы всё о том же! — сказал генерал и нетерпеливо шевельнул нижней губой.

«Забыл, а у самого ехидство в глазах, — подумал Червяков, подозрительно поглядывая на генерала. — И говорить не хочет. Надо бы ему объяснить, что я вовсе не желал... что это закон природы, а то подумает, что я плюнуть хотел. Теперь не подумает, так после подумает!..»

Придя домой, Червяков рассказал жене о своем невежестве. Жена, как показалось ему, слишком легкомысленно отнеслась к происшедшему; она только испугалась, а потом, когда узнала, что Бризжалов «чужой», успокоилась.

— А всё-таки ты сходи, извинись, — сказала она. — Подумает, что ты себя в публике держать не умеешь!

— То-то вот и есть! Я извинялся, да он как-то странно... Ни одного слова путного не сказал. Да и некогда было разговаривать.

На другой день Червяков надел новый вицмундир, подстригся и пошел к Бризжалову объяснить... Войдя в приемную генерала, он увидел там много просителей, а между просителями и самого генерала, который уже начал прием прошений. Опросив несколько просителей, генерал поднял глаза и на Червякова.

— Вчера в «Аркадии»[1], ежели припомните, ваше-ство, — начал докладывать экзекутор, — я чихнул-с и... нечаянно обрызгал... Изв...

— Какие пустяки... Бог знает что! Вам что угодно? — обратился генерал к следующему просителю.

«Говорить не хочет! — подумал Червяков, бледнея. — Сердится, значит... Нет, этого нельзя так оставить... Я ему объясню...»

Когда генерал кончил беседу с последним просителем и направился во внутренние апартаменты, Червяков шагнул за ним и забормотал:

---

[1] Петербургский летний сад с театром, где давались комические представления.

— Ваше-ство! Ежели я осмеливаюсь беспокоить ваше-ство, то именно из чувства, могу сказать, раскаяния!.. Не нарочно, сами изволите знать-с!

Генерал состроил плаксивое лицо и махнул рукой.

— Да вы просто смеетесь, милостисдарь! — сказал он, скрываясь за дверью.

«Какие же тут насмешки? — подумал Червяков. — Вовсе тут нет никаких насмешек! Генерал, а не может понять! Когда так, не стану же я больше извиняться перед этим фанфароном! Чёрт с ним! Напишу ему письмо, а ходить не стану! Ей-богу, не стану!»

Так думал Червяков, идя домой. Письма генералу он не написал. Думал, думал, и никак не выдумал этого письма. Пришлось на другой день идти самому объяснять.

— Я вчера приходил беспокоить ваше-ство, — забормотал он, когда генерал поднял на него вопрошающие глаза, — не для того, чтобы смеяться, как вы изволили сказать. Я извинялся за то, что, чихая, брызнул-с..., а смеяться я и не думал. Смею ли я смеяться? Ежели мы будем смеяться, так никакого тогда, значит, и уважения к персонам... не будет...

— Пошел вон!!! — гаркнул вдруг посиневший и затрясшийся генерал.

— Что-с? — спросил шёпотом Червяков, млея от ужаса.

— Пошел вон!!! — повторил генерал, затопав ногами.

В животе у Червякова что-то оторвалось. Ничего не видя, ничего не слыша, он попятился к двери, вышел на улицу и поплелся... Придя машинально домой, не снимая вицмундира, он лег на диван и... помер.

Злой мальчик

Иван Иваныч Лапкин, молодой человек приятной наружности, и Анна Семеновна Замблицкая, молодая девушка со вздернутым носиком, спустились вниз по крутому берегу и уселись на скамеечке. Скамеечка стояла у самой воды, между густыми кустами молодого ивняка. Чудное местечко! Сели вы тут, и вы скрыты от мира — видят вас одни только рыбы да пауки-плауны, молнией бегающие по воде. Молодые люди были вооружены удочками, сачками, банками с червями и прочими рыболовными принадлежностями. Усевшись, они тотчас же принялись за рыбную ловлю.

— Я рад, что мы наконец одни, — начал Лапкин, оглядываясь. — Я должен сказать вам многое, Анна Семеновна... Очень многое... Когда я увидел вас в первый раз... У вас клюет... Я понял тогда, для чего я живу, понял, где мой кумир, которому я должен посвятить свою честную, трудовую жизнь... Это, должно быть, большая клюёт... Увидя вас, я полюбил впервые, полюбил страстно! Подождите дергать... пусть лучше клюнет... Скажите мне, моя дорогая, заклинаю вас, могу ли я рассчитывать — не на взаимность, нет! — этого я не сто́ю, я не смею даже помыслить об этом, — могу ли я рассчитывать на... Тащите!

Анна Семеновна подняла вверх руку с удилищем, рванула и вскрикнула. В воздухе блеснула серебристо-зеленая рыбка.

— Боже мой, окунь! Ай, ах... Скорей! Сорвался!

Окунь сорвался с крючка, запрыгал по травке к родной стихии и... бултых в воду!

В погоне за рыбой Лапкин, вместо рыбы, как-то нечаянно схватил руку Анны Семеновны, нечаянно прижал ее к губам... Та отдернула, но уже было поздно: уста нечаянно слились в поцелуй. Это вышло как-то нечаянно. За поцелуем следовал другой поцелуй, затем клятвы, уверения... Счастливые минуты! Впрочем, в этой земной жизни нет ничего абсолютно счастливого. Счастливое обыкновенно носит отраву в себе самом или же отравляется чем-нибудь извне. Так и на этот раз. Когда молодые люди целовались, вдруг послышался смех. Они взглянули на реку и обомлели: в воде по пояс стоял голый мальчик. Это был Коля, гимназист, брат Анны Семеновны. Он стоял в воде, глядел на молодых людей и ехидно улыбался.

— А-а-а... вы целуетесь? — сказал он. — Хорошо же! Я скажу мамаше.

— Надеюсь, что вы, как честный человек... — забормотал Лапкин, краснея. — Подсматривать подло, а пересказывать низко, гнусно и мерзко... Полагаю, что вы, как честный и благородный человек...

— Дайте рубль, тогда не скажу! — сказал благородный человек. — А то скажу.

Лапкин вынул из кармана рубль и подал его Коле. Тот сжал рубль в мокром кулаке, свистнул и поплыл. И молодые люди на этот раз уже больше не целовались.

На другой день Лапкин привез Коле из города краски и мячик, а сестра подарила ему все свои коробочки из-под пилюль. Потом пришлось подарить и запонки с собачьими мордочками. Злому мальчику, очевидно, всё это очень нравилось, и, чтобы получить еще больше, он стал наблюдать. Куда Лапкин с Анной Семеновной, туда и он. Ни на минуту не оставлял их одних.

— Подлец! — скрежетал зубами Лапкин. — Как мал, и какой уже большой подлец! Что же из него дальше будет?!

Весь июнь Коля не давал житья бедным влюбленным. Он грозил доносом, наблюдал и требовал подарков; и ему всё было мало, и в конце концов он стал поговаривать о карманных часах. И что же? Пришлось пообещать часы.

Как-то раз за обедом, когда подали вафли, он вдруг захохотал, подмигнул одним глазом и спросил у Лапкина:

— Сказать? А?

Лапкин страшно покраснел и зажевал вместо вафли салфетку. Анна Семеновна вскочила из-за стола и убежала в другую комнату.

И в таком положении молодые люди находились до конца августа, до того самого дня, когда, наконец, Лапкин сделал Анне Семеновне предложение. О, какой это был счастливый день! Поговоривши с родителями невесты и получив согласие, Лапкин прежде всего побежал в сад и принялся искать Колю. Найдя его, он чуть не зарыдал от восторга и схватил злого мальчика за ухо. Подбежала Анна Семеновна, тоже искавшая Колю, и схватила за другое ухо. И нужно было видеть, какое наслаждение было написано на лицах у влюбленных, когда Коля плакал и умолял их:

— Миленькие, славненькие, голубчики, не буду! Ай, ай, простите!

И потом оба они сознавались, что за всё время, пока были влюблены друг в друга, они ни разу не испытывали такого счастья, такого захватывающего блаженства, как в те минуты, когда драли злого мальчика за уши.

Дочь Альбиона

К дому помещика Грябова подкатила прекрасная коляска с каучуковыми шинами, толстым кучером и бархатным сиденьем. Из коляски выскочил уездный предводитель дворянства Федор Андреич Отцов. В передней встретил его сонный лакей.

— Господа дома? — спросил предводитель.

— Никак нет-с. Барыня с детьми в гости поехали, а барин с мамзелью-гувернанткой рыбу ловят-с. С самого утра-с.

Отцов постоял, подумал и пошел к реке искать Грябова. Нашел он его версты за две от дома, подойдя к реке. Поглядев вниз с крутого берега и увидев Грябова, Отцов прыснул... Грябов, большой, толстый человек с очень большой головой, сидел на песочке, поджав под себя по-турецки ноги, и удил. Шляпа у него была на затылке, галстук сполз набок. Возле него стояла высокая, тонкая англичанка с выпуклыми рачьими глазами и большим птичьим носом, похожим скорей на крючок, чем на нос.

Одета она была в белое кисейное платье, сквозь которое сильно просвечивали тощие желтые плечи. На золотом поясе висели золотые часики. Она тоже удила. Вокруг обоих царила гробовая тишина. Оба были неподвижны, как река, на которой плавали их поплавки.

— Охота смертная, да участь горькая! — засмеялся Отцов. — Здравствуй, Иван Кузьмич!

— А... это ты? — спросил Грябов, не отрывая глаз от воды. — Приехал?

— Как видишь... А ты всё еще своей ерундой занимаешься! Не отвык еще?

— Кой чёрт... Весь день ловлю, с утра... Плохо что-то сегодня ловится. Ничего не поймал ни я, ни эта кикимора. Сидим, сидим, и хоть бы один чёрт! Просто хоть караул кричи.

— А ты наплюй. Пойдем водку пить!

— Постой... Может быть, что-нибудь да поймаем. Под вечер рыба клюет лучше... Сижу, брат, здесь с самого утра! Такая скучища, что и выразить тебе не могу. Дернул же меня чёрт привыкнуть к этой ловле! Знаю, что чепуха, а сижу! Сижу, как подлец какой-нибудь, как каторжный, и на воду гляжу, как дурак какой-нибудь! На покос надо ехать, а я рыбу ловлю. Вчера в Хапоньеве преосвященный служил, а я не поехал, здесь просидел вот с этой стерлядью... с чертовкой с этой...

— Но... ты с ума сошел? — спросил Отцов, конфузливо косясь на англичанку. — Бранишься при даме... и ее же...

— Да чёрт с ней! Всё одно ни бельмеса по-русски не смыслит. Ты ее хоть хвали, хоть брани — ей всё равно! Ты на нос посмотри! От одного носа в обморок упадешь! Сидим по целым дням вместе, и хоть бы одно слово! Стоит, как чучело, и бельмы на воду таращит.

Англичанка зевнула, переменила червячка и закинула удочку.

— Удивляюсь, брат, я немало! — продолжал Грябов. — Живет дурища в России десять лет, и хоть бы одно слово по-русски!.. Наш какой-нибудь аристократишка поедет к ним и живо по-ихнему брехать научится, а они... чёрт их знает! Ты посмотри на нос! На нос ты посмотри!

— Ну, перестань... Неловко... Что напал на женщину?

— Она не женщина, а девица... О женихах, небось, мечтает, чёртова кукла. И пахнет от нее какою-то гнилью... Возненавидел, брат, ее! Видеть равнодушно не могу! Как взглянет на меня своими глазищами, так меня и покоробит всего, словно я локтем о перила ударился. Тоже любит рыбу ловить. Погляди: ловит и священнодействует! С презрением на всё смотрит... Стоит, каналья, и сознает, что она человек и что, стало быть, она царь природы. А знаешь, как ее зовут? Уилька Чарльзовна Тфайс! Тьфу!.. и не выговоришь!

Англичанка, услышав свое имя, медленно повела нос в сторону Грябова и измерила его презрительным взглядом. С Грябова подняла она глаза на Отцова и его облила презрением. И всё это молча, важно и медленно.

— Видал? — спросил Грябов, хохоча. — Нате, мол, вам! Ах ты, кикимора! Для детей только и держу этого тритона. Не будь детей, я бы ее и за десять верст к своему имению не подпустил... Нос точно у ястреба... А талия? Эта кукла напоминает мне длинный гвоздь. Так, знаешь, взял бы и в землю вбил. Постой... У меня, кажется, клюет...

Грябов вскочил и поднял удилище. Леска натянулась... Грябов дернул еще раз и не вытащил крючка.

— Зацепилась! — сказал он и поморщился. — За камень, должно быть... Чёрт возьми...

На лице у Грябова выразилось страдание. Вздыхая, беспокойно двигаясь и бормоча проклятья, он начал дергать за лесу. Дерганье ни к чему не привело. Грябов побледнел.

— Экая жалость! В воду лезть надо.

— Да ты брось!

— Нельзя... Под вечер хорошо ловится... Ведь этакая комиссия, прости господи! Придется лезть в воду. Придется! А если бы ты знал, как мне не хочется раздеваться! Англичанку-то турнуть надо... При ней неловко раздеваться. Всё-таки ведь дама!

Грябов сбросил шляпу и галстук.

— Мисс... э-э-э... — обратился он к англичанке. — Мисс Тфайс! Же ву при...[1] Ну, как ей сказать? Ну, как тебе сказать, чтобы ты поняла? Послушайте... туда! Туда уходите! Слышишь?

Мисс Тфайс облила Грябова презрением и издала носовой звук.

— Что-с? Не понимаете? Ступай, тебе говорят, отсюда! Мне раздеваться нужно, чёртова кукла! Туда ступай! Туда!

Грябов дернул мисс за рукав, указал ей на кусты и присел: ступай, мол, за кусты и спрячься там... Англичанка, энергически двигая бровями, быстро проговорила длинную английскую фразу. Помещики прыснули.

— Первый раз в жизни ее голос слышу... Нечего сказать, голосок! Не понимает! Ну, что мне делать с ней?

---

[1] Я прошу вас (*франц.* Je vous prie).

— Плюнь! Пойдем водки выпьем!

— Нельзя, теперь ловиться должно... Вечер... Ну что ты прикажешь делать? Вот комиссия! Придется при ней раздеваться...

Грябов сбросил сюртук и жилет и сел на песок снимать сапоги.

— Послушай, Иван Кузьмич, — сказал предводитель, хохоча в кулак. — Это уж, друг мой, глумление, издевательство.

— Ее никто не просит не понимать! Это наука им, иностранцам!

Грябов снял сапоги, панталоны, сбросил с себя белье и очутился в костюме Адама. Отцов ухватился за живот. Он покраснел и от смеха и от конфуза. Англичанка задвигала бровями и замигала глазами... По желтому лицу ее пробежала надменная, презрительная улыбка.

— Надо остынуть, — сказал Грябов, хлопая себя по бедрам. — Скажи на милость, Федор Андреич, отчего это у меня каждое лето сыпь на груди бывает?

— Да полезай скорей в воду или прикройся чем-нибудь! Скотина!

— И хоть бы сконфузилась, подлая! — сказал Грябов, полезая в воду и крестясь. — Брр... холодная вода... Посмотри, как бровями двигает! Не уходит... Выше толпы стоит! Хе-хе-хе... И за людей нас не считает!

Войдя по колена в воду и вытянувшись во весь свой громадный рост, он мигнул глазом и сказал:

— Это, брат, ей не Англия!

Мисс Тфайс хладнокровно переменила червячка, зевнула и закинула удочку. Отцов отвернулся. Грябов отцепил крючок, окунулся и с сопеньем вылез из воды. Через две минуты он сидел уже на песочке и опять удил рыбу.

ШВЕДСКАЯ СПИЧКА
Уголовный рассказ

I

Утром 6 октября 1885 г. в канцелярию станового пристава 2-го участка С—го уезда явился прилично одетый молодой человек и заявил, что его хозяин, отставной гвардии корнет Марк Иванович Кляузов, убит. Заявляя об этом, молодой человек был бледен и крайне взволнован. Руки его дрожали, и глаза были полны ужаса.

— С кем я имею честь говорить? — спросил его становой.

— Псеков, управляющий Кляузова. Агроном и механик.

Становой и понятые, прибывшие вместе с Псековым на место происшествия, нашли следующее. Около флигеля, в котором жил Кляузов, толпилась масса народу. Весть о происшествии с быстротою молнии облетела окрестности, и народ, благодаря праздничному дню, стекался к флигелю со всех окрестных деревень. Стоял шум и говор. Кое-где попадались бледные, заплаканные физиономии. Дверь в спальню Кляузова найдена была запертой. Изнутри торчал ключ.

— Очевидно, злодеи пробрались к нему через окно, — заметил при осмотре двери Псеков.

Пошли в сад, куда выходило окно из спальни. Окно глядело мрачно, зловеще. Оно было занавешено зеленой полинялой занавеской. Один угол занавески был слегка заворочен, что давало возможность заглянуть в спальню.

— Смотрел ли кто-нибудь из вас в окно? — спросил становой.

— Никак нет, ваше высокородие, — сказал садовник Ефрем, маленький седовласый старичок с лицом отставного унтера. — Не до гляденья тут, коли все поджилки трясутся!

— Эх, Марк Иваныч, Марк Иваныч! — вздохнул становой, глядя на окно. — Говорил я тебе, что ты плохим кончишь! Говорил я тебе, сердяге, — не слушался! Распутство не доводит до добра!

— Спасибо Ефрему, — сказал Псеков, — без него мы и не догадались бы. Ему первому пришло на мысль, что здесь что-то не так. Приходит сегодня ко мне утром и говорит: «А отчего это наш барин так долго не просыпается? Целую неделю из спальни не выходит!» Как сказал он мне это, меня точно кто обухом... Мысль сейчас мелькнула... Он не показывался с прошлой субботы, а ведь сегодня воскресенье! Семь дней — шутка сказать!

— Да, бедняга... — вздохнул еще раз становой. — Умный малый, образованный, добрый такой. В компании, можно сказать, первый человек. Но распутник, царствие ему небесное! Я всего ожидал! Степан, — обратился становой к одному из понятых, — съезди сию минуту ко мне и пошли Андрюшку к исправнику, пущай доложит! Скажи: Марка Иваныча убили! Да забеги к уряднику — чего он там прохлаждается? Пущай сюда едет! А сам ты поезжай, как можно скорее, к следователю Николаю Ермолаичу и скажи ему, чтобы ехал сюда! Постой, я ему письмо напишу.

Становой расставил вокруг флигеля сторожей, написал следователю письмо и пошел к управляющему пить чай. Минут через десять он сидел на табурете, осторожно кусал сахар и глотал горячий, как уголь, чай.

— Вот-с... — говорил он Псекову. — Вот-с... Дворянин, богатый человек... любимец богов, можно сказать, как выразился

Пушкин, а что из него вышло? Ничего! Пьянствовал, распутничал и... вот-с!.. убили.

Через два часа прикатил следователь. Николай Ермолаевич Чубиков (так зовут следователя), высокий, плотный старик лет шестидесяти, подвизается на своем поприще уже четверть столетия. Известен всему уезду как человек честный, умный, энергичный и любящий свое дело. На место происшествия прибыл с ним и его непременный спутник, помощник и письмоводитель Дюковский, высокий молодой человек лет двадцати шести.

— Неужели, господа? — заговорил Чубиков, входя в комнату Псекова и наскоро пожимая всем руки. — Неужели? Марка Иваныча? Убили? Нет, это невозможно! Не-воз-мож-но!

— Подите же вот... — вздохнул становой.

— Господи ты боже мой! Да ведь я же его в прошлую пятницу на ярмарке в Тарабанькове видел! Я с ним, извините, водку пил!

— Подите же вот... — вздохнул еще раз становой.

Повздыхали, поужасались, выпили по стакану чаю и пошли к флигелю.

— Расступись! — крикнул урядник народу.

Войдя во флигель, следователь занялся прежде всего осмотром двери в спальню. Дверь оказалась сосновою, выкрашенной в желтую краску и неповрежденной. Особых примет, могущих послужить какими-либо указаниями, найдено не было. Приступлено было ко взлому.

— Прошу, господа, лишних удалиться! — сказал следователь, когда после долгого стука и треска дверь уступила топору и долоту. — Прошу это в интересах следствия... Урядник, никого не впускать!

Чубиков, его помощник и становой открыли дверь и нерешительно, один за другим, вошли в спальню. Их глазам представилось следующее зрелище. У единственного окна стояла большая деревянная кровать с огромной пуховой периной. На измятой перине лежало скомканное измятое одеяло. Подушка в ситцевой наволочке, тоже сильно помятая, валялась на полу. На столике перед кроватью лежали серебряные часы и серебряная монета двадцатикопеечного достоинства. Тут же лежали и серные спички. Кроме кровати, столика и единственного стула, другой мебели в спальне не было. Заглянув под кровать, становой увидел десятка два пустых бутылок, старую соломенную шляпу и четверть водки. Под столиком валялся один сапог, покрытый пылью. Окинув взглядом комнату, следователь нахмурился и покраснел.

— Мерзавцы! — пробормотал он, сжимая кулаки.

— А где же Марк Иваныч? — тихо спросил Дюковский.

— Прошу вас не вмешиваться! — грубо сказал ему Чубиков. — Извольте осмотреть пол! Это второй такой случай в моей практике, Евграф Кузьмич, — обратился он к становому, понизив голос. — В 1870 году был у меня тоже такой случай. Да вы, наверное, помните... Убийство купца Портретова. Там тоже так. Мерзавцы убили и вытащили труп через окно...

Чубиков подошел к окну, отдернул в сторону занавеску и осторожно пихнул окно. Окно отворилось.

— Отворяется, значит не было заперто... Гм!.. Следы на подоконнике. Видите? Вот след от колена... Кто-то лез оттуда... Нужно будет как следует осмотреть окно.

— На полу ничего особенного не заметно, — сказал Дюковский. — Ни пятен, ни царапин. Нашел одну только обгоревшую шведскую спичку. Вот она! Насколько я помню, Марк Иваныч не курил; в общежитии же он употреблял серные спички, отнюдь же не шведские. Эта спичка может служить уликой...

— Ах... замолчите, пожалуйста! — махнул рукой следователь. — Лезет со своей спичкой! Не терплю горячих голов! Чем спички искать, вы бы лучше постель осмотрели!

По осмотре постели Дюковский отрапортовал:

— Ни кровяных, ни каких-либо других пятен... Свежих разрывов также нет. На подушке следы зубов. Одеяло облито жидкостью, имеющею запах пива и вкус его же... Общий вид постели дает право думать, что на ней происходила борьба.

— Без вас знаю, что борьба! Вас не о борьбе спрашивают. Чем борьбу-то искать, вы бы лучше...

— Один сапог здесь, другого же нет налицо.

— Ну, так что же?

— А то, что его задушили, когда он снимал сапоги. Не успел он снять другого сапога, как...

— Понес!.. И почем вы знаете, что его задушили?

— На подушке следы зубов. Сама подушка сильно помята и отброшена от кровати на два с половиной аршина.

— Толкует, пустомеля! Пойдемте-ка лучше в сад. Вы бы лучше в саду посмотрели, чем здесь рыться... Это я и без вас сделаю.

Придя в сад, следствие прежде всего занялось осмотром травы. Трава под окном была помята. Куст репейника под окном у самой стены оказался тоже помятым. Дюковскому удалось найти на нем несколько поломанных веточек и кусочек ваты. На верхних головках были найдены тонкие волоски темно-синей шерсти.

— Какого цвета был его последний костюм? — спросил Дюковский у Псекова.

— Желтый, парусинковый.

— Отлично. Они, значит, были в синем.

Несколько головок репейника было срезано и старательно заворочено в бумагу. В это время приехали исправник Арцыба- шев-Свистаковский и доктор Тютюев. Исправник поздоровался и тотчас же принялся удовлетворять свое любопытство; доктор же, высокий и в высшей степени тощий человек со впалыми гла- зами, длинным носом и острым подбородком, ни с кем не здоро- ваясь и ни о чем не спрашивая, сел на пень, вздохнул и проговори- л:

— А сербы опять взбудоражились! Что им нужно, не пони- маю! Ах, Австрия, Австрия! Твои это дела!

Осмотр окна снаружи не дал решительно ничего; осмотр же травы и ближайших к окну кустов дал следствию много полезных указаний. Дюковскому удалось, например, проследить на траве длинную темную полосу, состоявшую из пятен и тянувшуюся от окна на несколько сажен в глубь сада. Полоса заканчивалась под одним из сиреневых кустов большим темно-коричневым пят- ном. Под тем же кустом был найден сапог, который оказался па- рой сапога, найденного в спальне.

— Это давнишняя кровь! — сказал Дюковский, осматривая пятна.

Доктор при слове «кровь» поднялся и лениво, мельком взгля- нул на пятна.

— Да, кровь, — пробормотал он.

— Значит, не задушен, коли кровь! — сказал Чубиков, язви- тельно поглядев на Дюковского.

— В спальне его задушили, здесь же, боясь, чтобы он не ожил, его ударили чем-то острым. Пятно под кустом показывает, что он лежал там относительно долгое время, пока они искали спо- собов, как и на чем вынести его из сада.

— Ну, а сапог?

— Этот сапог еще более подтверждает мою мысль, что его убили, когда он снимал перед сном сапоги. Один сапог он снял, другой же, то есть этот, он успел снять только наполовину. На- половину снятый сапог во время тряски и падения сам снялся...

— Сообразительность, посмотришь! — усмехнулся Чубиков. — Так и режет, так и режет! И когда вы отучитесь лезть со своими рассуждениями? Чем рассуждать, вы бы лучше взяли для анали- за немного травы с кровью!

По осмотре и снятии плана местности следствие отправилось к управляющему писать протокол и завтракать. За завтраком разговорились.

— Часы, деньги и прочее... всё цело, — начал разговор Чубиков. — Как дважды два — четыре, убийство совершено не с корыстными целями.

— Совершено человеком интеллигентным, — вставил Дюковский.

— Из чего же это вы заключаете?

— К моим услугам шведская спичка, употребления которой еще не знают здешние крестьяне. Употребляют этакие спички только помещики, и то не все. Убивал, кстати сказать, не один, а минимум трое: двое держали, а третий душил. Кляузов был силен, и убийцы должны были знать это.

— К чему могла послужить ему его сила, ежели он, положим, спал?

— Убийцы застали его за сниманием сапог. Снимал сапоги, значит не спал.

— Нечего выдумывать! Ешьте лучше!

— А по моему понятию, ваше высокоблагородие, — сказал садовник Ефрем, ставя на стол самовар, — пакость эту самую сделал никто другой, как Николашка.

— Весьма возможно, — сказал Псеков.

— А кто этот Николашка?

— Баринов камердинер, ваше высокоблагородие, — отвечал Ефрем. — Кому другому, как не ему? Разбойник, ваше высокоблагородие! Пьяница и распутник такой, что и не приведи царица небесная! Барину он водку завсегда носил, барина он укладывал в постелю... Кому же, как не ему? А еще тоже, смею предположить вашему высокоблагородию, похвалялся раз, шельма, в кабаке, что барина убьет. Из-за Акульки всё вышло, из-за бабы... Была у него солдатка такая... Барину она понравилась, они ее к себе приблизили, ну, а он... известно, осерчал... На кухне пьяный валяется теперь. Плачет... Врет, что барина жалко...

— А действительно, из-за Акульки можно осерчать, — сказал Псеков. — Она солдатка, баба, но... Недаром Марк Иваныч прозвал ее Наной[1]. В ней есть что-то, напоминающее Нану... привлекательное...

— Видал... Знаю... — сказал следователь, сморкаясь в красный платок.

Дюковский покраснел и опустил глаза. Становой забарабанил пальцем по блюдечку. Исправник закашлялся и полез зачем-то в портфель. На одного только доктора, по-видимому, не произвело никакого впечатления напоминание об Акульке и Нане. Сле-

---

[1] Героиня романа Э. Золя «Нана».

дователь приказал привести Николашку. Николашка, молодой долговязый парень с длинным рябым носом и впалой грудью, в пиджаке с барского плеча, вошел в комнату Псекова и поклонился следователю в ноги. Лицо его было сонно и заплакано. Сам он был пьян и еле держался на ногах.

— Где барин? — спросил его Чубиков.

— Убили, ваше высокоблагородие.

Сказав это, Николашка замигал глазами и заплакал.

— Знаем, что убили. А где он теперь? Тело-то его где?

— Сказывают, в окно вытащили и в саду закопали.

— Гм!.. О результатах следствия уже известно на кухне... Скверно. Любезный, где ты был в ту ночь, когда убили барина? В субботу, то есть?

Николашка поднял вверх голову, вытянул шею и задумался.

— Не могу знать, ваше высокоблагородие, — сказал он. — Был выпимши и не помню.

— Alibi! — шепнул Дюковский, усмехаясь и потирая руки.

— Так-с. Ну, а отчего это у барина под окном кровь?

Николашка задрал вверх голову и задумался.

— Скорей думай! — сказал исправник.

— Сичас. Кровь эта от пустяка, ваше высокоблагородие. Курицу я резал. Я ее резал очень просто, как обыкновенно, а она возьми да и вырвись из рук, возьми да побеги... От этого самого и кровь.

Ефрем показал, что, действительно, Николашка каждый вечер режет кур и в разных местах, но никто не видел, чтобы недорезанная курица бегала по саду, чего, впрочем, нельзя отрицать безусловно.

— Alibi, — усмехнулся Дюковский. — И какое дурацкое alibi!

— С Акулькой знавался?

— Был грех.

— А барин у тебя сманил ее?

— Никак нет. У меня Акульку отбили вот они-с, господин Псеков, Иван Михайлыч-с, а у Ивана Михайлыча отбил барин. Так дело было.

Псеков смутился и принялся чесать себе левый глаз. Дюковский впился в него глазами, прочел смущение и вздрогнул. На управляющем увидел он синие панталоны, на которые ранее не обратил внимания. Панталоны напомнили ему о синих волосках, найденных на репейнике. Чубиков, в свою очередь, подозрительно взглянул на Псекова.

— Ступай! — сказал он Николашке. — А теперь позвольте вам задать один вопрос, г. Псеков. Вы, конечно, были в субботу под воскресенье здесь?

— Да, в десять часов я ужинал с Марком Иванычем.

— А потом?

Псеков смутился и встал из-за стола.

— Потом... потом... Право, не помню, — забормотал он. — Я много выпил тогда... Не помню, где и когда уснул... Чего вы на меня все так смотрите? Точно я убил!

— Где вы проснулись?

— Проснулся в людской кухне на печи... Все могут подтвердить. Как я попал на печь, не знаю...

— Вы не волнуйтесь... Акулину вы знали?

— Ничего нет тут особенного...

— От вас она перешла к Кляузову?

— Да... Ефрем, подай еще грибов! Хотите чаю, Евграф Кузьмич?

Наступило молчание — тяжелое, жуткое, длившееся минут пять. Дюковский молчал и не отрывал своих колючих глаз от побледневшего лица Псекова. Молчание нарушил следователь.

— Нужно будет, — сказал он, — сходить в большой дом и поговорить там с сестрой покойного, Марьей Ивановной. Не даст ли она нам каких-либо указаний.

Чубиков и его помощник поблагодарили за завтрак и пошли в барский дом. Сестру Кляузова, Марью Ивановну, сорокапятилетнюю деву, застали они молящейся перед высоким фамильным киотом. Увидев в руках гостей портфели и фуражки с кокардами, она побледнела.

— Приношу прежде всего извинение за нарушение, так сказать, вашего молитвенного настроения, — начал, расшаркиваясь, галантный Чубиков. — Мы к вам с просьбой. Вы, конечно, уже слышали... Существует подозрение, что ваш братец, некоторым образом, убит. Божья воля, знаете ли... Смерти не миновать никому, ни царям, ни пахарям. Не можете ли вы помочь нам каким-либо указанием, разъяснением...

— Ах, не спрашивайте меня! — сказала Марья Ивановна, еще более бледнея и закрывая лицо руками. — Ничего я не могу вам сказать! Ничего! Умоляю вас! Я ничего... Что я могу? Ах, нет, нет... ни слова про брата! Умирать буду, не скажу!

Марья Ивановна заплакала и ушла в другую комнату. Следователи переглянулись, пожали плечами и ретировались.

— Чёртова баба! — выругался Дюковский, выходя из большого дома. — По-видимому, что-то знает и скрывает. И у горничной что-то на лице написано... Постойте же, черти! Всё разберем!

Вечером Чубиков и его помощник, освещенные бледнолицей луной, возвращались к себе домой; они сидели в шарабане и подводили в своих головах итоги минувшего дня. Оба были утомлены и молчали. Чубиков вообще не любил говорить в дороге, болтун же Дюковский молчал в угоду старику. В конце пути, однако, помощник не вынес молчания и заговорил:

— Что Николашка причастен в этом деле, — сказал он, — non dubitandum est.[1] И по роже его видно, что он за штука... Alibi выдает его с руками и ногами. Нет также сомнения, что в этом деле не он инициатор. Он был только глупым, нанятым орудием. Согласны? Не последнюю также роль в этом деле играет и скромный Псеков. Синие панталоны, смущение, лежанье на печи от страха после убийства, alibi и Акулька.

— Мели, Емеля, твоя неделя. По-вашему, значит, тот и убийца, кто Акульку знал? Эх вы, горячка! Соску бы вам сосать, а не дела разбирать! Вы тоже за Акулькой ухаживали, — значит и вы участник в этом деле?

— У вас тоже Акулька месяц в кухарках жила, но... я ничего не говорю. В ночь под то воскресенье я играл с вами в карты, видел вас, иначе бы я и к вам придрался. Дело, батенька, не в бабе. Дело в подленьком, гаденьком, скверненьком чувстве... Скромному молодому человеку не понравилось, видите ли, что не он верх взял. Самолюбие, видите ли... Мстить захотелось. Потом-с... Толстые губы его сильно говорят о чувственности. Помните, как он губами причмокивал, когда Акульку с Наной сравнивал? Что он, мерзавец, сгорает страстью — несомненно! Итак: оскорбленное самолюбие и неудовлетворенная страсть. Этого достаточно для того, чтобы совершить убийство. Двое в наших руках; но кто же третий? Николашка и Псеков держали. Кто же душил? Псеков робок, конфузлив, вообще трус. Николашки же не умеют душить подушкой; они действуют топором, обухом... Душил кто-то третий, но кто он?

Дюковский нахлобучил на глаза шляпу и задумался. Молчал он до тех пор, пока шарабан не подъехал к дому следователя.

— Эврика! — сказал он, входя в домик и снимая пальто. — Эврика, Николай Ермолаич! Не знаю только, как мне это раньше в голову не пришло. Знаете, кто третий?

— Отстаньте, пожалуйста! Вон ужин готов! Садитесь ужинать!

Следователь и Дюковский сели ужинать. Дюковский налил себе рюмку водки, поднялся, вытянулся и, сверкая глазами, сказал:

— Так знайте же, что третий, действовавший заодно с негодяем Псековым и душивший, — была женщина! Да-с! Я говорю о сестре убитого, Марье Ивановне!

---

[1] нет сомнения (*лат.*).

Чубиков поперхнулся водкой и уставил глаза на Дюковского.

— Вы... не того? Голова у вас... не того? Не болит?

— Я здоров. Хорошо, пусть я с ума сошел, но чем вы объясните ее смущение при нашем появлении? Как вы объясните ее нежелание давать показания? Допустим, что это пустяки — хорошо! ладно! — так вспомните про их отношения! Она ненавидела своего брата! Она староверка, он развратник, безбожник... Вот где гнездится ненависть! Говорят, что он успел убедить ее в том, что он аггел сатаны. При ней он занимался спиритизмом!

— Ну, так что же?

— Вы не понимаете? Она, староверка, убила его из фанатизма! Мало того, что она убила плевел, развратника, она освободила мир от антихриста — и в этом, мнит она, ее заслуга, ее религиозный подвиг! О, вы не знаете этих старых дев, староверок! Прочитайте-ка Достоевского! А что пишут Лесков, Печерский!.. Она и она, хоть зарежьте! Она душила! О, ехидная баба! Разве не затем только стояла она у икон, когда мы вошли, чтобы отвести нам глаза? Дай, мол, стану и буду молиться, а они подумают, что я покойна, что я не ожидаю их! Это метод всех преступников-новичков. Голубчик, Николай Ермолаич! Родной мой! Отдайте мне это дело! Дайте мне лично довести его до конца! Милый мой! Я начал, я и до конца доведу!

Чубиков замотал головой и нахмурился.

— Мы и сами умеем трудные дела разбирать, — сказал он. — А ваше дело не лезть, куда не следует. Пишите себе под диктовку, когда вам диктуют, — вот ваше дело!

Дюковский вспыхнул, хлопнул дверью и вышел.

— Умница, шельма! — пробормотал, глядя ему вслед, Чубиков. — Бо-ольшая умница! Горяч только некстати. Нужно будет ему на ярмарке портсигар в презент купить...

На другой день утром к следователю был приведен из Кляузовки молодой парень с большой головой и заячьей губой, который, назвавшись пастухом Данилкой, дал очень интересное показание.

— Был я выпимши, — сказал он. — До полночи у кумы просидел. Идучи домой, спьяна полез в реку купаться. Купаюсь я... глядь! Идут по плотине два человека и что-то черное несут. «Тю!» — крикнул я на них. Они испугались и что есть духу давай стрекача к макарьевским огородам. Побей меня бог, коли то не барина волокли!

В тот же день перед вечером Псеков и Николашка были арестованы и отправлены под конвоем в уездный город. В городе они были посажены в тюремный замок.

II

Прошло двенадцать дней.

Было утро. Следователь Николай Ермолаич сидел у себя за зеленым столом и перелистывал «кляузовское» дело; Дюковский беспокойно, как волк в клетке, шагал из угла в угол.

— Вы убеждены в виновности Николашки и Псекова, — говорил он, нервно теребя свою молодую бородку. — Отчего же вы не хотите убедиться в виновности Марьи Ивановны? Вам мало улик, что ли?

— Я не говорю, что я не убежден. Я убежден, но не верится как-то... Улик настоящих нет, а всё какая-то философия... Фанатизм, то да се...

— А вам непременно подавай топор, окровавленные простыни!.. Юристы! Так я же вам докажу! Вы перестанете у меня так халатно относиться к психической стороне дела! Быть вашей Марье Ивановне в Сибири! Я докажу! Мало вам философии, так у меня есть нечто вещественное... Оно покажет вам, как права моя философия! Дайте мне только поездить.

— О чем это вы?

— Про шведскую спичку-с... Забыли? А я не забыл! Я узнаю, кто зажигал ее в комнате убитого! Зажигал не Николашка, не Псеков, у которых при обыске спичек не оказалось, а третий, то есть Марья Ивановна. И я докажу!.. Дайте только поездить по уезду, поразузнать...

— Ну, ладно, садитесь... Давайте допрос делать.

Дюковский сел за столик и уткнул свой длинный нос в бумаги.

— Ввести Николая Тетехова! — крикнул следователь.

Ввели Николашку. Николашка был бледен и худ как щепка. Он дрожал.

— Тетехов! — начал Чубиков. — В 1879 г. вы судились у судьи 1-го участка за кражу и были приговорены к тюремному заключению. В 1882 г. вы вторично судились за кражу и вторично попали в тюрьму... Нам всё известно...

На лице у Николашки выразилось удивление. Всеведение следователя изумило его. Но скоро удивление сменилось выражением крайней скорби. Он зарыдал и попросил позволения пойти умыться и успокоиться. Его увели.

— Ввести Псекова! — приказал следователь.

Ввели Псекова. Молодой человек за последние дни сильно изменился в лице. Он похудел, побледнел и осунулся. В глазах читалась апатия.

— Садитесь, Псеков, — сказал Чубиков. — Надеюсь, что сегодняшний раз вы будете благоразумны и не станете лгать, как те разы. Во все те дни вы отрицали свое участие в убийстве Кляузова, несмотря на всю массу улик, говорящих против вас. Это неразумно. Сознание облегчает вину. Сегодня я беседую с вами в последний раз. Если сегодня не сознаетесь, то завтра будет уже поздно. Ну, рассказывайте нам...

— Ничего я не знаю... И улик ваших не знаю, — прошептал Псеков.

— Напрасно-с! Ну, так позвольте же мне рассказать вам, как было дело. В субботу вечером вы сидели в спальне Кляузова и пили с ним водку и пиво (Дюковский вонзил свой взгляд в лицо Псекова и не отрывал его в продолжение всего монолога). Вам прислуживал Николай. В первом часу Марк Иванович заявил вам о своем желании ложиться спать. В первом часу он всегда ложился. Когда он снимал сапоги и отдавал вам приказания по хозяйству, вы и Николай, по данному знаку, схватили опьяневшего хозяина и опрокинули его на постель. Один из вас сел ему на ноги, другой на голову. В это время из сеней вошла известная вам женщина в черном платье, которая ранее условилась с вами относительно своего участия в этом преступном деле. Она схватила подушку и стала душить его ею. Во время борьбы потухла свеча. Женщина вынула из кармана коробку со шведскими спичками и зажгла свечу. Не так ли? Я по лицу вашему вижу, что говорю правду. Но далее... Задушив его и убедившись, что он не дышит, вы и Николай вытащили его через окно и положили около репейника. Боясь, чтобы он не ожил, вы ударили его чем-то острым. Затем вы понесли и положили его на некоторое время под сиреневый куст. Отдохнув и подумав, вы понесли его... Перенесли через плетень... Потом пошли по дороге... Далее следует плотина. Около плотины испугал вас какой-то мужик. Но что с вами?

Псеков, бледный, как полотно, поднялся и зашатался.

— Мне душно! — сказал он. — Хорошо... пусть... Только я выйду... пожалуйста.

Псекова вывели.

— Наконец-таки сознался! — сладко потянулся Чубиков. — Выдал себя! Как я его ловко, однако! Так и засыпал...

— И женщину в черном не отрицает! — засмеялся Дюковский. — Но, однако, меня ужасно мучит шведская спичка! Не могу долее терпеть! Прощайте! Еду.

Дюковский надел фуражку и уехал. Чубиков начал допрашивать Акульку. Акулька заявила, что она знать ничего не знает...

— Жила я только с вами, а больше ни с кем! — сказала она.

В шестом часу вечера воротился Дюковский. Он был взволнован, как никогда. Руки его дрожали до такой степени, что он был не в состоянии расстегнуть пальто. Щеки его горели. Видно было, что он воротился не без новости.

— Veni, vidi, vici![1] — сказал он, влетая в комнату Чубикова и падая в кресло. — Клянусь вам честью, я начинаю веровать в свою гениальность. Слушайте, чёрт вас возьми совсем! Слушайте и удивляйтесь, старина! Смешно и грустно! В ваших руках уже есть трое... не так ли? Я нашел четвертого или, вернее — четвертую, ибо и эта есть женщина! И какая женщина! За одно прикосновение к ее плечам я отдал бы десять лет жизни! Но... слушайте... Поехал я в Кляузовку и давай вокруг нее описывать спираль. Посетил я на пути все лавочки, кабачки, погребки, спрашивая всюду шведские спички. Всюду мне говорили «нет». Колесил я до сей поры. Двадцать раз я терял надежду и столько же раз получал ее обратно. Валандался целый день и только час тому назад набрел на искомое. За три версты отсюда. Подают мне пачку из десяти коробочек. Одной коробки нет как нет... Сейчас: «Кто купил эту коробку?» Такая-то... «Пондравилось ей... пшикают». Голубчик мой! Николай Ермолаич! Что может иногда сделать человек, изгнанный из семинарии и начитавшийся Габорио[2], так уму непостижимо! С сегодняшнего дня начинаю уважать себя!.. Уффф... Ну, едем!

— Куда это?

— К ней, к четвертой... Поспешить нужно, иначе... иначе я сгорю от нетерпения! Знаете, кто она? Не угадаете! Молоденькая жена нашего станового, старца Евграфа Кузьмича, Ольга Петровна — вот кто! Она купила ту коробку спичек!

— Вы... ты... вы... с ума сошел?

— Очень понятно! Во-первых, она курит. Во-вторых, она по уши была влюблена в Кляузова. Он отверг ее любовь для какой-нибудь Акульки. Месть. Теперь я вспоминаю, как однажды застал их в кухне за ширмой. Она клялась ему, а он курил ее папиросу и пускал ей дым в лицо. Но, однако, поедемте... Скорее, а то уже темнеет... Поедемте!

— Я еще не сошел с ума настолько, чтобы из-за какого-нибудь мальчишки беспокоить ночью благородную, честную женщину!

— Благородная, честная... Тряпка вы после этого, а не следователь! Никогда не осмеливался бранить вас, а теперь вы меня вынуждаете! Тряпка! Халат! Ну, голубчик, Николай Ермолаич! Прошу вас!

---

[1] Пришел, увидел, победил! *(лат.)*.
[2] Эмиль Габорио (1835–1873) — французский писатель, автор сенсационно-уголовных романов.

Следователь махнул рукой и плюнул.

— Прошу вас! Прошу не для себя, а в интересах правосудия! Умоляю, наконец! Сделайте мне одолжение хоть раз в жизни!

Дюковский стал на колени.

— Николай Ермолаич! Ну, будьте так добры! Назовите меня подлецом, негодяем, если я заблуждаюсь относительно этой женщины! Дело ведь какое! Дело-то! Роман, а не дело! На всю Россию слава пойдет! Следователем по особо важным делам вас сделают! Поймите вы, неразумный старик!

Следователь нахмурился и нерешительно протянул руку к шляпе.

— Ну, чёрт с тобой! — сказал он. — Едем.

Было уже темно, когда шарабан следователя подкатил к крыльцу станового.

— Какие мы свиньи! — сказал Чубиков, берясь за звонок. — Беспокоим людей.

— Ничего, ничего... Не робейте... Скажем, что у нас рессора лопнула.

Чубикова и Дюковского встретила на пороге высокая полная женщина, лет двадцати трех, с черными, как смоль, бровями и жирными, красными губами. Это была сама Ольга Петровна.

— Ах... очень приятно! — сказала она, улыбаясь во всё лицо. — Как раз к ужину поспели. Моего Евграфа Кузьмича нет дома... У попа засиделся... Но мы и без него обойдемся... Садитесь! Вы это со следствия?..

— Да-с... У нас, знаете ли, рессора лопнула, — начал Чубиков, войдя в гостиную и усаживаясь в кресло.

— Вы сразу... ошеломите! — шепнул ему Дюковский. — Ошеломите!

— Рессора... Мм... да... Взяли и заехали.

— Ошеломите, вам говорят! Догадается, коли канителить будете!

— Ну, так делай, как сам знаешь, а меня избавь! — пробормотал Чубиков, вставая и отходя к окну. — Не могу! Ты заварил кашу, ты и расхлебывай!

— Да, рессора... — начал Дюковский, подходя к становихе и морща свой длинный нос. — Мы заехали не для того, чтобы... э-э-э... ужинать и не к Евграфу Кузьмичу. Мы приехали затем, чтобы спросить вас, милостивая государыня: где находится Марк Иванович, которого вы убили?

— Что? Какой Марк Иваныч? — залепетала становиха, и ее большое лицо вдруг, в один миг, залилось алой краской. — Я... не понимаю.

— Спрашиваю вас именем закона! Где Кляузов? Нам всё известно!

— Через кого? — спросила тихо становиха, не вынося взгляда Дюковского.

— Извольте указать нам — где он!?

— Но откуда вы узнали? Кто вам рассказал?

— Нам всё известно-с! Я требую именем закона!

Следователь, ободренный замешательством становихи, подошел к ней и сказал:

— Укажите нам, и мы уйдем. Иначе же мы...

— На что он вам?

— К чему эти вопросы, сударыня? Мы вас просим указать! Вы дрожите, смущены... Да, он убит и, если хотите, убит вами! Сообщники выдали вас!

Становиха побледнела.

— Пойдемте, — сказала она тихо, ломая руки. — Он у меня в бане спрятан. Только, ради бога, не говорите мужу! Умоляю вас! Он не вынесет.

Становиха сняла со стены большой ключ и повела своих гостей через кухню и сени во двор. На дворе было темно. Накрапывал мелкий дождь. Становиха пошла вперед. Чубиков и Дюковский зашагали за ней по высокой траве, вдыхая в себя запахи дикой конопли и помоев, всхлипывавших под ногами. Двор был большой. Скоро кончились помои, и ноги почувствовали вспаханную землю. В темноте показались силуэты деревьев, а между деревьями — маленький домик с покривившеюся трубой.

— Это баня, — сказала становиха. — Но умоляю вас, не говорите никому!

Подойдя к бане, Чубиков и Дюковский увидели на дверях огромнейший висячий замок.

— Приготовьте огарок и спички! — шепнул следователь своему помощнику.

Становиха отперла замок и впустила гостей в баню. Дюковский чиркнул спичкой и осветил предбанник. Среди предбанника стоял стол. На столе рядом с маленьким толстеньким самоваром стоял супник с остывшими щами и блюдо с остатками какого-то соуса.

— Дальше!

Вошли в следующую комнату, в баню. Там тоже стоял стол. На столе большое блюдо с окороком, бутыль с водкой, тарелки, ножи, вилки.

— Но где же... этот? Где убитый? — спросил следователь.

— Он на верхней полочке! — прошептала становиха, всё еще бледная и дрожащая.

Дюковский взял в руки огарок и полез на верхнюю полку. Там он увидел длинное человеческое тело, лежавшее неподвижно на большой пуховой перине. Тело издавало легкий храп...

— Нас морочат, чёрт возьми! — закричал Дюковский. — Это не он! Здесь лежит какой-то живой болван. Эй, кто вы, чёрт вас возьми?

Тело потянуло в себя со свистом воздух и задвигалось. Дюковский толкнул его локтем. Оно подняло вверх руки, потянулось и приподняло голову.

— Кто это лезет? — спросил охрипший, тяжелый бас. — Тебе что нужно?

Дюковский поднес к лицу неизвестного огарок и вскрикнул. В багровом носе, взъерошенных, нечесаных волосах, в черных, как смоль, усах, из которых один был ухарски закручен и с нахальством глядел вверх на потолок, он узнал корнета Кляузова.

— Вы... Марк... Иваныч?! Не может быть! Следователь взглянул наверх и замер...

— Это я, да... А это вы, Дюковский! Какого дьявола вам здесь нужно? А там, внизу, что еще за рожа? Батюшки, следователь! Какими судьбами?

Кляузов сбежал вниз и обнял Чубикова. Ольга Петровна шмыгнула в дверь.

— Какими путями? Выпьем, чёрт возьми! Тра-та-ти-то-том... Выпьем! Кто вас привел сюда, однако? Откуда вы узнали, что я здесь? Впрочем, всё равно! Выпьем!

Кляузов зажег лампу и налил три рюмки водки.

— То есть, я тебя не понимаю, — сказал следователь, разводя руками. — Ты это или не ты?

— Будет тебе... Мораль читать хочешь? Не трудись! Юноша Дюковский, выпивай свою рюмку! Проведемте ж, друзья-я, эту... Чего смотрите? Пейте!

— Всё-таки я не могу понять, — сказал следователь, машинально выпивая водку. — Зачем ты здесь?

— Почему же мне не быть здесь, ежели мне здесь хорошо?

Кляузов выпил и закусил ветчиной.

— Живу у становихи, как видишь. В глуши, в дебрях, как домовой какой-нибудь. Пей! Жалко, брат, мне ее стало! Сжалился, ну, и живу здесь, в заброшенной бане, отшельником... Питаюсь. На будущей неделе думаю убраться отсюда... Уж надоело...

— Непостижимо! — сказал Дюковский.

— Что же тут непостижимого?

— Непостижимо! Ради бога, как попал ваш сапог в сад?

— Какой сапог?

— Мы нашли один сапог в спальне, а другой в саду.

— А вам для чего это знать? Не ваше дело... Да пейте же, чёрт вас возьми. Разбудили, так пейте! Интересная история, братец, с этим сапогом. Я не хотел идти к Оле. Не в духе, знаешь, был, подшофе... Она приходит под окно и начинает ругаться... Знаешь, как бабы... вообще... Я, спьяна, возьми да и пусти в нее сапогом... Ха-ха... Не ругайся, мол. Она влезла в окно, зажгла лампу, да и давай меня мутузить пьяного. Вздула, приволокла сюда и заперла. Питаюсь теперь... Любовь, водка и закуска! Но куда вы? Чубиков, куда ты?

Следователь плюнул и вышел из бани. За ним, повесив голову, вышел Дюковский. Оба молча сели в шарабан и поехали. Никогда в другое время дорога не казалась им такою скучной и длинной, как в этот раз. Оба молчали. Чубиков всю дорогу дрожал от злости, Дюковский прятал свое лицо в воротник, точно боялся, чтобы темнота и моросивший дождь не прочли стыда на его лице.

Приехав домой, следователь застал у себя доктора Тютюева. Доктор сидел за столом и, глубоко вздыхая, перелистывал «Ниву».

— Дела-то какие на белом свете! — сказал он, встречая следователя, с грустной улыбкой. — Опять Австрия того!.. И Гладстон тоже некоторым образом...

Чубиков бросил под стол шляпу и затрясся.

— Скелет чёртов! Не лезь ко мне! Тысячу раз говорил я тебе, чтобы ты не лез ко мне со своею политикой! Не до политики тут! А тебе, — обратился Чубиков к Дюковскому, потрясая кулаком, — а тебе... во веки веков не забуду!

— Но... шведская спичка ведь! Мог ли я знать!

— Подавись своей спичкой! Уйди и не раздражай, а то я из тебя чёрт знает что сделаю! Чтобы и ноги твоей не было!

Дюковский вздохнул, взял шляпу и вышел.

— Пойду запью! — решил он, выйдя за ворота, и побрел печально в трактир.

Становиха, придя из бани домой, нашла мужа в гостиной.

— Зачем следователь приезжал? — спросил муж.

— Приезжал сказать, что Кляузова нашли. Вообрази, нашли его у чужой жены!

— Эх, Марк Иваныч, Марк Иваныч! — вздохнул становой, поднимая вверх глаза. — Говорил я тебе, что распутство не доводит до добра! Говорил я тебе, — не слушался!

Справка

Был полдень. Помещик Волдырев, высокий плотный мужчина с стриженой головой и с глазами навыкате, снял пальто, вытер шёлковым платком лоб и несмело вошел в присутствие. Там скрипели...

— Где здесь я могу навести справку? — обратился он к швейцару, который нес из глубины присутствия поднос со стаканами. — Мне нужно тут справиться и взять копию с журнального постановления.

— Пожалуйте туда-с! Вот к энтому, что около окна сидит! — сказал швейцар, указав подносом на крайнее окно.

Волдырев кашлянул и направился к окну. Там за зеленым, пятнистым, как тиф, столом сидел молодой человек с четырьмя хохлами на голове, длинным угреватым носом и в полинялом мундире. Уткнув свой большой нос в бумаги, он писал. Около правой ноздри его гуляла муха, и он то и дело вытягивал нижнюю губу и дул себе под нос, что придавало его лицу крайне озабоченное выражение.

— Могу ли я здесь... у вас, — обратился к нему Волдырев, — навести справку о моем деле? Я Волдырев... И кстати же мне нужно взять копию с журнального постановления от второго марта.

Чиновник умокнул перо в чернильницу и поглядел: не много ли он набрал? Убедившись, что перо не капнет, он заскрипел. Губа его вытянулась, но дуть уже не нужно было: муха села на ухо.

— Могу ли я навести здесь справку? — повторил через минуту Волдырев. — Я Волдырев, землевладелец...

— Иван Алексеич! — крикнул чиновник в воздух, как бы не замечая Волдырева. — Скажешь купцу Яликову, когда придет, чтобы копию с заявления в полиции засвидетельствовал! Тысячу раз говорил ему!

— Я относительно тяжбы моей с наследниками княгини Гугулиной, — пробормотал Волдырев. — Дело известное. Убедительно вас прошу заняться мною.

Всё не замечая Волдырева, чиновник поймал на губе муху, посмотрел на нее со вниманием и бросил. Помещик кашлянул и громко высморкался в свой клетчатый платок. Но и это не помогло. Его продолжали не слышать. Минуты две длилось молчание. Волдырев вынул из кармана рублевую бумажку и положил ее перед чиновником на раскрытую книгу. Чиновник сморщил лоб, потянул к себе книгу с озабоченным лицом и закрыл ее.

— Маленькую справочку... Мне хотелось бы только узнать, на каком таком основании наследники княгини Гугулиной... Могу ли я вас побеспокоить?

А чиновник, занятый своими мыслями, встал и, почесывая локоть, пошел зачем-то к шкапу. Возвратившись через минуту к своему столу, он опять занялся книгой: на ней лежала рублевка.

— Я побеспокою вас на одну только минуту... Мне справочку сделать, только...

Чиновник не слышал; он стал что-то переписывать.

Волдырев поморщился и безнадежно поглядел на всю скрипевшую братию.

«Пишут! — подумал он, вздыхая. — Пишут, чтобы чёрт их взял совсем!»

Он отошел от стола и остановился среди комнаты, безнадежно опустив руки. Швейцар, опять проходивший со стаканами, заметил, вероятно, беспомощное выражение на его лице, потому что подошел к нему совсем близко и спросил тихо:

— Ну, что? Справлялись?

— Справлялся, но со мной говорить не хотят.

— А вы дайте ему три рубля... — шепнул швейцар.

— Я уже дал два.

— А вы еще дайте.

Волдырев вернулся к столу и положил на раскрытую книгу зеленую бумажку.

Чиновник снова потянул к себе книгу и занялся перелистыванием, и вдруг, как бы нечаянно, поднял глаза на Волдырева. Нос его залоснился, покраснел и поморщился улыбкой.

— Ах... что вам угодно? — спросил он.

— Я хотел бы навести справку относительно моего дела... Я Волдырев.

— Очень приятно-с! По Гугулинскому делу-с? Очень хорошо-с! Так вам что же, собственно говоря?

Волдырев изложил ему свою просьбу.

Чиновник ожил, точно его подхватил вихрь. Он дал справку, распорядился, чтобы написали копию, подал просящему стул — и всё это в одно мгновение. Он даже поговорил о погоде и спросил насчет урожая. И когда Волдырев уходил, он провожал его вниз по лестнице, приветливо и почтительно улыбаясь и делая вид, что он каждую минуту готов перед просителем пасть ниц. Волдыреву почему-то стало неловко и, повинуясь какому-то внутреннему влечению, он достал из кармана рублевку и подал ее чиновнику. А тот всё кланялся и улыбался и принял рублевку, как фокусник, так что она только промелькнула в воздухе...

«Ну, люди...» — подумал помещик, выйдя на улицу, остановился и вытер лоб платком.

Толстый и тонкий

На вокзале Николаевской железной дороги встретились два приятеля: один толстый, другой тонкий. Толстый только что пообедал на вокзале, и губы его, подернутые маслом, лоснились, как спелые вишни. Пахло от него хересом и флер-д'оранжем. Тонкий же только что вышел из вагона и был навьючен чемоданами, узлами и картонками. Пахло от него ветчиной и кофейной гущей. Из-за его спины выглядывала худенькая женщина с длинным подбородком — его жена, и высокий гимназист с прищуренным глазом — его сын.

— Порфирий! — воскликнул толстый, увидев тонкого. — Ты ли это? Голубчик мой! Сколько зим, сколько лет!

— Батюшки! — изумился тонкий. — Миша! Друг детства! Откуда ты взялся?

Приятели троекратно облобызались и устремили друг на друга глаза, полные слез. Оба были приятно ошеломлены.

— Милый мой! — начал тонкий после лобызания. — Вот не ожидал! Вот сюрприз! Ну, да погляди же на меня хорошенько! Такой же красавец, как и был! Такой же душонок и щеголь! Ах ты, господи! Ну, что же ты? Богат? Женат? Я уже женат, как видишь... Это вот моя жена, Луиза, урожденная Ванценбах... лютеранка... А это сын мой, Нафанаил, ученик III класса. Это, Нафаня, друг моего детства! В гимназии вместе учились!

Нафанаил немного подумал и снял шапку.

— В гимназии вместе учились! — продолжал тонкий. — Помнишь, как тебя дразнили? Тебя дразнили Геростратом за то, что ты казенную книжку папироской прожег, а меня Эфиальтом за то, что я ябедничать любил. Хо-хо... Детьми были! Не бойся, Нафаня! Подойди к нему поближе... А это моя жена, урожденная Ванценбах... лютеранка.

Нафанаил немного подумал и спрятался за спину отца.

— Ну, как живешь, друг? — спросил толстый, восторженно глядя на друга. — Служишь где? Дослужился?

— Служу, милый мой! Коллежским асессором уже второй год и Станислава имею. Жалованье плохое... ну, да бог с ним! Жена уроки музыки дает, я портсигары приватно из дерева делаю. Отличные портсигары! По рублю за штуку продаю. Если кто берет десять штук и более, тому, понимаешь, уступка. Пробавляемся кое-как. Служил, знаешь, в департаменте, а теперь сюда переведен столоначальником по тому же ведомству... Здесь буду служить. Ну, а ты как? Небось, уже статский? А?

— Нет, милый мой, поднимай повыше, — сказал толстый. — Я уже до тайного дослужился... Две звезды имею.

Тонкий вдруг побледнел, окаменел, но скоро лицо его искривилось во все стороны широчайшей улыбкой; казалось, что от лица и глаз его посыпались искры. Сам он съёжился, сгорбился, сузился... Его чемоданы, узлы и картонки съёжились, поморщились... Длинный подбородок жены стал ещё длиннее; Нафанаил вытянулся во фрунт и застегнул все пуговки своего мундира...

— Я, ваше превосходительство... Очень приятно-с! Друг, можно сказать, детства и вдруг вышли в такие вельможи-с! Хи-хи-с.

— Ну, полно! — поморщился толстый. — Для чего этот тон? Мы с тобой друзья детства — и к чему тут это чинопочитание!

— Помилуйте... Что вы-с... — захихикал тонкий, ещё более съёживаясь. — Милостивое внимание вашего превосходительства... вроде как бы живительной влаги... Это вот, ваше превосходительство, сын мой Нафанаил... жена Луиза, лютеранка, некоторым образом...

Толстый хотел было возразить что-то, но на лице у тонкого было написано столько благоговения, сладости и почтительной кислоты, что тайного советника стошнило. Он отвернулся от тонкого и подал ему на прощанье руку.

Тонкий пожал три пальца, поклонился всем туловищем и захихикал, как китаец: «Хи-хи-хи». Жена улыбнулась. Нафанаил шаркнул ногой и уронил фуражку. Все трое были приятно ошеломлены.

Из дневника одной девицы

13-го октября. Наконец-то и на моей улице праздник! Гляжу и не верю своим глазам. Перед моими окнами взад и вперёд ходит высокий, статный брюнет с глубокими чёрными глазами. Усы — прелесть! Ходит уже пятый день, от раннего утра до поздней ночи, и всё на наши окна смотрит. Делаю вид, что не обращаю внимания.

15-го. Сегодня с самого утра проливной дождь, а он, бедняжка, ходит. В награду сделала ему глазки и послала воздушный поцелуй. Ответил обворожительной улыбкой. Кто он? Сестра Варя говорит, что *он* в неё влюблён и что ради неё мокнет на дожде. Как она неразвита! Ну, может ли брюнет любить брюнетку? Мама велела нам получше одеваться и сидеть у окон. «Может быть, он жулик какой-нибудь, а может быть, и порядочный господин», — сказала она. Жулик... quel...[1] Глупы вы, мамаша!

16-го. Варя говорит, что я заела ее жизнь. Виновата я, что *он* любит меня, а не ее! Нечаянно уронила *ему* на тротуар записочку. О, коварщик! Написал у себя мелом на рукаве: «После». А потом ходил, ходил и написал на воротах vis-à-vis: «Я не прочь, только после». Написал мелом и быстро стер. Отчего у меня сердце так бьется?

17-го. Варя ударила меня локтем в грудь. Подлая, мерзкая завистница! Сегодня *он* остановил городового и долго говорил ему что-то, показывая на наши окна. Интригу затевает! Подкупает, должно быть... Тираны и деспоты вы, мужчины, но как вы хитры и прекрасны!

18-го. Сегодня, после долгого отсутствия, приехал ночью брат Сережа. Не успел он лечь в постель, как его потребовали в квартал.

19-го. Гадина! Мерзость! Оказывается, что *он* все эти двенадцать дней выслеживал брата Сережу, который растратил чьи-то деньги и скрылся.

Сегодня он написал на воротах: «Я свободен и могу». Скотина... Показала ему язык.

Начальник станции

Начальника станции «Дребезги» зовут Степаном Степанычем, а фамилия его Шептунов. С ним в минувшее лето случился маленький скандал. Этот скандал, несмотря на свою видимую ничтожность, обошелся ему очень дорого. Благодаря ему он потерял свою новую форменную фуражку и веру в человечество.

Летом поезд № 8 проходил через его станцию в 2 часа 40 минут ночи. Время самое неудобное. Вместо того, чтобы спать, Степан Степаныч должен был гулять по платформе и торчать около телеграфистки почти до утра.

Его помощник, Алеутов, каждое лето ездил куда-то жениться, и бедному Шептунову одному приходилось дежурить. Большое свинство со стороны судьбы! Впрочем, он скучал не каждую ночь. Иногда ночью приходила к нему на станцию из соседнего княжеского имения жена управляющего Назара Кузьмича Куцапетова, Марья Ильинична. Дама эта была не особенно молода, не особенно красива, но, господа, в темноте и столб за городового примешь, да, кстати сказать, скука такая же не тетка, как и голод:

---

[1] какой *(франц.)*.

всё сойдет! Когда Куцапетова приходила на станцию, Шептунов брал ее обыкновенно под руку, спускался с нею вниз с платформы и шел к товарным вагонам. Там, у вагонов, в ожидании поезда № 8, он начинал свои клятвы и продолжал их вплоть до свистка.

Так в одну прекрасную ночь стоял он с Марьей Ильиничной у вагонов и ожидал поезд. По безоблачному небу тихо, чуть заметно плыла луна. Она заливала своим светом станцию, поле, необозримую даль... Кругом было тихо, спокойно... Шептунов держал Марью Ильиничну за талию и молчал. Она тоже молчала. Оба были в каком-то сладостном, тихом, как лунный свет, забытьи...

— Какая чудная погода! — изредка вздыхал Шептунов. — Ты не озябла?

Вместо ответа она теснее и теснее прижималась к его форменному сюртуку.

В 2 часа 20 минут начальник станции поглядел на часы и сказал:

— Скоро поезд придет... Давай, Маша, глядеть на путь... Кто из нас первый увидит огни поезда, тот, значит, дольше любить будет... Давай глядеть...

Они вперили свой взгляд в глубокую даль. Кое-где на бесконечном пути ласково мигали огоньки. Поезда не было еще видно... Вглядываясь в даль, Шептунов увидел нечто другое... Он увидел две длинные тени, шагавшие через шпалы... Тени двигались прямо к нему и делались всё больше и шире... Одна тень, по-видимому, исходила от человеческой фигуры, другая — от длинной палки, которую держала фигура...

Тень приближалась. Скоро послышалось, что насвистывали из «Мадам Анго».

— Не ходить по рельсам! Запрещено... — крикнул Шептунов. — Долой с рельсов!

— Не распоряжайся, сволочь! — послышался ответ.

Обруганный Шептунов рванулся вперед, но в это время Марья Ильинична ухватилась за его фалды.

— Ради бога, Степа! — зашептала она. — Это мой муж! Назарка!

Не успела она это сказать, как Куцапетов стоял уже перед оскорбленным начальником станции. Оскорбленный Шептунов вскрикнул, ударился головой о что-то железное и нырнул под вагон. Выползши на животе из-под вагона, он побежал по полотну. Прыгая через шпалы, спотыкаясь о рельсы, он, как сумасшедший, как собака, которой привязали к хвосту колючую палку, полетел к водокачалке...

«Какая у него, однако... палка!» — думал он, улепетывая.

Добежав до водокачалки, он остановился, чтобы перевести дух, но в это время послышались шаги. Оглянулся он и увидел сзади себя быстро двигавшуюся тень человека с тенью палки. Объятый паническим страхом, он побежал далее.

— Погодите! Постойте! — услышал он за собой голос Куцапетова. — Стойте! Берегитесь! Поезд!

Шептунов поглядел вперед и увидел перед собой поезд с парой страшных, огненных глаз... Волосы его стали дыбом... Сердце застучало и вдруг замерло... Он собрал все свои силы и прыгнул, куда глаза глядят... Секунды четыре он летел в воздухе, потом упал на что-то твердое и покатое и покатился вниз, цепляясь за репейник.

«Насыпь, — подумал он. — Ну, это ничего. Лучше с насыпи скатиться, чем дворянину принять побои от хама».

Через минуту возле его правого уха ступил в лужу большой, тяжеловесный сапог. По спине у него заходили ощупывающие руки...

— Это вы? — услышал он голос Куцапетова. — Вы, Степан Степаныч?

— Пощадите! — простонал Шептунов.

— Что с вами, ангел мой? Чего вы испужались? Это я, Куцапетов! Неужели не узнали? Я бежал за вами, бежал... Кричал, кричал... Чуть было под поезд не попали, ангел мой... Маша, как увидела, что вы побегли, тоже испужалась и на платформе теперь без чувств лежит... Вы, может быть, испужались, что я вас сволочью назвал? Вы не обижайтесь... Я вас за стрелочника принял...

— Ах, не издевайтесь... Если мстить, то мстите поскорей... Я в ваших руках... — простонал Шептунов. — Бейте... увечьте...

— Гм... Что с вами, батюшка? Ведь я к вам по делу шел, благодетель! Я и бежал за вами, чтобы о деле поговорить...

Куцапетов помолчал и продолжал:

— Дело важное-с... Маша моя говорила мне, что вы из-за удовольствия изволите с ней путаться. Я касательно этого ничего-с, потому что мне от Марьи Ильинишны приходится в общем сюжете кукиш с маслом, но ежели рассуждать по справедливости, то соблаговолите со мной договор сделать, потому что я муж, глава всё-таки... по писанию. Князь Михайла Дмитрич, когда с ней путались, мне в месяц две четвертные выдавали. А вы сколько пожалуете? Уговор лучше денег. Да вы встаньте-с...

Шептунов поднялся. Чувствуя себя поломанным, исковерканным, он поплелся к насыпи...

— Сколько вы пожалуете? — продолжал Куцапетов. — С вас я четвертную возьму... И потом-с, хотел попросить у вас, нет ли у вас местечка моему племяннику...

Шептунов, ничего не слыша и не видя, кое-как доплелся до станции и повалился в постель. Проснувшись на другой день, он не нашел своей форменной фуражки и одного погона.

Ему и до сих пор совестно.

КЛЕВЕТА

Учитель чистописания Сергей Капитоныч Ахинеев выдавал свою дочку Наталью за учителя истории и географии Ивана Петровича Лошадиных. Свадебное веселье текло как по маслу. В зале пели, играли, плясали. По комнатам, как угорелые, сновали взад и вперед взятые напрокат из клуба лакеи в черных фраках и белых запачканных галстуках. Стоял шум и говор. Учитель математики Тарантулов, француз Падекуа и младший ревизор контрольной палаты Егор Венедиктыч Мзда, сидя рядом на диване, спеша и перебивая друг друга, рассказывали гостям случаи погребения заживо и высказывали свое мнение о спиритизме. Все трое не верили в спиритизм, но допускали, что на этом свете есть много такого, чего никогда не постигнет ум человеческий. В другой комнате учитель словесности Додонский объяснял гостям случаи, когда часовой имеет право стрелять в проходящих. Разговоры были, как видите, страшные, но весьма приятные. В окна со двора засматривали люди, по своему социальному положению не имевшие права войти внутрь.

Ровно в полночь хозяин Ахинеев прошел в кухню поглядеть, всё ли готово к ужину. В кухне от пола до потолка стоял дым, состоявший из гусиных, утиных и многих других запахов. На двух столах были разложены и расставлены в художественном беспорядке атрибуты закусок и выпивок. Около столов суетилась кухарка Марфа, красная баба с двойным перетянутым животом.

— Покажи-ка мне, матушка, осетра! — сказал Ахинеев, потирая руки и облизываясь. — Запах-то какой, миазма какая! Так бы и съел всю кухню! Ну-кася, покажи осетра!

Марфа подошла к одной из скамей и осторожно приподняла засаленный газетный лист. Под этим листом, на огромнейшем блюде, покоился большой заливной осетр, пестревший каперсами, оливками и морковкой. Ахинеев поглядел на осетра и ахнул. Лицо его просияло, глаза подкатились. Он нагнулся и издал губами звук неподмазанного колеса. Постояв немного, он щелкнул от удовольствия пальцами и еще раз чмокнул губами.

— Ба! Звук горячего поцелуя... Ты с кем это здесь целуешься, Марфуша? — послышался голос из соседней комнаты, и в дверях показалась стриженая голова помощника классных наставников, Ванькина. — С кем это ты? А-а-а... очень приятно! С Сергей Капитонычем! Хорош дед, нечего сказать! С женским полонезом тет-а-тет!

— Я вовсе не целуюсь, — сконфузился Ахинеев, — кто это тебе, дураку, сказал? Это я тово... губами чмокнул в отношении... в рассуждении удовольствия... При виде рыбы...

— Рассказывай!

Голова Ванькина широко улыбнулась и скрылась за дверью. Ахинеев покраснел.

«Чёрт знает что! — подумал он. — Пойдет теперь, мерзавец, и насплетничает. На весь город осрамит, скотина...»

Ахинеев робко вошел в залу и искоса поглядел в сторону: где Ванькин? Ванькин стоял около фортепиано и, ухарски изогнувшись, шептал что-то смеявшейся свояченице инспектора.

«Это про меня! — подумал Ахинеев. — Про меня, чтоб его разорвало! А та и верит... и верит! Смеется! Боже ты мой! Нет, так нельзя оставить... нет... Нужно будет сделать, чтоб ему не поверили... Поговорю со всеми с ними, и он же у меня в дураках-сплетниках останется».

Ахинеев почесался и, не переставая конфузиться, подошел к Падекуа.

— Сейчас я в кухне был и насчет ужина распоряжался, — сказал он французу. — Вы, я знаю, рыбу любите, а у меня, батенька, осетр, вво! В два аршина! Хе-хе-хе... Да, кстати... чуть было не забыл... В кухне-то сейчас, с осетром с этим — сущий анекдот! Вхожу я сейчас в кухню и хочу кушанья оглядеть... Гляжу на осетра и от удовольствия... от пикантности губами чмок! А в это время вдруг дурак этот Ванькин входит и говорит... ха-ха-ха... и говорит: «А-а-а... вы целуетесь здесь?» С Марфой-то, с кухаркой! Выдумал же, глупый человек! У бабы ни рожи, ни кожи, на всех зверей похожа, а он... целоваться! Чудак!

— Кто чудак? — спросил подошедший Тарантулов.

— Да вон тот. Ванькин! Вхожу, это, я в кухню...

И он рассказал про Ванькина.

— Насмешил, чудак! А по-моему, приятней с барбосом целоваться, чем с Марфой, — прибавил Ахинеев, оглянулся и увидел сзади себя Мзду.

— Мы насчет Ванькина, — сказал он ему. — Чудачина! Входит, это, в кухню, увидел меня рядом с Марфой да и давай штуки разные выдумывать. «Чего, говорит, вы целуетесь?» Спьяна-то ему примерещилось. А я, говорю, скорей с индюком поцелуюсь, чем с Марфой. Да у меня и жена есть, говорю, дурак ты этакий. Насмешил!

— Кто вас насмешил? — спросил подошедший к Ахинееву отец-законоучитель.

— Ванькин. Стою я, знаете, в кухне и на осетра гляжу...

И так далее. Через какие-нибудь полчаса уже все гости знали про историю с осетром и Ванькиным.

«Пусть теперь им рассказывает! — думал Ахинеев, потирая руки. — Пусть! Он начнет рассказывать, а ему сейчас: «Полно тебе, дурак, чепуху городить! Нам всё известно!»

И Ахинеев до того успокоился, что выпил от радости лишних четыре рюмки. Проводив после ужина молодых в спальню, он отправился к себе и уснул, как ни в чем не повинный ребенок, а на другой день он уже не помнил истории с осетром. Но, увы! Человек предполагает, а бог располагает. Злой язык сделал свое злое дело, и не помогла Ахинееву его хитрость! Ровно через неделю, а именно в среду после третьего урока, когда Ахинеев стоял среди учительской и толковал о порочных наклонностях ученика Высекина, к нему подошел директор и отозвал его в сторону.

— Вот что, Сергей Капитоныч, — сказал директор. — Вы извините... Не мое это дело, но всё-таки я должен дать понять... Моя обязанность... Видите ли, ходят слухи, что вы живете с этой... с кухаркой... Не мое это дело, но... Живите с ней, целуйтесь... что хотите, только, пожалуйста, не так гласно! Прошу вас! Не забывайте, что вы педагог!

Ахинеев озяб и обомлел. Как ужаленный сразу целым роем и как ошпаренный кипятком, он пошел домой. Шел он домой, и ему казалось, что на него весь город глядит, как на вымазанного дегтем... Дома ожидала его новая беда.

— Ты что же это ничего не трескаешь? — спросила его за обедом жена. — О чем задумался? Об амурах думаешь? О Марфушке стосковался? Всё мне, махамет, известно! Открыли глаза люди добрые! У-у-у... вварвар!

И шлеп его по щеке!.. Он встал из-за стола и, не чувствуя под собой земли, без шапки и пальто, побрел к Ванькину. Ванькина он застал дома.

— Подлец ты! — обратился Ахинеев к Ванькину. — За что ты меня перед всем светом в грязи выпачкал? За что ты на меня клевету пустил?

— Какую клевету? Что вы выдумываете!

— А кто насплетничал, будто я с Марфой целовался? Не ты, скажешь? Не ты, разбойник?

Ванькин заморгал и замигал всеми фибрами своего поношенного лица, поднял глаза к образу и проговорил:

— Накажи меня бог! Лопни мои глаза и чтоб я издох, ежели хоть одно слово про вас сказал! Чтоб мне ни дна, ни покрышки! Холеры мало!..

Искренность Ванькина не подлежала сомнению. Очевидно, не он насплетничал.

«Но кто же? Кто? — задумался Ахинеев, перебирая в своей памяти всех своих знакомых и стуча себя по груди. — Кто же?»

— Кто же? — спросим и мы читателя...

Комик

Комик Иван Акимович Воробьев-Соколов заложил руки в карманы своих широких панталон, повернулся к окну и устремил свои ленивые глаза на окно противоположного дома. Прошло минут пять в молчании...

— Ску-ка! — зевнула ingénue Марья Андреевна. — Что же вы молчите, Иван Акимыч? Коли пришли и помешали зубрить роль, то хоть разговаривайте! Несносный вы, право...

— Гм... Собираюсь сказать вам одну штуку, да как-то неловко... Скажешь вам спроста, без деликатесов... по-мужицки, а вы сейчас и осудите, на смех поднимете... Нет, не скажу лучше! Удержу язык мой от зла...

«О чем же это он собирается говорить? — подумала ingénue. — Возбужден, как-то странно смотрит, переминается с ноги на ногу... Уж не объясниться ли в любви хочет? Гм... Беда с этими сорванцами! Вчера первая скрипка объяснялась, сегодня всю репетицию резонер провздыхал... Перебесились все от скуки!»

Комик отошел от окна и, подойдя к комоду, стал рассматривать ножницы и баночку от губной помады.

— Тэк-ссс... Хочется сказать, а боюсь... неловко... Вам скажешь спроста, по-российски, а вы сейчас: невежа! мужик! то да се... Знаем вас... Лучше уж молчать...

«А что ему сказать, если он в самом деле начнет объясняться в любви? — продолжала думать ingénue. — Он добрый, славный такой, талантливый, но... мне не нравится. Некрасив уж больно... Сгорбившись ходит, и на лице какие-то волдыри... Голос хриплый... И к тому же эти манеры... Нет, никогда!»

Комик молча прошелся по комнате, тяжело опустился в кресло и с шумом потянул к себе со стола газету. Глаза его забегали по газете, словно ища чего-то, потом остановились на одной букве и задремали.

— Господи... хоть бы мухи были! — проворчал он. — Всё-таки веселей...

«Впрочем, у него глаза недурны, — продолжала думать ingénue. — Но что у него лучше всего, так это характер, а у мужчины
не так важна красота, как душа, ум... Замуж еще, пожалуй, можно
пойти за него, но так жить с ним... ни за что! Как он, однако, сейчас на меня взглянул... Ожег! И чего он робеет, не понимаю!»

Комик тяжело вздохнул и крякнул. Видно было, что ему дорого стоило его молчание. Он стал красен, как рак, и покривил
рот в сторону... На лице его выражалось страдание...

«Пожалуй, с ним и так жить можно, — не переставала думать
ingénue. — Содержание он получает хорошее... Во всяком случае,
с ним лучше жить, чем с каким-нибудь оборвышем капитаном.
Право, возьму и скажу ему, что я согласна! Зачем обижать его,
бедного, отказом? Ему и так горько живется!»

— Нет! Не могу! — закряхтел комик, поднимаясь и бросая газету. — Ведь этакая у меня разанафемская натура! Не могу себя
побороть! Бейте, браните, а уж я скажу, Марья Андреевна!

— Да говорите, говорите. Будет вам юродствовать!

— Матушка! Голубушка! Простите великодушно... ручку целую коленопреклоненно...

На глазах комика выступили слезы с горошину величиной.

— Да говорите... противный! Что такое?

— Нет ли у вас, голубушка... рюмочки водочки? Душа горит!
Такие во рту после вчерашнего перепоя окиси, закиси и переки-
си, что никакой химик не разберет! Верите ли? Душу воротит!
Жить не могу!

Ingénue покраснела, нахмурилась, но потом спохватилась
и выдала комику рюмку водки... Тот выпил, ожил и принялся
рассказывать анекдоты.

Два письма

I

Серьезный вопрос

Милый и дорогой мой дядюшка, Анисим Петрович!

Сейчас был у меня Ваш земляк Курошеев и сообщил мне,
между прочим, что на днях воротился из-за границы со своей
семьей Ваш сосед Мурдашевич. Это известие тем более поразило
меня, что ранее ходили слухи, что Мурдашевичи навсегда оста-
нутся за границей.

Дорогой и милый дядюшка! Если Вы хотя немного любите вашего племянника, то съездите, голубчик, к Мурдашевичу
и узнайте, как поживает его воспитанница, Машенька. Испо-

ведую Вам сокровенную тайну моей души. Только Вам одному могу довериться. Я люблю Машеньку, люблю страстно, больше жизни! Шесть лет разлуки ни на йоту не уменьшили моей любви к ней. Жива ли она, здорова? Напишите, в каком виде Вы ее застали, помнит ли она меня, любит ли по-прежнему? Могу ли я написать к ней письмо? Всё узнайте, голубчик, и опишите обстоятельнее.

Скажите ей, что я уже не тот робкий, бедный студент... Я уже присяжный поверенный, имею практику, деньги... Одним словом, для полного счастья не хватает у меня только ее одной... Только!

В ожидании скорейшего ответа обнимаю.

Владимир Гречнев.

II
Обстоятельный ответ

Милый мой племянник Володя!

Получивши же твое письмо, я на другой день поехал к Мурдашевичу. Славный он человек! Постарел и поседел в загранице, но сохранил в себе воспоминание обо мне, своем старинном друге, так что, когда я вошедши, он обнял меня и, долго смотря мне в лице, сказал робким, нежным возгласом: «Не узнаю!» Когда же я назвал свою фамилию, он еще раз обнял меня и сказал: «Теперь припоминаю». Хороший человек! Будучи у него, выпил и закусил, потом же и за проферансишку сели по одной десятой. Во многих видах и разных манерах объяснял он мне про заграницу и много смешил меня игривым описанием смешных немецких нравов. Но наука, говорит, у немцев далеко пошла. Показывал мне также картину, купленную проездом через Италию, изображающую женского пола одну особу в странной, неприличной одежде. Видел я и Машеньку. Была в богатом платье розового цвета с протчими украшениями драгоценного свойства. Тебя она помнит и даже прослезилась глазами, когда о тебе спрашивала. Ждет от тебя письма и благодарит за память и чувства. Ты пишешь, что имеешь практику и деньги! Береги, душенька, деньги и веди себя умеренно и воздержно. Я, когда будучи в молодости, предавался сластолюбивым излишествам, но кратковременно и воздержно, и всё-таки каюсь. Засим благословляю и желаю всего лучшего.

Твой дядя и доброжелатель *Анисим Гречнев.*

P.S. Пишешь ты хоть непонятно, но очень заманчиво и красноречиво. Показывал твое письмо всем соседям. Прочитавши его, сочли тебя как бы сочинителем, так что даже сын отца Григория, Владимир, переписал его с тем, чтобы послать в газету. Показывал его также Машеньке и ее мужу, немцу Урмахеру, за которого Машенька вышла замуж в прошлом годе. Немец прочел и похвалил. И теперь я всем показываю твое письмо и читаю. Пиши еще! А икра у Мурдашевича очень вкусная.

С ЖЕНОЙ ПОССОРИЛСЯ
Случай

— Чёрт вас возьми! Придешь со службы домой голодный, как собака, а они чёрт знает чем кормят! Да и заметить еще нельзя! Заметишь, так сейчас рев, слезы! Будь я трижды анафема за то, что женился!

Сказавши это, муж звякнул по тарелке ложкой, вскочил и с остервенением хлопнул дверью. Жена зарыдала, прижала к лицу салфетку и тоже вышла. Обед кончился.

Муж пришел к себе в кабинет, повалился на диван и уткнул свое лицо в подушку.

«Чёрт тебя дернул жениться! — подумал он. — Хороша „семейная" жизнь, нечего сказать! Не успел жениться, как уж стреляться хочется!»

Через четверть часа за дверью послышались легкие шаги...

«Да, это в порядке вещей... Оскорбила, надругалась, а теперь около двери ходит, мириться хочет... Ну, чёрта с два! Скорей повешусь, чем помирюсь!»

Дверь отворилась с тихим скрипом и не затворилась. Кто-то вошел и тихими, робкими шагами направился к дивану.

«Ладно! Проси прощения, умоляй, рыдай... Кукиш с маслом получишь! чёрта пухлого! Ни одного слова не добьешься, хоть умри... Сплю вот и говорить не желаю!»

Муж глубже зарыл свою голову в подушку и тихо захрапел. Но мужчины слабы так же, как и женщины. Их легко раскислить и растеплить. Почувствовав за своей спиной теплое тело, муж упрямо придвинулся к спинке дивана и дернул ногой.

«Да... Теперь вот мы лезем, прижимаемся, подлизываемся... Скоро начнем в плечико целовать, на колени становиться. Не выношу этих нежностей!.. Всё-таки... нужно будет ее извинить. Ей в ее положении вредно тревожиться. Помучу часик, накажу и прощу...»

Над самым ухом его тихо пролетел глубокий вздох. За ним другой, третий... Муж почувствовал на плече прикосновение маленькой ручки.

«Ну, бог с ней! Прощу в последний раз. Будет ее мучить, бедняжку! Тем более, что я сам виноват! Из-за ерунды бунт поднял...» — Ну, будет, моя крошка!

Муж протянул назад руку и обнял теплое тело.

— Тьфу!!.

Около него лежала его большая собака Дианка.

ЭКЗАМЕН НА ЧИН

— Учитель географии Галкин на меня злобу имеет, и, верьте-с, я у него не выдержу сегодня экзамента, — говорил, нервно потирая руки и потея, приемщик Х-го почтового отделения Ефим Захарыч Фендриков, седой, бородатый человек с почтенной лысиной и солидным животом. — Не выдержу... Это как бог свят... А злится он на меня совсем из-за пустяков-с. Приходит ко мне однажды с заказным письмом и сквозь всю публику лезет, чтоб я, видите ли, принял сперва его письмо, а потом уж прочие. Это не годится... Хоть он и образованного класса, а всё-таки соблюдай порядок и жди. Я ему сделал приличное замечание. «Дожидайтесь, говорю, очереди, милостивый государь». Он вспыхнул и с той поры восстает на меня, аки Саул. Сынишке моему Егорушке единицы выводит, а про меня разные названия по городу распускает. Иду я однажды-с мимо трактира Кухтина, а он высунулся с бильярдным кием из окна и кричит в пьяном виде на всю площадь: «Господа, поглядите: марка, бывшая в употреблении, идет!»

Учитель русского языка Пивомедов, стоявший в передней Х-го уездного училища вместе с Фендриковым и снисходительно куривший его папиросу, пожал плечами и успокоил:

— Не волнуйтесь. У нас и примера не было, чтоб вашего брата на экзаменах резали. Проформа!

Фендриков успокоился, но ненадолго. Через переднюю прошел Галкин, молодой человек с жидкой, словно оборванной, бородкой, в парусинковых брюках и новом синем фраке. Он строго посмотрел на Фендрикова и прошел дальше.

Затем разнесся слух, что инспектор едет. Фендриков похолодел и стал ждать с тем страхом, который так хорошо известен всем подсудимым и экзаменующимся впервые. Через переднюю пробежал на улицу штатный смотритель уездного училища Хамов. За ним спешил навстречу к инспектору законоучитель Змиежалов в камилавке и с наперстным крестом. Туда же стремились и прочие учителя. Инспектор народных училищ Ахахов громко поздоровался, выразил свое неудовольствие на пыль и вошел в училище. Через пять минут приступили к экзаменам.

Проэкзаменовали двух поповичей на сельского учителя. Один выдержал, другой же не выдержал. Провалившийся высморкался в красный платок, постоял немного, подумал и ушел. Проэкзаменовали двух вольноопределяющихся третьего разряда. После этого пробил час Фендрикова...

— Вы где служите? — обратился к нему инспектор.

— Приемщиком в здешнем почтовом отделении, ваше высокородие, — проговорил он, выпрямляясь и стараясь скрыть от публики дрожание своих рук. — Прослужил двадцать один год, ваше высокородие, а ныне потребованы сведения для представления меня к чину коллежского регистратора, для чего и осмеливаюсь подвергнуться испытанию на первый классный чин.

— Так-с... Напишите диктант.

Пивомедов поднялся, кашлянул и начал диктовать густым, пронзительным басом, стараясь уловить экзаменующегося на словах, которые пишутся не так, как выговариваются: «Хараша халодная вада, кагда хочица пить» и проч.

Но как ни изощрялся хитроумный Пивомедов, диктант удался. Будущий коллежский регистратор сделал немного ошибок, хотя и напирал больше на красоту букв, чем на грамматику. В слове «чрезвычайно» он написал два «н», слово «лучше» написал «лутше», а словами «новое поприще» вызвал на лице инспектора улыбку, так как написал «новое подприще»; но ведь всё это не грубые ошибки.

— Диктант удовлетворителен, — сказал инспектор.

— Осмелюсь довести до сведения вашего высокородия, — сказал подбодренный Фендриков, искоса поглядывая на врага своего Галкина, — осмелюсь доложить, что геометрию я учил из книги Давыдова, отчасти же обучался ей у племянника Варсонофия, приезжавшего на каникулах из Троице-Сергиевской, Вифанской тож, семинарии. И планиметрию учил, и стереометрию... всё как есть...

— Стереометрии по программе не полагается.

— Не полагается? А я месяц над ней сидел... Этакая жалость! — вздохнул Фендриков.

— Но оставим пока геометрию. Обратимся к науке, которую вы, как чиновник почтового ведомства, вероятно, любите. География — наука почтальонов.

Все учителя почтительно улыбнулись. Фендриков был не согласен с тем, что география есть наука почтальонов (об этом нигде не было написано ни в почтовых правилах, ни в приказах по округу), но из почтительности сказал: «Точно так». Он нервно кашлянул и с ужасом стал ждать вопросов. Его враг Галкин откинулся на спинку стула и, не глядя на него, спросил протяжно:

— Э... скажите мне, какое правление в Турции?

— Известно какое... Турецкое...

— Гм!.. турецкое... Это понятие растяжимое. Там правление конституционное. А какие вы знаете притоки Ганга?

— Я географию Смирнова учил и, извините, не отчетливо выучил... Ганг, это которая река в Индии текет... река эта текет в океан.

— Я вас не про это спрашиваю. Какие притоки имеет Ганг? Не знаете? А где течет Аракс? И этого не знаете? Странно... Какой губернии Житомир?

— Тракт 18, место 121.

На лбу у Фендрикова выступил холодный пот. Он замигал глазами и сделал такое глотательное движение, что показалось, будто он проглотил свой язык.

— Как перед истинным богом, ваше высокородие, — забормотал он. — Даже отец протоиерей могут подтвердить... Двадцать один год прослужил и теперь это самое, которое... Век буду бога молить...

— Хорошо, оставим географию. Что вы из арифметики приготовили?

— И арифметику не отчетливо... Даже отец протоиерей могут подтвердить... Век буду бога молить... С самого Покрова учусь, учусь и... ничего толку... Постарел для умственности... Будьте столь милостивы, ваше высокородие, заставьте вечно бога молить.

На ресницах у Фендрикова повисли слезы.

— Прослужил честно и беспорочно... Говею ежегодно... Даже отец протоиерей могут подтвердить... Будьте великодушны, ваше высокородие.

— Ничего не приготовили?

— Всё приготовил-с, но ничего не помню-с... Скоро шестьдесят стукнет, ваше высокородие, где уж тут за науками угоняться? Сделайте милость!

— Уж и шапку с кокардой себе заказал... — сказал протоиерей Змиежалов и усмехнулся.

— Хорошо, ступайте!.. — сказал инспектор.

Через полчаса Фендриков шел с учителями в трактир Кухтина пить чай и торжествовал. Лицо у него сияло, в глазах светилось счастье, но ежеминутное почесывание затылка показывало, что его терзала какая-то мысль.

— Экая жалость! — бормотал он. — Ведь этакая, скажи на милость, глупость с моей стороны!

— Да что такое? — спросил Пивомедов.

— Зачем я стереометрию учил, ежели ее в программе нет? Ведь целый месяц над ней, подлой, сидел. Этакая жалость!

ХАМЕЛЕОН

Через базарную площадь идет полицейский надзиратель Очумелов в новой шинели и с узелком в руке. За ним шагает рыжий городовой с решетом, доверху наполненным конфискованным крыжовником. Кругом тишина... На площади ни души... Открытые двери лавок и кабаков глядят на свет божий уныло, как голодные пасти; около них нет даже нищих.

— Так ты кусаться, окаянная? — слышит вдруг Очумелов. — Ребята, не пущай ее! Нынче не велено кусаться! Держи! А... а!

Слышен собачий визг. Очумелов глядит в сторону и видит: из дровяного склада купца Пичугина, прыгая на трех ногах и оглядываясь, бежит собака. За ней гонится человек в ситцевой крахмальной рубахе и расстегнутой жилетке. Он бежит за ней и, подавшись туловищем вперед, падает на землю и хватает собаку за задние лапы. Слышен вторично собачий визг и крик: «Не пущай!» Из лавок высовываются сонные физиономии, и скоро около дровяного склада, словно из земли выросши, собирается толпа.

— Никак беспорядок, ваше благородие!.. — говорит городовой.

Очумелов делает полуоборот налево и шагает к сборищу. Около самых ворот склада, видит он, стоит вышеписанный человек в расстегнутой жилетке и, подняв вверх правую руку, показывает толпе окровавленный палец. На полупьяном лице его как бы написано: «Ужо я сорву с тебя, шельма!» — да и самый палец имеет вид знамения победы. В этом человеке Очумелов узнает золотых дел мастера Хрюкина. В центре толпы, растопырив передние ноги и дрожа всем телом, сидит на земле сам виновник скандала — белый борзой щенок с острой мордой и желтым пятном на спине. В слезящихся глазах его выражение тоски и ужаса.

— По какому это случаю тут? — спрашивает Очумелов, врезываясь в толпу. — Почему тут? Это ты зачем палец?.. Кто кричал?

— Иду я, ваше благородие, никого не трогаю... — начинает Хрюкин, кашляя в кулак. — Насчет дров с Митрий Митричем, — и вдруг эта подлая ни с того ни с сего за палец... Вы меня извините, я человек, который работающий... Работа у меня мелкая. Пущай мне заплатят, потому — я этим пальцем, может, неделю не пошевельну... Этого, ваше благородие, и в законе нет, чтоб от твари терпеть... Ежели каждый будет кусаться, то лучше и не жить на свете...

— Гм!.. Хорошо... — говорит Очумелов строго, кашляя и ше-веля бровями. — Хорошо... Чья собака? Я этого так не оставлю. Я покажу вам, как собак распускать! Пора обратить внимание на подобных господ, не желающих подчиняться постановлениям! Как оштрафуют его, мерзавца, так он узнает у меня, что значит собака и прочий бродячий скот! Я ему покажу кузькину мать!.. Елдырин, — обращается надзиратель к городовому, — узнай, чья это собака, и составляй протокол! А собаку истребить надо. Не-медля! Она наверное бешеная... Чья это собака, спрашиваю?

— Это, кажись, генерала Жигалова! — говорит кто-то из тол-пы.

— Генерала Жигалова? Гм!.. Сними-ка, Елдырин, с меня пальто... Ужас как жарко! Должно полагать, перед дождем... Од-ного только я не понимаю: как она могла тебя укусить? — обра-щается Очумелов к Хрюкину. — Нешто она достанет до пальца? Она маленькая, а ты ведь вон какой здоровила! Ты, должно быть, расковырял палец гвоздиком, а потом и пришла в твою голову идея, чтоб сорвать. Ты ведь... известный народ! Знаю вас, чертей!

— Он, ваше благородие, цыгаркой ей в харю для смеха, а она — не будь дура и тяпни... Вздорный человек, ваше благородие!

— Врешь, кривой! Не видал, так, стало быть, зачем врать? Их благородие умный господин и понимают, ежели кто врет, а кто по совести, как перед богом... А ежели я вру, так пущай мировой рассудит. У него в законе сказано... Нынче все равны... У меня у самого брат в жандарах... ежели хотите знать...

— Не рассуждать!

— Нет, это не генеральская... — глубокомысленно замечает городовой. — У генерала таких нет. У него всё больше легавые...

— Ты это верно знаешь?

— Верно, ваше благородие...

— Я и сам знаю. У генерала собаки дорогие, породистые, а эта — чёрт знает что! Ни шерсти, ни вида... подлость одна только... И этакую собаку держать?!.. Где же у вас ум? Попадись этакая собака в Петербурге или Москве, то знаете, что было бы? Там не посмотрели бы в закон, а моментально — не дыши! Ты, Хрю-кин, пострадал и дела этого так не оставляй... Нужно проучить! Пора...

— А может быть, и генеральская... — думает вслух городовой. — На морде у ней не написано... Намедни во дворе у него такую видел.

— Вестимо, генеральская! — говорит голос из толпы.

— Гм!.. Надень-ка, брат Елдырин, на меня пальто... Что-то ветром подуло... Знобит... Ты отведешь ее к генералу и спросишь там. Скажешь, что я нашел и прислал... И скажи, чтобы ее не выпускали на улицу... Она, может быть, дорогая, а ежели каждый свинья будет ей в нос сигаркой тыкать, то долго ли испортить. Собака — нежная тварь... А ты, болван, опусти руку! Нечего свой дурацкий палец выставлять! Сам виноват!..

— Повар генеральский идет, его спросим... Эй, Прохор! Поди-ка, милый, сюда! Погляди на собаку... Ваша?

— Выдумал! Этаких у нас отродясь не бывало!

— И спрашивать тут долго нечего, — говорит Очумелов. — Она бродячая! Нечего тут долго разговаривать... Ежели сказал, что бродячая, стало быть и бродячая... Истребить, вот и всё.

— Это не наша, — продолжает Прохор. — Это генералова брата, что намеднись приехал. Наш не охотник до борзых. Брат ихний охоч...

— Да разве братец ихний приехали? Владимир Иваныч? — спрашивает Очумелов, и всё лицо его заливается улыбкой умиления. — Ишь ты, господи! А я и не знал! Погостить приехали?

— В гости...

— Ишь ты, господи... Соскучились по братце... А я ведь и не знал! Так это ихняя собачка? Очень рад... Возьми ее... Собачонка ничего себе... Шустрая такая... Цап этого за палец! Ха-ха-ха... Ну, чего дрожишь? Ррр... Рр... Сердится, шельма... цуцык этакий...

Прохор зовет собаку и идет с ней от дровяного склада... Толпа хохочет над Хрюкиным.

— Я еще доберусь до тебя! — грозит ему Очумелов и, запахиваясь в шинель, продолжает свой путь по базарной площади.

Из огня да в полымя

У регента соборной церкви Градусова сидел адвокат Калякин и, вертя в руках повестку от мирового на имя Градусова, говорил:

— Что ни говорите, Досифей Петрович, а вы виноваты-с. Я уважаю вас, ценю ваше расположение, но при всем том с прискорбием должен вам заметить, что вы были неправы. Да-с, неправы. Вы оскорбили моего клиента Деревяшкина... Ну, за что вы его оскорбили?

— Кой чёрт его оскорблял? — горячился Градусов, высокий старик с узким, мало обещающим лбом, густыми бровями и с бронзовой медалькой в петлице. — Я ему только мораль нравственную прочел, только! Дураков нужно учить! Ежели дураков не учить, то тогда от них прохода не будет.

— Но, Досифей Петрович, вы ему не наставление прочли. Вы, как заявляет он в своем прошении, публично тыкали на него, называли его ослом, мерзавцем и тому подобное... и даже раз подняли руку, как бы желая нанести ему оскорбление действием.

— Как же его не бить, ежели он того стоит? Не понимаю!

— Но поймите же, что вы не имеете на это никакого права!

— Я не имею права? Ну, уж это извините-с... Подите кому другому рассказывайте, а меня не морочьте, сделайте милость. Он у меня после того, как его из архиерейского хора честью по шее попросили, в моем хоре десять лет прослужил. Я ему благодетель, ежели желаете знать. Ежели он сердится, что я его из хора прогнал, то сам же он виноват. Я его за философию прогнал. Философствовать может только образованный человек, который курс кончил, а ежели ты дурак, не высокого ума, то ты сиди себе в уголку и молчи... Молчи да слушай, как умные говорят, а он, болван, бывало, так и норовит, чтоб что-нибудь этакое запустить. Тут спевка или обедня идет, а он про Бисмарка да про разных там Гладстонов. Верите ли, газету, каналья, выписывал! А сколько раз я его за русско-турецкую войну по зубам бил, так вы себе представить не можете! Тут нужно петь, а он наклонится к тенорам да и давай им рассказывать про то, как наши динамитом турецкий броненосец «Лютфи-Джелил» взорвали... Нешто это порядок? Конечно, приятно, что наши победили, но из этого не следует, что петь не надо... Можешь и после обедни поговорить. Свинья, одним словом.

— Стало быть, вы и прежде его оскорбляли!

— Прежде он и не обижался. Чувствовал, что я это для его же пользы, понимал!.. Знал, что старшим и благодетелям грех прекословить, а как в полицию в писаря поступил — ну и шабаш, зазнался, перестал понимать. Я, говорит, теперь не певчий, а чиновник. На коллежского регистратора, говорит, экзамен держать буду. Ну и дурак, говорю... Поменьше бы ты, говорю, философию разводил да почаще бы нос утирал, так это лучше было бы, чем о чинах думать. Тебе, говорю, не чины свойственны, а убожество. И слушать не хочет! Да вот хоть бы взять этот случай — за что он на меня мировому подал? Ну, не хамово ли отродье? Сижу я в трактире Самоплюева и с нашим церковным старостой чай пью. Публики тьма, ни одного свободного места... Гляжу, и он сидит тут же, со своими писарями пиво трескает. Франт такой, морду поднял, орет... руками размахивает... Прислушиваюсь — про холеру говорит... Ну, что вы с ним тут поделаете? Философствует! Я, знаете ли, молчу, терплю... Болтай, думаю, болтай... Язык без костей... Вдруг на беду машина заиграла... Расчувствовался он, хам, поднялся и говорит своим приятелям: «Выпьем, говорит, за процветание! Я, говорит, сын своего отечества и славянофил своей родины! Положу свою единственную грудь! Выходите, враги, на одну руку! Кто со мной не согласен, того я желаю видеть!» И как стукнет кулаком по столу! Тут уж я не вытерпел... Подхожу к нему и говорю деликатно: «Послушай, Осип... Ежели ты, свинья, ничего не понимаешь, то лучше молчи и не рассуждай. Образованный человек может умствовать, а ты смирись. Ты тля, пепел...» Я ему слово, он мне десять... Пошло и пошло... Я ему, конечно, на пользу, а он по глупости... Обиделся — вот и подал мировому...

— Да, — вздохнул Калякин. — Плохо... Из-за каких-нибудь пустяков и чёрт знает что вышло. Человек вы семейный, уважаемый, а тут суд этот, разговоры, перетолки, арест... Покончить это дело нужно, Досифей Петрович. Есть у вас один выход, на который соглашается и Деревяшкин. Вы пойдете сегодня со мной в трактир Самоплюева в шесть часов, когда собираются там писаря, актеры и прочая публика, при которой вы оскорбили его, и извинитесь перед ним. Тогда он возьмет свое прошение назад. Поняли? Полагаю, что вы согласитесь, Досифей Петрович... Говорю вам, как другу... Вы оскорбили Деревяшкина, осрамили его, а главное заподозрили его похвальные чувства и даже... профанировали эти чувства. В наше время, знаете ли, нельзя так. Надо поосторожней. Вашим словам придан оттенок этакий, как бы вам сказать, который в наше время, одним словом, не того... Сейчас без четверти шесть... Угодно вам идти со мной?

Градусов замотал головой, но когда Калякин нарисовал ему в ярких красках «оттенок», приданный его словам, и могущие быть от этого оттенка последствия, Градусов струсил и согласился.

— Вы, смотрите же, извинитесь как следует, по форме, — учил его адвокат по пути в трактир. — Подойдите к нему и на «вы»... «Извините... беру свои слова назад» и прочее тому подобное.

Придя в трактир, Градусов и Калякин нашли в нем целое сборище. Тут сидели купцы, актеры, чиновники, полицейские писаря — вообще вся «шваль», имевшая обыкновение собираться в трактире по вечерам, пить чай и пиво. Между писарями сидел и сам Деревяшкин, малый неопределенного возраста, бритый, с большими неморгающими глазами, придавленным носом и такими жесткими волосами, что, при взгляде на них, являлось желание чистить сапоги... Его лицо было так счастливо устроено, что, раз взглянувши на него, можно было узнать всё: что он и пьяница, и поет басом, и глуп, но не настолько, чтоб не считать себя очень умным человеком. Увидев входящего регента, он приподнялся и, как кот, пошевелил усами. Сборище, по-видимому предуведомленное о том, что будет публичное покаяние, навострило уши.

— Вот... Господин Градусов согласен! — сказал Калякин, входя. Регент кое с кем поздоровался, громко высморкался, покраснел и подошел к Деревяшкину.

— Извините... — забормотал он, не глядя на него и пряча в карман платок. — При всем обществе беру свои слова назад.

— Извиняю! — пробасил Деревяшкин и, победоносно взглянув на всю публику, сел. — Я удовлетворен! Господин адвокат, прошу прекратить мое дело!

— Я извиняюсь, — продолжал Градусов. — Извините... Не люблю неудовольствий... Хочешь, чтоб я тебе «вы» говорил, изволь, буду... Хочешь, чтоб я тебя за умного почитал, изволь... Мне наплевать... Я, брат, не злопамятен. Шут с тобой...

— Да вы позвольте-с! Вы извиняйтесь, а не ругайтесь!

— Как же мне еще извиняться? Я извиняюсь! Только что вот не «выкнул», так это по забывчивости. Не на коленки же мне становиться... Извиняюсь и даже благодарю бога, что у тебя хватило ума это дело прекратить. Мне некогда по судам шляться... Век я не судился, судиться не буду и тебе не советую... вам то есть...

— Конечно! Не желаете ли выпить для сан-стефанского миру?[1]

— И выпить можно... Только ты, брат, Осип, свинья... Это я не то что ругаюсь, а так... к примеру... Свинья, брат! Помнишь, как ты у меня в ногах валялся, когда тебя из архиерейского хора по шее? А? И ты смеешь на благодетеля жалобу подавать? Рыло ты, рыло! И тебе не стыдно? Господа посетители, и ему не стыдно?

— Позвольте-с! Это опять выходит ругательство!

— Какое ругательство? Я тебе только говорю, наставляю... Помирился и в последний раз говорю, я ругаться не думаю... Стану я с тобой, с лешим, связываться после того, как ты на своего благодетеля жалобу подал! Да ну тебя к чёрту! И говорить с тобой не желаю! А ежели я тебя сейчас свиньей нечаянно обозвал, так ты и есть свинья... Вместо того, чтоб за благодетеля вечно бога молить, что он тебя десять лет кормил да нотам выучил, ты жалобу глупую подаешь да разных чертей адвокатов подсылаешь.

— Позвольте же, Досифей Петрович, — обиделся Калякин. — Не черти у вас были, а я был!.. Поосторожней, прошу вас!

— Да нешто я про вас? Ходите хоть каждый день, милости просим. Только мне удивительно, как это вы курс кончили, обра-

---

[1] В Сан-Стефано, близ Константинополя, 19 февраля 1878 г. был заключен предварительный договор об окончании войны между Россией и Турцией.

зование получили, а вместо того, чтоб этого индюка наставлять, руку его держите. Да я бы его на вашем месте в остроге сгноил! И потом, чего вы сердитесь? Ведь я извинялся? Чего же вам от меня еще нужно? Не понимаю! Господа посетители, вы будьте свидетелями, я извинялся, а извиняться в другой раз перед каким-нибудь дураком я не намерен!

— Вы сами дурак! — прохрипел Осип и в негодовании ударил себя по груди.

— Я дурак? Я? И ты можешь мне это говорить?..

Градусов побагровел и затрясся...

— И ты осмелился? На же тебе!.. И кроме того, что я тебе, подлецу, сейчас оплеуху дал, я еще на тебя мировому подам! Я покажу тебе, как оскорблять! Господа, будьте свидетели! Господин околоточный, что же вы стоите там и смотрите? Меня оскорбляют, а вы смотрите? Жалованье получаете, а как за порядком смотреть, так и не ваше дело? А? Вы думаете, что на вас и суда нет?

К Градусову подошел околоточный, и — началась история.

Через неделю Градусов стоял перед мировым судьей и судился за оскорбление Деревяшкина, адвоката и околоточного надзирателя, при исполнении последним своих служебных обязанностей. Сначала он не понимал, истец он или обвиняемый, потом же, когда мировой приговорил его «по совокупности» к двухмесячному аресту, то он горько улыбнулся и проворчал:

— Гм... Меня оскорбили, да я же еще и сидеть должен... Удивление... Надо, господин мировой судья, по закону судить, а не умствуя. Ваша покойная маменька, Варвара Сергеевна, дай бог ей царство небесное, таких, как Осип, сечь приказывала, а вы им поблажку даете... Что ж из этого выйдет? Вы их, шельмов, оправдаете, другой оправдает... Куда же идти тогда жаловаться?

— Приговор может быть обжалован в двухнедельный срок... и прошу не рассуждать! Можете идти!

— Конечно... Нынче ведь на одно жалованье не проживешь, — проговорил Градусов и подмигнул значительно. — Поневоле, ежели кушать хочется, невинного в кутузку засадишь... Это так... И винить нельзя...

— Что-с?!

— Ничего-с... Это я так... насчет хапен зи гевезен...[1] Вы думаете, как вы в золотой цепе, так на вас и суда нет? Не беспокойтесь... Выведу на чистую воду!

---

[1] Бессмысленное сочетание двух немецких глаголов, бытовавшее в чиновничьей среде как обозначение взятки (по ассоциации с русским «хапать»).

Закипело дело «об оскорблении судьи»; но вступился соборный протоиерей, и дело кое-как замяли.

Перенося свое дело в съезд, Градусов был убежден, что не только его оправдают, но даже Осипа посадят в острог. Так он думал и во время самого разбирательства. Стоя перед судьями, он вел себя миролюбиво, сдержанно, не говоря лишних слов. Раз только, когда председатель предложил ему сесть, он обиделся и сказал:

— Нешто в законах написано, чтоб регент рядом со своим певчим сидел?

А когда съезд утвердил приговор мирового судьи, он прищурил глаза...

— Как-с? Что-с? — спросил он. — Это как же прикажете понимать-с? Это вы о чем же-с?

— Съезд утвердил приговор мирового судьи. Если вы недовольны, то можете подавать в сенат.

— Так-с. Чувствительно вас благодарим, ваше превосходительство, за скорый и праведный суд. Конечно, на одно жалованье не проживешь, это я отлично понимаю, но извините-с, мы и неподкупный суд найдем.

Не стану приводить всего того, что Градусов наговорил съезду... В настоящее время он судится за «оскорбление съезда» и слушать не хочет, когда знакомые стараются объяснить ему, что он виноват... Он убежден в своей невинности и верует, что рано или поздно ему скажут спасибо за открытые им злоупотребления.

— Ничего с этим дураком не поделаешь! — говорит соборный настоятель, безнадежно помахивая рукой. — Не понимает!

Надлежащие меры

Маленький заштатный городок, которого, по выражению местного тюремного смотрителя, на географической карте даже под телескопом не увидишь, освещен полуденным солнцем. Тишина и спокойствие. По направлению от думы к торговым рядам медленно подвигается санитарная комиссия, состоящая из городового врача, полицейского надзирателя, двух уполномоченных от думы и одного торгового депутата. Сзади почтительно шагают городовые... Путь комиссии, как путь в ад, усыпан благими намерениями. Санитары идут и, размахивая руками, толкуют о нечистоте, вони, надлежащих мерах и прочих холерных материях. Разговоры до того умные, что идущий впереди всех полицейский надзиратель вдруг приходит в восторг и, обернувшись, заявляет:

— Вот так бы нам, господа, почаще собираться да рассуждать! И приятно, и в обществе себя чувствуешь, а то только и знаем, что ссоримся. Да ей-богу!

— С кого бы нам начать? — обращается торговый депутат к врачу тоном палача, выбирающего жертву. — Не начать ли нам, Аникита Николаич, с лавки Ошейникова? Мошенник, во-первых, и... во-вторых, пора уж до него добраться. Намедни приносят мне от него гречневую крупу, а в ней, извините, крысиный помет... Жена так и не ела!

— Ну что ж? С Ошейникова начинать, так с Ошейникова, — говорит безучастно врач.

Санитары входят в «Магазин чаю, сахару и кофию и прочих колоннеальных товаров А. М. Ошейникова» и тотчас же, без длинных предисловий, приступают к ревизии.

— М-да-с... — говорит врач, рассматривая красиво сложенные пирамиды из казанского мыла. — Каких ты у себя здесь из мыла вавилонов настроил! Изобретательность, подумаешь! Э... э... э! Это что же такое? Поглядите, господа! Демьян Гаврилыч изволит мыло и хлеб одним и тем же ножом резать!

— От этого холеры не выйдет-с, Аникита Николаич! — резонно замечает хозяин.

— Оно-то так, но ведь противно! Ведь и я у тебя хлеб покупаю.

— Для кого поблагородней мы особый нож держим. Будьте покойны-с... Что вы-с...

Полицейский надзиратель щурит свои близорукие глаза на окорок, долго царапает его ногтем, громко нюхает, затем, пощелкав по окороку пальцем, спрашивает:

— А он у тебя, бывает, не с стрихнинами?

— Что вы-с... Помилуйте-с... Нешто можно-с!

Надзиратель конфузится, отходит от окорока и щурит глаза на прейскурант Асмолова и К°. Торговый депутат запускает руку в бочонок с гречневой крупой и ощущает там что-то мягкое, бархатистое... Он глядит туда, и по лицу его разливается нежность.

— Кисаньки... кисаньки! Манюнечки мои! — лепечет он. — Лежат в крупе и мордочки подняли... нежатся... Ты бы, Демьян Гаврилыч, прислал мне одного котеночка!

— Это можно-с... А вот, господа, закуски, ежели желаете осмотреть... Селедки вот, сыр... балык, изволите видеть... Балык в четверг получил, самый лучший... Мишка, дай-ка сюда ножик!

Санитары отрезывают по куску балыка и, понюхав, пробуют.

— Закушу уж и я кстати... — говорит как бы про себя хозяин лавки Демьян Гаврилыч. — Там где-то у меня бутылочка валялась. Пойти перед балыком выпить... Другой вкус тогда... Мишка, дай-ка сюда бутылочку.

Мишка, надув щеки и выпучив глаза, раскупоривает бутылку и со звоном ставит ее на прилавок.

— Пить натощак... — говорит полицейский надзиратель, в нерешимости почесывая затылок. — Впрочем, ежели по одной... Только ты поскорей, Демьян Гаврилыч, нам некогда с твоей водкой!

Через четверть часа санитары, вытирая губы и ковыряя спичками в зубах, идут к лавке Голорыбенко. Тут, как назло, пройти негде... Человек пять молодцов, с красными, вспотевшими физиономиями, катят из лавки бочонок с маслом.

— Держи вправо!.. Тяни за край... тяни, тяни! Брусок подложи... а, чёрт! Отойдите, ваше благородие, ноги отдавим!

Бочонок застревает в дверях и — ни с места... Молодцы налегают на него и прут изо всех сил, испуская громкое сопенье и бранясь на всю площадь. После таких усилий, когда от долгих сопений воздух значительно изменяет свою чистоту, бочонок, наконец, выкатывается и почему-то, вопреки законам природы, катится назад и опять застревает в дверях. Сопенье начинается снова.

— Тьфу! — плюет надзиратель. — Пойдемте к Шибукину. Эти черти до вечера будут пыхтеть.

Шибукинскую лавку санитары находят запертой.

— Да ведь она же была отперта! — удивляются санитары, переглядываясь. — Когда мы к Ошейникову входили, Шибукин стоял на пороге и медный чайник полоскал. Где он? — обращаются они к нищему, стоящему около запертой лавки.

— Подайте милостыньку, Христа ради, — сипит нищий, — убогому калеке, что милость ваша, господа благодетели... родителям вашим...

Санитары машут руками и идут дальше, за исключением одного только уполномоченного от думы, Плюнина. Этот подает нищему копейку и, словно чего-то испугавшись, быстро крестится и бежит вдогонку за компанией.

Часа через два комиссия идет обратно. Вид у санитаров утомленный, замученный. Ходили они недаром: один из городовых, торжественно шагая, несет лоток, наполненный гнилыми яблоками.

— Теперь, после трудов праведных, недурно бы дрызнуть, — говорит надзиратель, косясь на вывеску «Ренсковый погреб вин и водок». — Подкрепиться бы.

— М-да, не мешает. Зайдемте, если хотите!

Санитары спускаются в погреб и садятся вокруг круглого стола с погнувшимися ножками. Надзиратель кивает сидельцу, и на столе появляется бутылка.

— Жаль, что закусить нечем, — говорит торговый депутат, выпивая и морщась. — Огурчика дал бы, что ли... Впрочем...

Депутат поворачивается к городовому с лотком, выбирает наиболее сохранившееся яблоко и закусывает.

— Ах... тут есть и не очень гнилые! — как бы удивляется надзиратель. — Дай-ка и я себе выберу! Да ты поставь здесь лоток... Какие лучше — мы выберем, почистим, а остальные можешь уничтожить. Аникита Николаич, наливайте! Вот так почаще бы нам собираться да рассуждать. А то живешь-живешь в этой глуши, никакого образования, ни клуба, ни общества — Австралия, да и только! Наливайте, господа! Доктор, яблочек! Самолично для вас очистил!

. . . .

— Ваше благородие, куда лоток девать прикажете? — спрашивает городовой надзирателя, выходящего с компанией из погреба.

— Ло... лоток? Который лоток? П-понимаю! Уничтожь вместе с яблоками... потому — зараза!

— Яблоки вы изволили скушать!

— А-а... очень приятно! Послушш... поди ко мне домой и скажи Марье Власьевне, чтоб не сердилась... Я только на часок... к Плюнину спать... Понимаешь? Спать... объятия Морфея... Шпрехен зи деич, Иван Андреич.

И, подняв к небу глаза, надзиратель горько качает головой, растопыривает руки и говорит:

— Так и вся жизнь наша!

Брак по расчету

Роман в 2-х частях

Часть первая

В доме вдовы Мымриной, что в Пятисобачьем переулке, свадебный ужин. Ужинает 23 человека, из коих восемь ничего не едят, клюют носом и жалуются, что их «мутит». Свечи, лампы и хромая люстра, взятая напрокат из трактира, горят до того ярко, что один из гостей, сидящих за столом, телеграфист, кокетливо щурит глаза и то и дело заговаривает об электрическом освещении — ни к селу ни к городу. Этому освещению и вообще электричеству он пророчит блестящую будущность, но, тем не менее, ужинающие слушают его с некоторым пренебрежением.

— Электричество... — бормочет посажёный отец, тупо глядя в свою тарелку. — А по моему взгляду, электрическое освещение одно только жульничество. Всунут туда уголек и думают глаза отвести! Нет, брат, уж ежели ты даешь мне освещение, то ты давай не уголек, а что-нибудь существенное, этакое что-нибудь зажигательное, чтобы было за что взяться! Ты давай огня — понимаешь? — огня, который натуральный, а не умственный.

— Ежели бы вы видели электрическую батарею, из чего она составлена, — говорит телеграфист, рисуясь, — то вы иначе бы рассуждали.

— И не желаю видеть. Жульничество... Народ простой надувают... Соки последние выжимают. Знаем мы их, этих самых... А вы, господин молодой человек, — не имею чести знать вашего имени-отчества, — чем за жульничество вступаться, лучше бы выпили и другим налили.

— Я с вами, папаша, вполне согласен, — говорит хриплым тенором жених Апломбов, молодой человек с длинной шеей и щетинистыми волосами. — К чему заводить ученые разговоры? Я не прочь и сам поговорить о всевозможных открытиях в научном смысле, но ведь на это есть другое время! Ты какого мнения, машер[1]? — обращается жених к сидящей рядом невесте.

Невеста Дашенька, у которой на лице написаны все добродетели, кроме одной — способности мыслить, вспыхивает и говорит:

— Они хочут свою образованность показать и всегда говорят о непонятном.

— Слава богу, прожили век без образования и вот уж, благодарить бога, третью дочку за хорошего человека выдаем, — говорит с другого конца стола мать Дашеньки, вздыхая и обращаясь к телеграфисту: — А ежели мы, по-вашему, выходим необразованные, то зачем вы к нам ходите? Шли бы к своим образованным!

Наступает молчание. Телеграфист сконфужен. Он никак не ожидал, что разговор об электричестве примет такой странный оборот. Наступившее молчание имеет характер враждебный, кажется ему симптомом всеобщего неудовольствия, и он находит нужным оправдаться.

— Я, Татьяна Петровна, всегда уважал ваше семейство, — говорит он, — а ежели я насчет электрического освещения, так это еще не значит, что я из гордости. Даже вот выпить могу... Я всегда от всех чувств желал Дарье Ивановне хорошего жениха. В наше время, Татьяна Петровна, трудно выйти за хорошего че-

---

[1] дорогая (*франц.* ma chère).

ловека. Нынче каждый норовит вступить в брак из-за интереса, из-за денег...

— Это намек! — говорит жених, багровея и мигая глазами.

— И никакого тут нет намека, — говорит телеграфист, несколько струсив. — Я не говорю о присутствующих. Это я так... вообще... Помилуйте!.. Все знают, что вы из любви... Приданое пустяшное...

— Нет, не пустяшное! — обижается Дашенькина мать. — Ты говори, сударь, да не заговаривайся! Кроме того, что мы тысячу рублей, мы три салопа даем, постелю и вот эту всю мебель! Поди-кась найди в другом месте такое приданое!

— Я ничего... Мебель, действительно, хорошая... но я в том смысле, что вот они обижаются, будто я намекнул...

— А вы не намекайте, — говорит невестина мать. — Мы вас по вашим родителям почитаем и на свадьбу пригласили, а вы разные слова... А ежели вы знали, что Егор Федорыч из интереса женится, то что же вы раньше молчали? Пришли бы да и сказали по-родственному: так и так, мол, на интерес польстился... А тебе, батюшка, грех! — обращается вдруг невестина мать к жениху, слезливо мигая глазами. — Я ее, может, вскормила, вспоила... берегла пуще алмаза изумрудного, деточку мою, а ты... ты из интереса...

— И вы поверили клевете? — говорит Апломбов, вставая из-за стола и нервно теребя свои щетинистые волосы. — Покорнейше вас благодарю! Мерси за такое мнение! А вы, господин Блинчиков, — обращается он к телеграфисту, — вы хоть и знакомый мне, но я не позволю вам такие безобразия строить в чужом доме! Позвольте вам выйти вон!

— То есть как?

— Позвольте вам выйти вон! Желаю, чтобы и вы были таким честным человеком, как я! Одним словом, позвольте вам выйти вон!

— Да оставь! Будет тебе! — осаживают жениха его приятели. — Ну, стоит ли? Садись! Оставь!

— Нет, я желаю показать, что он не имеет никакой полной правы! Я по любви вступил в законный брак. Чего же вы сидите, не понимаю! Позвольте вам выйти вон!

— Я ничего... Я ведь... — говорит ошеломленный телеграфист, поднимаясь из-за стола. — Не понимаю даже... Извольте, я уйду... Только вы отдайте мне сначала три рубля, что вы у меня на пикейную жилетку заняли. Выпью вот еще и... уйду, только вы сначала долг отдайте.

Жених долго шепчется со своими приятелями. Те по мелочам дают ему три рубля, он с негодованием бросает их телеграфисту, и последний, после долгих поисков своей форменной фуражки, раскланивается и уходит.

Так иногда может кончиться невинный разговор об электричестве! Но вот кончается ужин... Наступает ночь. Благовоспитанный автор надевает на свою фантазию крепкую узду и накидывает на текущие события темную вуаль таинственности.

Розоперстая Аврора застает еще Гименея в Пятисобачьем переулке, но вот настает серое утро и дает автору богатый материал для

Части второй и последней

Серое осеннее утро. Еще нет и восьми часов, а в Пятисобачьем переулке необычайное движение. По тротуарам бегают встревоженные городовые и дворники; у ворот толпятся озябшие кухарки с выражением крайнего недоумения на лицах... Во все окна глядят обыватели. Из открытого окна прачечной, нажимая друг друга висками и подбородками, глядят женские головы.

— Не то снег, не то... и не разберешь, что оно такое, — слышатся голоса.

В воздухе от земли до крыш кружится что-то белое, очень похожее на снег. Мостовая бела, уличные фонари, крыши, дворницкие скамьи у ворот, плечи и шапки прохожих — всё бело.

— Что случилось? — спрашивают прачки у бегущих дворников.

Те в ответ машут руками и бегут дальше... Они и сами не знают, в чем дело. Но вот, наконец, медленно проходит один дворник и, беседуя сам с собой, жестикулирует руками. Очевидно, он побывал на месте происшествия и знает всё.

— Что, родименький, случилось? — спрашивают у него прачки из окна.

— Неудовольствие, — отвечает он. — В доме Мымриной, что вчерась была свадьба, жениха обсчитали. Вместо тысячи — девятьсот дали.

— Ну, а он что?

— Осерчал. Я, говорит, того, говорит... Распорол в сердцах перину и выпустил пух в окно... Ишь, сколько пуху! Снег словно!

— Ведут! Ведут! — слышатся голоса. — Ведут!

От дома вдовы Мымриной движется процессия. Впереди идут два городовых с озабоченными лицами... Сзади них шагает Апломбов в триковом пальто и в цилиндре. На лице у него написано: «Я честный человек, но надувать себя не позволю!»

— Ужо правосудие покажет вам, что я за человек! — бормочет он, то и дело оборачиваясь.

За ним идут плачущие Татьяна Петровна и Дашенька. Шествие замыкается дворником с книгой и толпой мальчишек.

— О чем плачешь, молодуха? — обращаются прачки к Дашеньке.

— Перины жалко! — отвечает за нее мать. — Три пуда, голубчики! И пух-то ведь какой! Пушинка к пушинке — ни одного перышка! Наказал бог на старости лет!

Процессия поворачивает за угол, и Пятисобачий переулок успокаивается. Пух летает до вечера.

НЕ В ДУХЕ

Становой пристав Семен Ильич Прачкин ходил по своей комнате из угла в угол и старался заглушить в себе неприятное чувство. Вчера он заезжал по делу к воинскому начальнику, сел нечаянно играть в карты и проиграл восемь рублей. Сумма ничтожная, пустяшная, но бес жадности и корыстолюбия сидел в ухе станового и упрекал его в расточительности.

— Восемь рублей — экая важность! — заглушал в себе Прачкин этого беса. — Люди и больше проигрывают, да ничего. И к тому же деньги дело наживное... Съездил раз на фабрику или в трактир Рылова, вот тебе и все восемь, даже еще больше!

— «Зима... Крестьянин, торжествуя...» — монотонно зубрил в соседней комнате сын станового, Ваня. — «Крестьянин, торжествуя... обновляет путь...»

— Да и отыграться можно... Что это там «торжествуя»?

— «Крестьянин, торжествуя, обновляет путь... обновляет...»

— «Торжествуя...» — продолжал размышлять Прачкин. — Влепить бы ему десяток горячих, так не очень бы торжествовал. Чем торжествовать, лучше бы подати исправно платил... Восемь рублей — экая важность! Не восемь тысяч, всегда отыграться можно...

— «Его лошадка, снег почуя... снег почуя, плетется рысью как-нибудь...»

— Еще бы она вскачь понеслась! Рысак какой нашелся, скажи на милость! Кляча — кляча и есть... Нерассудительный мужик рад спьяну лошадь гнать, а потом как угодит в прорубь или в овраг, тогда и возись с ним... Поскачи только мне, так я тебе такого скипидару пропишу, что лет пять не забудешь!.. И зачем это я с маленькой пошел? Пойди я с туза треф, не был бы я без двух...

— «Бразды пушистые взрывая, летит кибитка удалая... бразды пушистые взрывая...»

— «Взрывая... Бразды взрывая... бразды...» Скажет же этакую штуку! Позволяют же писать, прости господи! А всё десятка, в сущности, наделала! Принесли же ее черти не вовремя!

— «Вот бегает дворовый мальчик... дворовый мальчик, в салазки Жучку посадив... посадив...»

— Стало быть, наелся, коли бегает да балуется... А у родителей нет того в уме, чтоб мальчишку за дело усадить. Чем собаку-то возить, лучше бы дрова колол или священное писание читал... И собак тоже развели... ни пройти, ни проехать! Было бы мне после ужина не садиться... Поужинать бы, да и уехать...

— «Ему и больно и смешно, а мать грозит... а мать грозит ему в окно...»

— Грози, грози... Лень на двор выйти да наказать... Задрала бы ему шубенку да чик-чик! чик-чик! Это лучше, чем пальцем грозить... А то, гляди, выйдет из него пьяница... Кто это сочинил? — спросил громко Прачкин.

— Пушкин, папаша.

— Пушкин? Гм!.. Должно быть, чудак какой-нибудь. Пишут-пишут, а что пишут — и сами не понимают. Лишь бы написать!

— Папаша, мужик муку привез! — крикнул Ваня.

— Принять!

Но и мука не развеселила Прачкина. Чем более он утешал себя, тем чувствительнее становилась для него потеря. Так было жалко восьми рублей, так жалко, точно он в самом деле проиграл восемь тысяч. Когда Ваня кончил урок и умолк, Прачкин стал у окна и, тоскуя, вперил свой печальный взор в снежные сугробы... Но вид сугробов только растеребил его сердечную рану. Он напомнил ему о вчерашней поездке к воинскому начальнику. Заиграла желчь, подкатило под душу... Потребность излить на чем-нибудь свое горе достигла степеней, не терпящих отлагательства. Он не вынес...

— Ваня! — крикнул он. — Иди, я тебя высеку за то, что ты вчера стекло разбил!

КАПИТАНСКИЙ МУНДИР

Восходящее солнце хмурилось на уездный город, петухи еще только потягивались, а между тем в кабаке дяди Рылкина уже были посетители. Их было трое: портной Меркулов, городовой Жратва и казначейский рассыльный Смехунов. Все трое были выпивши.

— Не говори! И не говори! — рассуждал Меркулов, держа городового за пуговицу. — Чин гражданского ведомства, ежели взять которого повыше, в портняжном смысле завсегда утрет нос генералу. Взять таперича хотя камергера... Что это за человек? Какого звания? А ты считай... Четыре аршина сукна наилучшего фабрики Прюнделя с сыновьями, пуговки, золотой воротник, штаны белые с золотым лампасом, все груди в золоте, на вороте, на рукавах и на клапанах блеск! Таперича ежели шить на господ гофмейстеров, шталмейстеров, церемониймейстеров и прочих министерий... Ты как понимаешь? Помню это, шили мы на гофмейстера графа Андрея Семеныча Вонляревского. Мундир — не подходи! Берешься за него руками, а в жилках пульса — цик! цик! Настоящие господа ежели шьют, то не смей их беспокоить. Снял мерку и шей, а ходить примеривать да прифасониваться никак невозможно. Ежели ты стоющий портной, то сразу по мерке сделай... С колокольни спрыгни, в сапоги попади — во как! А около нас был, братец ты мой, как теперь помню, жандармский корпус... Хозяин наш Осип Яклич и выбирал из жандармов, которые подходящие, чтоб заказчику под корпус подходили, для примерки. Ну-с, это самое... выбрали мы, братец ты мой, для графского мундира одного подходящего жандармика. Позвали... Надевай, харя, и чувствуй!.. Потеха! Надел он, это самое, мундир таперя, поглядел на груди — и что ж! Обомлел, знаешь, затрепетал, без чувств...

— А на исправников шили? — осведомился Смехунов.

— Эко-ся, важная птица! В Петербурге исправников этих, как собак нерезаных... Тут перед ними шапку ломают, а там — «посторонись, чево прешь!». Шили мы на господ военных да на особ первых четырех классов. Особа особе рознь... Ежели ты, положим, пятого класса, то ты — пустяки... Приходи через неделю и всё готово — потому, окромя воротника и нарукавников, ничего... А ежели который четвертого класса, или третьего, или, положим, второго, тут уж хозяин всем в зубы, и беги в жандармский корпус. Шили мы раз, братец ты мой, на персидского консула. Нашли мы ему на грудях и на спине золотых кренделей на полторы тыщи. Думали, что не отдаст; ан нет, заплатил... В Петербурге даже и в татарах благородство есть.

Долго рассказывал Меркулов. В девятом часу он, под влиянием воспоминаний, заплакал и стал горько жаловаться на судьбу, загнавшую его в городишко, наполненный одними только купцами и мещанами. Городовой отвел уже двоих в полицию, рассыльный уходил два раза на почту и в казначейство и опять приходил, а он всё жаловался. В полдень он стоял перед дьячком, бил себя кулаком по груди и роптал:

— Не желаю я на хамов шить! Не согласен! В Петербурге я самолично на барона Шпуцеля и на господ офицеров шил! Отойди от меня, длиннополая кутья, чтоб я тебя не видел своими глазами! Отойди!

— Возмечтали вы о себе высоко, Трифон Пантелеич, — убеждал портного дьячок. — Хоть вы и артист в своем цехе, но бога и религию не должны забывать. Арий возмечтал, вроде как вы, и помер поносной смертью. Ой, помрете и вы!

— И помру! Пущай лучше помру, чем зипуны шить!

— Мой анафема здесь? — послышался вдруг за дверью бабий голос, и в кабак вошла жена Меркулова Аксинья, пожилая баба с подсученными рукавами и перетянутым животом. — Где он, идол? — окинула она негодующим взором посетителей. — Иди домой, чтоб тебя разорвало, там тебя какой-то офицер спрашивает!

— Какой офицер? — удивился Меркулов.

— А шут его знает! Сказывает, заказать пришел.

Меркулов почесал всей пятерней свой большой нос, что он делал всякий раз, когда хотел выразить крайнее изумление, и пробормотал:

— Белены баба объелась... Пятнадцать годов не видал лица благородного и вдруг нынче, в постный день — офицер с заказом! Гм!.. Пойти поглядеть...

Меркулов вышел из кабака и, спотыкаясь, побрел домой... Жена не обманула его. У порога своей избы он увидел капитана Урчаева, делопроизводителя местного воинского начальника.

— Ты где это шатаешься? — встретил его капитан. — Целый час жду... Можешь мне мундир сшить?

— Ваше благор... Господи! — забормотал Меркулов, захлебываясь и срывая со своей головы шапку вместе с клочком волос. — Ваше благородие! Да нешто вперво́й мне это самое? Ах, господи! На барона Шпуцеля шил... Эдуарда Карлыча... Господин подпоручик Зембулатов до сей поры мне десять рублей должен. Ах! Жена, да дай же его благородию стульчик, побей меня бог... Прикажете мерочку снять или дозволите шить на глазомер?

— Ну-с... Твое сукно и чтоб через неделю было готово... Сколько возьмешь?

— Помилуйте, ваше благородие... Что вы-с, — усмехнулся Меркулов. — Я не купец какой-нибудь. Мы ведь понимаем, как с господами... Когда на консула персидского шили, и то без слов...

Снявши с капитана мерку и проводив его, Меркулов целый час стоял посреди избы и с отупением глядел на жену. Ему не верилось...

— Ведь этакая, скажи на милость, оказия! — проворчал он наконец. — Где же я денег возьму на сукно? Аксинья, дай-ка, братец ты мой, мне в кредит те деньги, что за корову выручили!

Аксинья показала ему кукиш и плюнула. Немного погодя она работала кочергой, била на мужниной голове горшки, таскала его за бороду, выбегала на улицу и кричала: «Ратуйте, кто в бога верует! Убил!..» — но ни к чему не привели эти протесты. На другое утро она лежала в постели и прятала от подмастерий свои синяки, а Меркулов ходил по лавкам и, ругаясь с купцами, выбирал подходящее сукно.

Для портного наступила новая эра. Просыпаясь утром и обводя мутными глазами свой маленький мирок, он уже не плевал с остервенением... А что диковиннее всего, он перестал ходить в кабак и занялся работой. Тихо помолившись, он надевал большие стальные очки, хмурился и священнодейственно раскладывал на столе сукно.

Через неделю мундир был готов. Выгладив его, Меркулов вышел на улицу, повесил на плетень и занялся чисткой; снимет пушинку, отойдет на сажень, щурится долго на мундир и опять снимет пушинку — и этак часа два.

— Беда с этими господами! — говорил он прохожим. — Нет уж больше моей возможности, замучился! Образованные, деликатные — поди-кась угоди!

На другой день после чистки Меркулов помазал голову маслом, причесался, завернул мундир в новый коленкор и отправился к капитану.

— Некогда мне с тобой, остолопом, разговаривать! — останавливал он каждого встречного. — Нешто не видишь, что мундир к капитану несу?

Через полчаса он воротился от капитана.

— С получением вас, Трифон Пантелеич! — встретила его Аксинья, широко ухмыляясь и застыдившись.

— Ну и дура! — ответил ей муж. — Нешто настоящие господа платят сразу? Это не купец какой-нибудь — взял да тебе сразу и вывалил! Дура...

Два дня Меркулов лежал на печи, не пил, не ел и предавался чувству самоудовлетворения, точь-в-точь как Геркулес по совершении всех своих подвигов. На третий он отправился за получкой.

— Их благородие вставши? — прошептал он, вползая в переднюю и обращаясь к деньщику.

И, получив отрицательный ответ, он стал столбом у косяка и принялся ждать.

— Гони в шею! Скажи, что в субботу! — услышал он, после продолжительного ожидания, хрипенье капитана.

То же самое услышал он в субботу, в одну, потом в другую... Целый месяц ходил он к капитану, высиживал долгие часы в передней и вместо денег получал приглашение убираться к чёрту и прийти в субботу. Но он не унывал, не роптал, а напротив... Он даже пополнел. Ему нравилось долгое ожидание в передней, «гони в шею» звучало в его ушах сладкой мелодией.

— Сейчас узнаешь благородного! — восторгался он всякий раз, возвращаясь от капитана домой. — У нас в Питере все такие были...

До конца дней своих согласился бы Меркулов ходить к капитану и ждать в передней, если бы не Аксинья, требовавшая обратно деньги, вырученные за корову.

— Принес деньги? — встречала она его каждый раз. — Нет? Что же ты со мной делаешь, пес лютый? А?.. Митька, где кочерга?

Однажды под вечер Меркулов шел с рынка и тащил на спине куль с углем. За ним торопилась Аксинья.

— Ужо будет тебе дома на орехи! Погоди! — бормотала она, думая о деньгах, вырученных за корову.

Вдруг Меркулов остановился как вкопанный и радостно вскрикнул. Из трактира «Веселие», мимо которого они шли, опрометью выбежал какой-то господин в цилиндре, с красным лицом и пьяными глазами. За ним гнался капитан Урчаев с кием в руке, без шапки, растрепанный, разлохмаченный. Новый мундир его был весь в мелу, одна погона глядела в сторону.

— Я заставлю тебя играть, шулер! — кричал капитан, неистово махая кием и утирая со лба пот. — Я научу тебя, протобестия, как играть с порядочными людьми!

— Погляди-кась, дура! — зашептал Меркулов, толкая жену под локоть и хихикая. — Сейчас видать благородного. Купец ежели что сошьет для своего мужицкого рыла, так и сносу нет, лет десять таскает, а этот уж истрепал мундир! Хоть новый шей!

— Поди попроси у него деньги! — сказала Аксинья. — Поди!

— Что ты, дура! На улице? И ни-ни...

Как ни противился Меркулов, но жена заставила его подойти к рассвирепевшему капитану и заговорить о деньгах.

— Пошел вон! — ответил ему капитан. — Ты мне надоел!

— Я, ваше благородие, понимаю-с... Я ничего-с... но жена... неразумная тварь... Сами знаете, какой ум в голове у ихнего бабьего звания...

— Ты мне надоел, говорят тебе! — взревел капитан, таращя на него пьяные, мутные глаза. — Пошел прочь!

— Понимаю, ваше благородие! Но я касательно бабы, потому, изволите знать, деньги-то коровьи... Отцу Иуде корову продали...

— Ааа... ты еще разговаривать, тля!

Капитан размахнулся и — трах! Со спины Меркулова посыпался уголь, из глаз — искры, из рук выпала шапка... Аксинья обомлела. Минуту стояла она неподвижно, как Лотова жена, обращенная в соляной столб, потом зашла вперед и робко взглянула на лицо мужа... К ее великому удивлению, на лице Меркулова плавала блаженная улыбка, на смеющихся глазах блестели слезы...

— Сейчас видать настоящих господ! — бормотал он. — Люди деликатные, образованные... Точь-в-точь, бывало... по самому этому месту, когда носил шубу к барону Шпуцелю, Эдуарду Карлычу... Размахнулись и — трах! И господин подпоручик Зембулатов тоже... Пришел к ним, а они вскочили и изо всей мочи... Эх, прошло, жена, мое время! Не понимаешь ты ничего! Прошло мое время!

Меркулов махнул рукой и, собрав уголь, побрел домой.

У ПРЕДВОДИТЕЛЬШИ

Первого февраля каждого года, в день св. мученика Трифона, в имении вдовы бывшего уездного предводителя Трифона Львовича Завзятова бывает необычайное движение. В этот день вдова предводителя Любовь Петровна служит по усопшем имениннике панихиду, а после панихиды — благодарственное господу богу молебствие. На панихиду съезжается весь уезд. Тут вы увидите теперешнего предводителя Хрумова, председателя земской управы Марфуткина, непременного члена Потрашкова, обоих участковых мировых, исправника Криполинова, двух становых, земского врача Дворнягина, пахнущего иодоформом, всех помещиков, больших и малых, и проч. Всего набирается человек около пятидесяти.

Ровно в 12 часов дня гости, вытянув физиономии, пробираются из всех комнат в залу. На полу ковры, и шаги бесшумны, но торжественность случая заставляет инстинктивно подниматься на цыпочки и балансировать при ходьбе руками. В зале уже всё готово. Отец Евмений, маленький старичок, в высокой полинявшей камилавке, надевает черные ризы. Диакон Конкордиев, красный как рак и уже облаченный, бесшумно перелистывает требник и закладывает в него бумажки. У двери, ведущей в переднюю, дьячок Лука, надув широко щеки и выпучив глаза, раздувает кадило. Зала постепенно наполняется синеватым, прозрачным дымком и запахом ладана. Народный учитель Геликонский, молодой человек, в новом мешковатом сюртуке и с большими угрями на испуганном лице, разносит на мельхиоровом подносе восковые свечи. Хозяйка Любовь Петровна стоит впереди около столика с кутьей и заранее прикладывает к лицу платок. Кругом тишина, изредка прерываемая вздохами. Лица у всех натянутые, торжественные...

Панихида начинается. Из кадила струится синий дымок и играет в косом солнечном луче, зажженные свечи слабо потрескивают. Пение, сначала резкое и оглушительное, вскоре, когда певчие мало-помалу приспособляются к акустическим условиям комнат, делается тихим, стройным... Мотивы всё печальные, заунывные... Гости мало-помалу настраиваются на меланхолический лад и задумываются. В головы их лезут мысли о краткости жизни человеческой, о бренности, суете мирской... Припоминается покойный Завзятов, плотный, краснощекий, выпивавший залпом бутылку шампанского и разбивавший лбом зеркала. А когда поют «Со святыми упокой» и слышатся всхлипыванья хозяйки, гости начинают тоскливо переминаться с ноги на ногу. У более чувствительных начинает почесываться в горле и около век. Председатель земской управы Марфуткин, желая заглушить неприятное чувство, нагибается к уху исправника и шепчет:

— Вчера я был у Ивана Федорыча... С Петром Петровичем большой шлем на без козырях взяли... Ей-богу... Ольга Андреевна до того взбеленилась, что у нее изо рта искусственный зуб выпал.

Но вот поется «Вечная память». Геликонский почтительно отбирает свечи, и панихида кончается. За сим следуют минутная суматоха, перемена риз и молебен. После молебна, пока отец Евмений разоблачается, гости потирают руки и кашляют, а хозяйка рассказывает о доброте покойного Трифона Львовича.

— Прошу, господа, закусить! — оканчивает она свой рассказ, вздыхая.

Гости, стараясь не толкаться и не наступать друг другу на ноги, спешат в столовую... Тут ожидает их завтрак. Этот завтрак до того роскошен, что дьякон Конкордиев ежегодно, при взгляде на него, считает своею обязанностью развести руками, покачать в изумлении головой и сказать:

— Сверхъестественно! Это, отец Евмений, не столько похоже на пищу человеков, сколько на жертвы, приносимые богам.

Завтрак, действительно, необыкновенен. На столе есть всё, что только могут дать флора и фауна, сверхъестественного же в нем разве только одно: на столе есть всё, кроме... спиртных напитков. Любовь Петровна дала обет не держать в доме карт и спиртных напитков — двух вещей, погубивших ее мужа. И на столе стоят только бутылки с уксусом и маслом, словно на смех и в наказание завтракающим, всплошную состоящим из отчаянных пропойц и выпивох.

— Кушайте, господа! — приглашает предводительша. — Только, извините, водки у меня нет... Не держу...

Гости приближаются к столу и нерешительно приступают к пирогу. Но еда не клеится. В тыканье вилками, в резанье, в жевании видна какая-то лень, апатия... Видимо, чего-то не хватает.

— Чувствую, словно потерял что-то... — шепчет один мировой другому. — Такое же чувство было у меня, когда жена с инженером бежала... Не могу есть!

Марфуткин, прежде чем начать есть, долго роется в карманах и ищет носовой платок.

— Да ведь платок в шубе! А я-то ищу, — вспоминает он громогласно и идет в переднюю, где повешены шубы.

Из передней возвращается он с маслеными глазками и тотчас же аппетитно набрасывается на пирог.

— Что, небось противно всухомятку трескать? — шепчет он отцу Евмению. — Ступай, батя, в переднюю, там у меня в шубе бутылка есть... Только смотри, поосторожней, бутылкой не звякни!

Отец Евмений вспоминает, что ему нужно приказать что-то Луке, и семенит в переднюю.

— Батюшка! два слова... по секрету! — догоняет его Дворнягин.

— А какую я себе шубу купил, господа, по случаю! — хвастает Хрумов. — Стоит тысячу, а я дал... вы не поверите... двести пятьдесят! Только!

Во всякое другое время гости встретили бы это известие равнодушно, но теперь они выражают удивление и не верят. В конце концов все валят толпой в переднюю глядеть на шубу и глядят до тех пор, пока докторский Микешка не выносит тайком из передней пять пустых бутылок... Когда подают разварного осетра, Марфуткин вспоминает, что он забыл свой портсигар в санях, и идет в конюшню. Чтобы одному не скучно было идти, он берет с собою диакона, которому кстати же нужно поглядеть на лошадь...

Вечером того же дня Любовь Петровна сидит у себя в кабинете и пишет старинной петербургской подруге письмо:

«Сегодня, по примеру прошлых лет, — пишет она между прочим, — у меня была панихида по покойном. Были на панихиде все мои соседи. Народ грубый, простой, но какие сердца! Угостила я их на славу, но, конечно, как и в те годы, горячих напитков — ни капли. С тех пор, как он умер от излишества, я дала себе клятву водворить в нашем уезде трезвость и этим самым искупить его грехи. Проповедь трезвости я начала со своего дома. Отец Евмений в восторге от моей задачи и помогает мне словом и делом. Ах, ma chère[1], если б ты знала, как любят меня мои медведи! Председатель земской управы Марфуткин после завтрака припал к моей руке, долго держал ее у своих губ и, смешно замотав головой, заплакал: много чувства, но нет слов! Отец Евмений, этот чудный старикашечка, подсел ко мне и, слезливо глядя на меня, лепетал долго что-то, как дитя. Я не поняла его слов, но понять искреннее чувство я умею. Исправник, тот красивый мужчина, о котором я тебе писала, стал передо мной на колени, хотел прочесть стихи своего сочинения (он у нас поэт), но... не хватило сил... покачнулся и упал... С великаном сделалась истерика... Можешь представить мой восторг! Не обошлось, впрочем, и без неприятностей. Бедный председатель мирового съезда Алалыкин, человек полный и апоплексический, почувствовал себя дурно и пролежал на диване в бессознательном состоянии два часа. Пришлось отливать его водой... Спасибо доктору Дворнягину: принес из своей аптеки бутылку коньяку и помочил ему виски, отчего тот скоро пришел в себя и был увезен...»

ЖИВАЯ ХРОНОЛОГИЯ

Гостиная статского советника Шарамыкина окутана приятным полумраком. Большая бронзовая лампа с зеленым абажуром красит в зелень à la «украинская ночь» стены[2], мебель, лица... Изредка в потухающем камине вспыхивает тлеющее полено и на мгновение заливает лица цветом пожарного зарева; но это не портит общей световой гармонии. Общий тон, как говорят художники, выдержан.

Перед камином в кресле, в позе только что пообедавшего человека, сидит сам Шарамыкин, пожилой господин с седыми чиновничьими бакенами и с кроткими голубыми глазами. По лицу его разлита нежность, губы сложены в грустную улыбку. У его ног, протянув к камину ноги и лениво потягиваясь, сидит на скамеечке вице-губернатор Лопнев, бравый мужчина лет сорока. Около пианино возятся дети Шарамыкина: Нина, Коля, Надя и Ваня. Из слегка отворенной двери, ведущей в кабинет г-жи Шарамыкиной, робко пробивается свет. Там за дверью, за своим письменным столом сидит жена Шарамыкина, Анна Павловна, председательница местного дамского комитета, живая и пикантная дамочка лет тридцати с хвостиком. Ее черные бойкие глазки бегают сквозь пенсне по страницам французского романа. Под

---

[1] моя дорогая (франц.).
[2] Картина А. И. Куинджи «Украинская ночь» (1876).

романом лежит растрепанный комитетский отчет за прошлый год.

— Прежде наш город в этом отношении был счастливее, — говорит Шарамыкин, щуря свои кроткие глаза на тлеющие угодья. — Ни одной зимы не проходило без того, чтобы не приезжала какая-нибудь звезда. Бывали и знаменитые актеры, и певцы, а нынче... чёрт знает что! — кроме фокусников да шарманщиков, никто не наезжает. Никакого эстетического удовольствия... Живем, как в лесу. Да-с... А помните, ваше превосходительство, того итальянского трагика... как его?.. еще такой брюнет, высокий... Дай бог память... Ах, да! Луиджи Эрнесто де Руджиеро... Талант замечательный... Сила! Одно слово скажет, бывало, и театр ходором ходит. Моя Анюточка принимала большое участие в его таланте. Она ему и театр выхлопотала, и билеты на десять спектаклей распродала... Он ее за это декламации и мимике учил. Душа человек! Приезжал он сюда... чтоб не соврать... лет двенадцать тому назад... Нет, вру... Меньше, лет десять... Анюточка, сколько нашей Нине лет?

— Десятый год! — кричит из своего кабинета Анна Павловна. — А что?

— Ничего, мамочка, это я так... И певцы хорошие приезжали, бывало... Помните вы tenore di grazia[1] Прилипчина? Что за душа человек! Что за наружность! Блондин... лицо этакое выразительное, манеры парижские... А что за голос, ваше превосходительство! Одна только беда: некоторые ноты желудком пел и «ре» фистулой брал, а то всё хорошо. У Тамберлика, говорил, учился... Мы с Анюточкой выхлопотали ему залу в общественном собрании, и в благодарность за это он, бывало, нам целые дни и ночи распевал... Анюточку петь учил... Приезжал он, как теперь помню, в Великом посту, лет... лет двенадцать тому назад. Нет, больше... Вот память, прости господи! Анюточка, сколько нашей Надечке лет?

— Двенадцать!

— Двенадцать... ежели прибавить десять месяцев... Ну, так и есть... тринадцать!.. Прежде у нас в городе как-то и жизни больше было... Взять к примеру хоть благотворительные вечера. Какие прекрасные бывали у нас прежде вечера. Что за прелесть! И поют, и играют, и читают... После войны, помню, когда здесь пленные турки стояли, Анюточка делала вечер в пользу раненых. Собрали тысячу сто рублей... Турки-офицеры, помню, без ума были от Анюточкина голоса, и всё ей руку целовали. Хе, хе...

---

[1] лирического тенора (*итал.*).

Хоть и азиаты, а признательная нация. Вечер до того удался, что
я, верите ли, в дневник записал. Это было, как теперь помню, в...
семьдесят шестом... нет! В семьдесят седьмом... Нет! Позвольте,
когда у нас турки стояли? Анюточка, сколько нашему Колечке
лет?

— Мне, папа, семь лет! — говорит Коля, черномазый мальчу-
ган с смуглым лицом и черными, как уголь, волосами.

— Да, постарели, и энергии той уж нет!.. — соглашается Лопнев, вздыхая. — Вот где причина... Старость, батенька! Новых
инициаторов нет, а старые состарились... Нет уж того огня. Я,
когда был помоложе, не любил, чтоб общество скучало... Я был
первым помощником вашей Анны Павловны... Вечер ли с благотворительною целью устроить, лотерею ли, приезжую ли знаменитость поддержать — всё бросал и начинал хлопотать. Одну
зиму, помню, я до того захлопотался и набегался, что даже заболел... Не забыть мне этой зимы!.. Помните, какой спектакль
сочинили мы с вашей Анной Павловной в пользу погорельцев?

— Да это в каком году было?

— Не очень давно... В семьдесят девятом... Нет, в восьмидеся-
том, кажется! Позвольте, сколько вашему Ване лет?

— Пять! — кричит из кабинета Анна Павловна.

— Ну, стало быть, это было шесть лет тому назад... Да-с, батенька, были дела! Теперь уж не то! Нет того огня!

Лопнев и Шарамыкин задумываются. Тлеющее полено вспыхивает в последний раз и подергивается пеплом.

Канитель

На клиросе стоит дьячок Отлукавин и держит между вытяну-
тыми жирными пальцами огрызенное гусиное перо. Маленький
лоб его собрался в морщины, на носу играют пятна всех цветов,
начиная от розового и кончая темно-синим. Перед ним на ры-
жем переплете Цветной триоди лежат две бумажки. На одной из
них написано «о здравии», на другой — «за упокой», и под обо-
ими заглавиями по ряду имен... Около клироса стоит маленькая
старушонка с озабоченным лицом и с котомкой на спине. Она
задумалась.

— Дальше кого? — спрашивает дьячок, лениво почесывая за
ухом. — Скорей, убогая, думай, а то мне некогда. Сейчас часы читать стану.

— Сейчас, батюшка... Ну, пиши... О здравии рабов божиих:
Андрея и Дарьи со чады... Митрия, опять Андрея, Антипа, Марьи...

— Постой, не шибко... Не за зайцем скачешь, успеешь.

— Написал Марию? Ну, таперя Кирилла, Гордея, младенца новопреставленного Герасима, Пантелея... Записал усопшего Пантелея?

— Постой... Пантелей помер?

— Помер... — вздыхает старуха.

— Так как же ты велишь о здравии записывать? — сердится дьячок, зачеркивая Пантелея и перенося его на другую бумажку. — Вот тоже еще... Ты говори толком, а не путай. Кого еще за упокой?

— За упокой? Сейчас... постой... Ну, пиши... Ивана, Авдотью, еще Дарью, Егора... Запиши... воина Захара... Как пошел на службу в четвертом годе, так с той поры и не слыхать...

— Стало быть, он помер?

— А кто ж его знает? Может, помер, а может, и жив... Ты пиши...

— Куда же я его запишу? Ежели, скажем, помер, то за упокой, коли жив, то о здравии... Пойми вот вашего брата!

— Гм!.. Ты, родименький, его на обе записочки запиши, а там видно будет. Да ему всё равно, как его ни записывай: непутящий человек... пропащий... Записал? Таперя за упокой Марка, Левонтия, Арину... ну, и Кузьму с Анной... болящую Федосью...

— Болящую-то Федосью за упокой? Тю!

— Это меня-то за упокой? Ошалел, что ли?

— Тьфу! Ты, кочерыжка, меня запутала! Не померла еще, так и говори, что не померла, а нечего в за упокой лезть! Путаешь тут! Изволь вот теперь Федосью херить и в другое место писать... всю бумагу изгадил! Ну, слушай, я тебе прочту... О здравии Андрея, Дарьи со чады, паки Андрея, Антипия, Марии, Кирилла, новопреставленного младенца Гер... Постой, как же сюда этот Герасим попал? Новопреставленный, и вдруг — о здравии! Нет, запутала ты меня, убогая! Бог с тобой, совсем запутала!

Дьячок крутит головой, зачеркивает Герасима и переносит его в заупокойный отдел.

— Слушай! О здравии Марии, Кирилла, воина Захарии... Кого еще?

— Авдотью записал?

— Авдотью? Гм... Авдотью... Евдокию... — пересматривает дьячок обе бумажки. — Помню, записывал ее, а теперь шут ее знает... никак не найдешь... Вот она! За упокой записана!

— Авдотью-то за упокой? — удивляется старуха. — Году еще нет, как замуж вышла, а ты на нее уж смерть накликаешь!.. Сам вот, сердешный, путаешь, а на меня злобишься. Ты с молитвой пиши, а коли будешь в сердце злобу иметь, то бесу радость. Это тебя бес хороводит да путает...

— Постой, не мешай...

Дьячок хмурится и, подумав, медленно зачеркивает на заупокойном листе Авдотью. Перо на букве «д» взвизгивает и дает большую кляксу. Дьячок конфузится и чешет затылок.

— Авдотью, стало быть, долой отсюда... — бормочет он смущенно, — а записать ее туда... Так? Постой... Ежели ее туда, то будет о здравии, ежели же сюда, то за упокой... Совсем запутала баба! И этот еще воин Захария встрял сюда... Шут его принес... Ничего не разберу! Надо сызнова...

Дьячок лезет в шкапчик и достает оттуда осьмушку чистой бумаги.

— Выкинь Захарию, коли так... — говорит старуха. — Уж бог с ним, выкинь...

— Молчи!

Дьячок макает медленно перо и списывает с обеих бумажек имена на новый листок.

— Я их всех гуртом запишу, — говорит он, — а ты неси к отцу дьякону... Пущай дьякон разберет, кто здесь живой, кто мертвый; он в семинарии обучался, а я этих самых делов... хоть убей, ничего не понимаю.

Старуха берет бумажку, подает дьячку старинные полторы копейки и семенит к алтарю.

Дипломат

Сценка

Жена титулярного советника Анна Львовна Кувалдина испустила дух.

— Как же теперь быть-то? — начали совещаться родственники и знакомые. — Надо бы мужа уведомить. Он хоть не жил с нею, но всё-таки любил покойницу. Намеднись приезжал к ней, на коленках ползал и всё: «Анночка! Когда же наконец ты простишь мне увлечение минуты?» И всё в таком, знаете, роде. Надо дать знать...

— Аристарх Иваныч! — обратилась заплаканная тетенька к полковнику Пискареву, принимавшему участие в родственном совещании. — Вы друг Михаилу Петровичу. Сделайте милость, съездите к нему в правление и дайте ему знать о таком несчастье!.. Только вы, голубчик, не сразу, не оглоушьте, а то как бы и с ним чего не случилось. Болезненный. Вы подготовьте его сначала, а потом уж...

Полковник Пискарев надел фуражку и отправился в правление дороги, где служил новоиспеченный вдовец. Застал он его за выведением баланса.

— Михайлу Петровичу, — начал он, подсаживаясь к столу Кувалдина и утирая пот. — Здорово, голубчик! Да и пыль же на улицах, прости господи! Пиши, пиши... Я мешать не стану... Посижу и уйду... Шел, знаешь, мимо и думаю: а ведь здесь Миша служит! Дай зайду! Кстати же и тово... дельце есть...

— Посидите, Аристарх Иваныч... Погодите... Я через четверть часика кончу, тогда и потолкуем...

— Пиши, пиши... Я ведь так только, гуляючи... Два словечка скажу и — айда!

Кувалдин положил перо и приготовился слушать. Полковник почесал у себя за воротником и продолжал:

— Душно у вас здесь, а на улице чистый рай... Солнышко, ветерочек этакий, знаешь ли... птички... Весна! Иду себе по бульвару, и так мне, знаешь ли, хорошо!.. Человек я независимый, вдовый... Куда хочу, туда и иду... Хочу — в портерную зайду, хочу — на конке взад и вперед проедусь, и никто не смеет меня остановить, никто за мной дома не воет... Нет, брат, и лучше житья, как на холостом положении... Вольно! Свободно! Дышишь и чувствуешь, что дышишь! Приду сейчас домой и никаких... Никто не посмеет спросить, куда ходил... Сам себе хозяин... Многие, братец ты мой, хвалят семейную жизнь, по-моему же она хуже каторги... Моды эти, турнюры, сплетни, визг... то и дело гости... детишки один за другим так и ползут на свет божий... расходы... Тьфу!

— Я сейчас, — проговорил Кувалдин, берясь за перо. — Кончу и тогда...

— Пиши, пиши... Хорошо, если жена попадется не дьяволица, ну а ежели сатана в юбке? Ежели такая, что по целым дням стрекозит да зудит?.. Взвоешь! Взять хоть тебя к примеру... Пока холост был, на человека похож был, а как женился на своей, и захирел, в меланхолию ударился... Осрамила она тебя на весь город... из дому прогнала... Что ж тут хорошего? И жалеть такую жену нечего...

— В нашем разрыве я виноват, а не она, — вздохнул Кувалдин.

— Оставь, пожалуйста! Знаю я ее! Злющая, своенравная, лукавая! Что ни слово, то жало ядовитое, что ни взгляд, то нож острый... А что в ней, в покойнице, ехидства этого было, так и выразить невозможно!

— То есть как в покойнице? — сделал большие глаза Кувалдин.

— Да нешто я сказал: в покойнице? — спохватился Пискарев, краснея. — И вовсе я этого не говорил... Что ты, бог с тобой... Уж и побледнел! Хе-хе... Ухом слушай, а не брюхом!

— Вы были сегодня у Анюты?

— Заходил утром... Лежит... Прислугой помыкает... То ей не так подали, другое... Невыносимая женщина! Не понимаю, за что ты и любишь ее, бог с ней совсем... Дал бы бог, развязала бы она тебя, несчастного... Пожил бы ты на свободе, повеселился... на другой бы оженился... Ну, ну, не буду! Не хмурься! Я ведь так только, по-стариковски... По мне, как знаешь... Хочешь — люби, хочешь — не люби, а я ведь так... добра желаючи... Не живет с тобой, знать тебя не хочет... что ж это за жена? Некрасивая, хилая, злонравная... И жалеть не за что... Пущай бы...

— Легко вы рассуждаете, Аристарх Иваныч! — вздохнул Кувалдин. — Любовь — не волос, не скоро ее вырвешь.

— Есть за что любить! Акроме ехидства ты от нее ничего не видел. Ты прости меня, старика, а не любил я ее... Видеть не мог! Еду мимо ее квартиры и глаза закрываю, чтобы не увидеть... Бог с ней! Царство ей небесное, вечный покой, но... не любил, грешный человек!

— Послушайте, Аристарх Иваныч... — побледнел Кувалдин. — Вы уже во второй раз проговариваетесь... Умерла она, что ли?

— То есть кто умерла? Никто не умирал, а только не любил я ее, покойницу... тьфу! то есть не покойницу, а ее... Аннушку-то твою...

— Да она умерла, что ли? Аристарх Иваныч, не мучайте меня! Вы как-то странно возбуждены, путаетесь... холостую жизнь хвалите... Умерла? Да?

— Уж так и умерла! — пробормотал Пискарев, кашляя. — Как ты, брат, всё сразу... А хоть бы и умерла! Все помрем, и ей, стало быть, помирать надо... И ты помрешь, и я...

Глаза Кувалдина покраснели и налились слезами...

— В котором часу? — спросил он тихо.

— Ни в котором... Уж ты и рюмзаешь! Да не умерла она! Кто тебе сказал, что она померла?

— Аристарх Иваныч, я... я прошу вас. Не щадите меня!

— С тобой, брат, и говорить нельзя, словно ты маленький. Ведь не говорил же я тебе, что она преставилась? Ведь не говорил? Чего же слюни распускаешь? Поди, полюбуйся — живехонька! Когда заходил к ней, с теткой бранилась... Тут отец Матвей панихиду служит, а она на весь дом орет.

— Какую панихиду? Зачем ее служить?

— Панихиду-то? Да так... словно как бы вместо молебствия. То есть... никакой панихиды не было, а что-то такое... ничего не было.

Аристарх Иваныч запутался, встал и, отвернувшись к окну, начал кашлять.

— Кашель у меня, братец... Не знаю, где простудился...

Кувалдин тоже поднялся и нервно заходил около стола.

— Морочите вы меня, — сказал он, теребя дрожащими руками свою бородку. — Теперь понятно... всё понятно. И не знаю, к чему вся эта дипломатия! Почему же сразу не говорить? Умерла ведь?

— Гм... Как тебе сказать? — пожал плечами Пискарев. — Не то чтобы умерла, а так... Ну вот ты уж и плачешь! Все ведь умрем! Не одна она смертная, все на том свете будем! Чем плакать-то при людях, взял бы лучше да помянул! Перекрестился бы!

Полминуты Кувалдин тупо глядел на Пискарева, потом страшно побледнел и, упавши в кресло, залился истерическим плачем... Из-за столов повскакивали его сослуживцы и бросились к нему на помощь. Пискарев почесал затылок и нахмурился.

— Комиссия с такими господами, ей-богу! — проворчал он, растопыривая руки. — Ревет... ну, а отчего ревет, спрашивается? Миша, да ты в своем уме? Миша! — принялся он толкать Кувалдина. — Ведь не умерла же еще! Кто тебе сказал, что она умерла? Напротив, доктора говорят, что есть еще надежда! Миша! А Миша! Говорю тебе, что не померла! Хочешь, вместе к ней съездим? Как раз и к панихиде поспеем... то есть, что я? Не к панихиде, а к обеду. Мишенька! уверяю тебя, что еще жива! Накажи меня бог! Лопни мои глаза! Не веришь? В таком разе едем к ней... Назовешь тогда чем хочешь, ежели... И откуда он это выдумал, не понимаю? Сам я сегодня был у покойницы, то есть не у покойницы, а... тьфу!

Полковник махнул рукой, плюнул и вышел из правления. Придя в квартиру покойницы, он повалился на диван и схватил себя за волосы.

— Ступайте вы к нему сами! — проговорил он в отчаянии. — Сами его подготовляйте к известию, а меня уж избавьте! Не желаю-с! Два слова ему только сказал... Чуть только намекнул, поглядите, что с ним делается! Помирает! Без чувств! В другой раз ни за какие коврижки!.. Сами идите!..

Кулачье гнездо

Вокруг заброшенной барской усадьбы средней руки группируется десятка два деревянных, на живую нитку состроенных дач. На самой высокой и видной из них синеет вывеска «Трактир» и золотится на солнце нарисованный самовар. Вперемежку с красными крышами дач там и сям уныло выглядывают похилившиеся и поросшие ржавым мохом крыши барских конюшен, оранжерей и амбаров.

Майский полдень. В воздухе пахнет постными щами и самоварною гарью. Управляющий Кузьма Федоров, высокий пожилой мужик в рубахе навыпуск и в сапогах гармоникой, ходит около дач и показывает их дачникам-нанимателям. На лице его написаны тупая лень и равнодушие: будут ли наниматели или нет, для него решительно всё равно. За ним шагают трое: рыжий господин в форме инженера-путейца, тощая дама в интересном положении и девочка-гимназистка.

— Какие, однако, у вас дорогие дачи, — морщится инженер. — Всё в четыреста да в триста рублей... ужасно! Вы покажите нам что-нибудь подешевле.

— Есть и подешевле... Из дешевых только две остались... Пожалуйте!

Федоров ведет нанимателей через барский сад. Тут торчат пни да редеет жиденький ельник; уцелело одно только высокое дерево — это стройный старик тополь, пощаженный топором словно для того только, чтобы оплакивать несчастную судьбу своих сверстников. От каменной ограды, беседок и гротов остались одни только следы в виде разбросанных кирпичей, известки и гниющих бревен.

— Как всё запущено! — говорит инженер, с грустью поглядывая на следы минувшей роскоши. — А где теперь ваш барин живет?

— Они не барин, а из купцов. В городе меблированные комнаты содержат... Пожалте-с!

Наниматели нагибаются и входят в маленькое каменное строение с тремя решетчатыми, словно острожными, окошечками. Их обдает сыростью и запахом гнили. В домике одна квадратная комнатка, переделенная новой тесовой перегородкой на две. Инженер щурит глаза на темные стены и читает на одной из них карандашную надпись: «В сей обители мертвых заполучил меланхолию и покушался на самоубийство поручик Фильдекосов».

— Здесь, ваше благородие, нельзя в шапке стоять, — обращается Федоров к инженеру.

— Почему?

— Нельзя-с. Здесь был склеп, господ хоронили. Ежели которую приподнять доску и под пол поглядеть, то гробы видать.

— Какие новости! — ужасается тощая дама. — Не говоря уж о сырости, тут от одной мнительности умрешь! Не желаю жить с мертвецами!

— Мертвецы, барыня, не тронут-с. Не бродяги какие-нибудь похоронены, а ваш же брат — господа. Прошлым летом здесь, в этом самом склепе, господин военный Фильдекосов жили и остались вполне довольны. Обещались и в этом году приехать, да вот что-то не едут.

— Он на самоубийство покушался? — спросил инженер, вспомнив о надписи на стене.

— А вы откуда знаете? Действительно, это было, сударь. И из-за чего-то вся канитель вышла! Не знал он, что тут под полом, царствие им небесное, покойники лежат, ну и вздумал, значит, раз ночью под половицу четверть водки спрятать. Поднял эту доску, да как увидал, что там гробы стоят, очумел. Выбежал наружу и давай выть. Всех дачников в сумление ввел. Потом чахнуть начал. Выехать не на что, а жить страшно. Под конец, сударь, не вытерпел, руку на себя наложил. Моё-то счастье, что я с него вперед за дачу сто рублей взял, а то так бы и уехал, пожалуй, от перепугу. Пока лежал да лечился, попривык... ничего... Опять обещался приехать: «Я, говорит, такие приключения смерть как люблю!» Чудак!

— Нет, уж вы нам другую дачу покажите.

— Извольте-с. Еще одна есть, только похуже-с.

Кузьма ведет дачников в сторону от усадьбы, к месту, где высится оборванная клуня... За клуней блестит поросший травою пруд и темнеют господские сараи.

— Здесь можно рыбу ловить? — спрашивает инженер.

— Сколько угодно-с... Пять рублей за сезон заплатите и ловите себе на здоровье. То есть удочкой в реке можно, а ежели пожелаете в пруду карасей ловить, то тут особая плата.

— Рыба пустяки, — замечает дама, — и без нее можно обойтись. А вот насчет провизии. Крестьяне носят сюда молоко?

— Крестьянам сюда не велено ходить, сударыня. Дачники провизию обязаны у нас на ферме забирать. Такое уж условие делаем. Мы не дорого берем-с. Молоко четвертак за пару, яйца, как обыкновенно, три гривенника за десяток, масло полтинник... Зелень и овощь разную тоже у нас должны забирать.

— Гм... А грибы у вас есть где собирать?

— Ежели лето дождливое, то и гриб бывает. Собирать можно. Взнесете за сезон шесть рублей с человека и собирайте не только грибы, но даже и ягоды. Это можно-с. К нашему лесу дорога идет через речку. Желаете — в брод пойдете, не желаете — идите через лавы. Всего пятачок стоит через лавы перейтить. Туда пятачок и оттеда пятачок. А ежели которые господа желают охотиться, ружьем побаловаться, то наш хозяин не прекословит. Стреляй сколько хочешь, только фитанцию при себе имей, что ты десять рублей заплатил. И купанье у нас чудесное. Берег чистенький, на дне песок, глубина всякая: и по колено, и по шею. Мы не стесняем. За раз пятачок, а ежели за сезон, то четыре с полтиной. Хоть целый день в воде сиди!

— А соловьи у вас поют? — спрашивает девочка.

— Намеднись за рекой пел один, да сынишка мой поймал, трактирщику продал. Пожалте-с!

Кузьма вводит нанимателей в ветхий сарайчик с новыми окнами. Внутри сарайчик разделен перегородками на три каморки. В двух каморках стоят пустые закрома.

— Нет, куда же тут жить! — заявляет тощая дама, брезгливо оглядывая мрачные стены и закрома. — Это сарай, а не дача. И смотреть нечего, Жорж... Тут, наверное, и течет и дует. Невозможно жить!

— Живут люди! — вздыхает Кузьма. — На бесптичье, как говорится, и кастрюля соловей, а когда нет дач, так и эта в добрую душу сойдет. Не вы наймете, так другие наймут, а уж кто-нибудь да будет в ней жить. По-моему, эта дача для вас самая подходящая, напрасно вы, это самое... супругу свою слушаете. Лучше нигде не найтить. А я бы с вас и взял бы подешевле. Ходит она за полтораста, а я бы сто двадцать взял.

— Нет, милый, не идет. Прощайте, извините, что обеспокоили.

— Ничего-с. Будьте здоровы-с.

И, провожая глазами уходящих дачников, Кузьма кашляет и добавляет:

— На чаек бы следовало с вашей милости. Часа два небось водил. Полтинничка-то уж не пожалейте!

Сапоги

Фортепианный настройщик Муркин, бритый человек с желтым лицом, табачным носом и с ватой в ушах, вышел из своего номера в коридор и дребезжащим голосом прокричал:

— Семен! Коридорный!

И, глядя на его испуганное лицо, можно было подумать, что на него свалилась штукатурка или что он только что у себя в номере увидел привидение.

— Помилуй, Семен! — закричал он, увидев бегущего к нему коридорного. — Что же это такое? Я человек ревматический, болезненный, а ты заставляешь меня выходить босиком! Отчего ты до сих пор не даешь мне сапог? Где они?

Семен вошел в номер Муркина, поглядел на то место, где он имел обыкновение ставить вычищенные сапоги, и почесал затылок: сапог не было.

— Где ж им быть, проклятым? — проговорил Семен. — Вечером, кажись, чистил и тут поставил... Гм!.. Вчерась, признаться, выпивши был... Должно полагать, в другой номер поставил. Именно так и есть, Афанасий Егорыч, в другой номер! Сапог-то много, а чёрт их в пьяном виде разберет, ежели себя не помнишь... Должно, к барыне поставил, что рядом живет... к актрисе...

— Изволь я теперь из-за тебя идти к барыне, беспокоить! Изволь вот из-за пустяка будить честную женщину!

Вздыхая и кашляя, Муркин подошел к двери соседнего номера и осторожно постучал.

— Кто там? — послышался через минуту женский голос.

— Это я-с! — начал жалобным голосом Муркин, становясь в позу кавалера, говорящего с великосветской дамой. — Извините за беспокойство, сударыня, но я человек болезненный, ревматический... Мне, сударыня, доктора велели ноги в тепле держать, тем более, что мне сейчас нужно идти настраивать рояль к генеральше Шевелицыной. Не могу же я к ней босиком идти!..

— Да вам что нужно? Какой рояль?

— Не рояль, сударыня, а в отношении сапог! Невежда Семен почистил мои сапоги и по ошибке поставил в ваш номер. Будьте, сударыня, столь достолюбезны, дайте мне мои сапоги!

Послышалось шуршанье, прыжок с кровати и шлепанье туфель, после чего дверь слегка отворилась и пухлая женская ручка бросила к ногам Муркина пару сапог. Настройщик поблагодарил и отправился к себе в номер.

— Странно... — пробормотал он, надевая сапог. — Словно как будто это не правый сапог. Да тут два левых сапога! Оба левые! Послушай, Семен, да это не мои сапоги! Мои сапоги с красными ушками и без латок, а это какие-то порванные, без ушек!

Семен поднял сапоги, перевернул их несколько раз перед своими глазами и нахмурился.

— Это сапоги Павла Александрыча... — проворчал он, глядя искоса.

Он был кос на левый глаз.

— Какого Павла Александрыча?

— Актера... каждый вторник сюда ходит... Стало быть, это он вместо своих ваши надел... Я к ней в номер поставил, значит, обе пары: его и ваши. Комиссия!

— Так поди и перемени!

— Здравствуйте! — усмехнулся Семен. — Поди и перемени... А где ж мне взять его теперь? Уж час времени, как ушел... Поди, ищи ветра в поле!

— Где же он живет?

— А кто ж его знает! Приходит сюда каждый вторник, а где живет — нам неизвестно. Придет, переночует, и жди до другого вторника...

— Вот видишь, свинья, что ты наделал! Ну, что мне теперь делать! Мне к генеральше Шевелицыной пора, анафема ты этакая! У меня ноги озябли!

— Переменить сапоги недолго. Наденьте эти сапоги, походите в них до вечера, а вечером в театр... Актера Блистанова там спросите... Ежели в театр не хотите, то придется до того вторника ждать. Только по вторникам сюда и ходит...

— Но почему же тут два левых сапога? — спросил настройщик, брезгливо берясь за сапоги.

— Какие бог послал, такие и носит. По бедности... Где актеру взять?.. «Да и сапоги же, говорю, у вас, Павел Александрыч! Чистая срамота!» А он и говорит: «Умолкни, говорит, и бледней! В этих самых сапогах, говорит, я графов и князей играл!» Чудной народ! Одно слово, артист. Будь я губернатор или какой начальник, забрал бы всех этих актеров — и в острог.

Бесконечно кряхтя и морщась, Муркин натянул на свои ноги два левых сапога и, прихрамывая, отправился к генеральше Шевелицыной. Целый день ходил он по городу, настраивал фортепиано, и целый день ему казалось, что весь мир глядит на его ноги и видит на них сапоги с латками и с покривившимися каблуками! Кроме нравственных мук, ему пришлось еще испытать и физические: он натер себе мозоль.

Вечером он был в театре. Давали «Синюю Бороду». Только перед последним действием, и то благодаря протекции знакомого флейтиста, его пустили за кулисы. Войдя в мужскую уборную, он застал в ней весь мужской персонал. Одни переодевались, другие мазались, третьи курили. Синяя Борода стоял с королем Бобешем и показывал ему револьвер.

— Купи! — говорил Синяя Борода. — Сам купил в Курске по случаю за восемь, ну, а тебе отдам за шесть... Замечательный бой!

— Поосторожней... Заряжен ведь!

— Могу ли я видеть господина Блистанова? — спросил вошедший настройщик.

— Я самый! — повернулся к нему Синяя Борода. — Что вам угодно?

— Извините, сударь, за беспокойство, — начал настройщик умоляющим голосом, — но, верьте... я человек болезненный, ревматический. Мне доктора приказали ноги в тепле держать...

— Да вам, собственно говоря, что угодно?

— Видите ли-с... — продолжал настройщик, обращаясь к Синей Бороде. — Того-с... эту ночь вы изволили быть в меблированных комнатах купца Бухтеева... в 64 номере...

— Ну, что врать-то! — усмехнулся король Бобеш. — В 64 номере моя жена живет!

— Жена-с? Очень приятно-с... — Муркин улыбнулся. — Оне-то, ваша супруга, собственно мне и выдали ихние сапоги... Когда они, — настройщик указал на Блистанова, — от них ушли-с, я хватился своих сапог... кричу, знаете ли, коридорного, а коридорный и говорит: «Да я, сударь, ваши сапоги в соседний номер поставил!» Он по ошибке, будучи в состоянии опьянения, поставил в 64 номер мои сапоги и ваши-с, — повернулся Муркин к Блистанову, — а вы, уходя вот от ихней супруги, надели мои-с...

— Да вы что же это? — проговорил Блистанов и нахмурился. — Сплетничать сюда пришли, что ли?

— Нисколько-с! Храни меня бог-с! Вы меня не поняли-с... Я ведь насчет чего? Насчет сапог! Вы ведь изволили ночевать в 64 номере?

— Когда?

— В эту ночь-с.

— А вы меня там видели?

— Нет-с, не видел-с, — ответил Муркин в сильном смущении, садясь и быстро снимая сапоги. — Я не видел-с, но мне ваши сапоги вот ихняя супруга выбросила... Это вместо моих-с.

— Так какое же вы имеете право, милостивый государь, утверждать подобные вещи? Не говорю уж о себе, но вы оскорбляете женщину, да еще в присутствии ее мужа!

За кулисами поднялся страшный шум. Король Бобеш, оскорбленный муж, вдруг побагровел и изо всей силы ударил кулаком по столу, так что в уборной по соседству с двумя актрисами сделалось дурно.

— И ты веришь? — кричал ему Синяя Борода. — Ты веришь этому негодяю? О-о! Хочешь, я убью его, как собаку? Хочешь? Я из него бифштекс сделаю! Я его размозжу!

И все, гулявшие в этот вечер в городском саду около летнего театра, рассказывают теперь, что они видели, как перед четвертым актом от театра по главной аллее промчался босой человек с желтым лицом и с глазами, полными ужаса. За ним гнался человек в костюме Синей Бороды и с револьвером в руке. Что случилось далее — никто не видел. Известно только, что Муркин потом, после знакомства с Блистановым, две недели лежал больной и к словам «я человек болезненный, ревматический» стал прибавлять еще «я человек раненый»...

СТРАЖА ПОД СТРАЖЕЙ
Сценка

Видали ли вы когда-нибудь, как навьючивают ослов? Обыкновенно на бедного осла валят всё, что вздумается, не стесняясь ни количеством, ни громоздкостью: кухонный скарб, мебель, кровати, бочки, мешки с грудными младенцами... так что навьюченный азинус представляет из себя громадный, бесформенный ком, из которого еле видны кончики ослиных копыт. Нечто подобное представлял из себя и прокурор Хламовского окружного суда, Алексей Тимофеевич Балбинский, когда после третьего звонка спешил занять место в вагоне. Он был нагружен с головы до ног... Узелки с провизией, картонки, жестянки, чемоданчики, бутыль с чем-то, женская тальма и... чёрт знает чего только на нем не было! С его красного лица лился ручьями пот, ноги гнулись, в глазах светилось страдание. За ним с пестрым зонтичком шла его жена Настасья Львовна, маленькая весноватая блондинка с выдающеюся вперед нижнею челюстью и с выпуклыми глазами — точь-в-точь молодая щука, когда ее тянут крючком из воды... Заняв после долгих странствований по вагонам место и свалив на скамьи багаж, прокурор вытер со лба пот и направился к выходу.

— Куда это ты? — спросила его жена.

— Хочу, душенька, в вокзал сходить... рюмку водки выпить...

— Нечего там выдумывать... Сиди...

Балбинский вздохнул и покорно сел.

— Возьми на руки эту корзину... Тут посуда...

Балбинский взял на руки большую корзину и с тоской взглянул на окно... На четвертой станции жена послала его в вокзал за горячей водой, и тут около буфета он встретился со своим приятелем, товарищем председателя Плинского окружного суда Фляжкиным, уговорившимся вместе с ним ехать за границу.

— Батенька, да что же это такое? — налетел на него Фляжкин. — Ведь это свинство по меньшей мере. Уговорились вместе в одном вагоне ехать, а вас нелегкая в III класс понесла! Зачем вы в III классе едете? Денег у вас нет, что ли?

Балбинский махнул рукой и замигал глазами.

— Мне теперь всё равно... — проворчал он, — хоть на тендере ехать. Гляжу, гляжу да, кажется, кончу тем, что с собой порешу... под поезд брошусь... Вы не можете себе, голубчик, представить, до чего заездила меня моя благоверная! То есть так заездила, что удивительно, как я еще жив до сих пор. Боже мой! Погода великолепная... воздух этот... ширь, природа... все условия для безмятежного жития. Одна мысль, что за границу едем, должна была бы, кажется, приводить в телячий восторг... Так нет! Нужно было злому року навязать мне на шею это сокровище! И ведь какая насмешка судьбы! Нарочно, чтоб избавиться от супруги, придумал я болезнь печенок... за границу хотел удрать... Всю зиму о свободе мечтал и во сне и наяву себя одиноким видел. И что же? Навязалась со мной ехать! Уж я и так и этак — ничего! «Поеду да поеду», хоть ты тресни! Ну, вот, поехали... Предлагаю ехать во II классе... Ни за что! Как это, мол, можно так тратиться? Я ей все резоны представляю... Говорю, что и деньги у нас есть, и престиж наш падет, ежели мы будем в III классе ездить, что и душно, и вонь... не слушает! Бес экономии обуял... Теперь хоть этот багаж взять... Ну для чего мы такую массу с собой тащим? Для чего все эти узелки, картонки, сундучки и прочая дрянь? Мало того, что в багажный вагон десять пудов сдали, мы еще в нашем вагоне четыре скамьи заняли. Кондуктора то и дело просят расчистить место для публики, пассажиры сердятся, она с ними в пререкания вступает... Совестно! Верите ли? В огне горю! А отойти от нее — сохрани бог! Ни на шаг от себя не отпускает. Сиди около нее и на коленях громадную корзину держи. Сейчас вот за горячей водой послала. Ну, прилично ли прокурору суда с медным чайником ходить? Ведь тут в поезде, небось, свидетели и подсудимые мои едут! Пропал к чёрту престиж! А это, батенька, впредь мне наука! Чтоб знал, что значит личная свобода! Иной раз увлечешься и, знаете ли, ни за что ни про что человечину под стражу упечешь. Ну, теперь я понимаю... проникся... Понимаю, что значит быть под стражей! Ох, как понимаю!

— Небось, рады бы пойти на поруки? — усмехнулся Фляжкин.

— С восторгом! Верите ли? При всей своей бедности десять тысяч залога внес бы... Но однако бегу... Небось, уж горячку порет... Быть головомойке!

В Вержболово Фляжкин, гуляя рано утром по платформе, увидел в окне одного из вагонов III класса сонную физиономию Балбинского.

— На минуточку, — закивал ему прокурор. — Моя еще спит, не просыпалась. Когда она спит, я относительно свободен... Выйти-то из вагона нельзя, но зато корзинку можно пока на пол поставить... Хоть за это спасибо. Ах, да! Я вам не говорил? У меня радость!

— Какая?

— Две картонки и один мешочек у нас украли... Всё-таки легче... Вчера съели гуся и все пирожки... Нарочно больше ел, чтоб меньше багажа осталось... Да и воздух же у нас в вагоне! Хоть топор вешай... Пфф... Не езда, а чистая мука...

Прокурор повернулся назад и поглядел со злобой на свою спавшую супругу.

— Варварка ты моя! — зашептал он. — Мучительница, Иродиада ты этакая! Скоро ли я, несчастный, избавлюсь от тебя, Ксантиппа? Верите ли, Иван Никитич? Иной раз закрою глаза и мечтаю: а что, если бы да кабы она да попала бы ко мне в когти в качестве подсудимой? Кажется, в каторгу бы упек! Но... просыпается... Тссс...

Прокурор в мгновение ока состроил невинную физиономию и взял на руки корзину.

В Эйдкунене, идя за горячей водой, он глядел веселее.

— Еще две картонки украли! — похвастался он перед Фляжкиным. — И уже мы все калачи съели... Всё-таки легче...

В Кенигсберге же он совсем преобразился. Вбежав утром в вагон к Фляжкину, он повалился на диван и залился счастливым смехом.

— Голубчик! Иван Никитич! Дай обнять! Извини, что я тебе «ты» говорю, но я так рад, так ехидно счастлив! Я сво-бо-ден! Понимаешь? Сво-бо-ден! Жена бежала!

— То есть как бежала?

— Вышла ночью из вагона, и до сих пор ее нет. Бежала ли она, свалилась ли под вагон, или, быть может, на станции где-нибудь осталась... Одним словом, нет ее!.. Ангел ты мой!

— Но послушай же, — встревожился Фляжкин. — В таком случае телеграфировать надо!

— Храни меня создатель! То есть так я теперь эту свободу чувствую, что описать тебе не могу! Пойдем по платформе пройдемся... на свободе подышим!

Приятели вышли из вагона и зашагали по платформе. Прокурор шагал и каждый свой вздох сопровождал восклицаниями: «Как хорошо! Как легко дышится! Неужели же есть такие люди, которым всегда так живется?»

— Знаешь что, брат? — решил он. — Я сейчас к тебе в вагон переберусь. Развалимся и заживем на холостую ногу.

И прокурор опрометью побежал в свой вагон за вещами. Минуты через две он вышел из своего вагона, но уже не сияющий, а бледный, ошеломленный, с медным чайником в руках. Он пошатывался и держался за сердце.

— Вернулась! — махнул он рукой, встретив вопросительный взгляд Фляжкина. — Оказывается, что ночью вагоны перепутала и по ошибке в чужой попала. Шабаш, брат!

Прокурор остановился перед Фляжкиным и вперил в него взгляд, полный тоски и отчаяния. На глазах его навернулись слезы. Минута прошла в молчании.

— Знаешь что? — сказал ему Фляжкин, нежно беря его за пуговицу. — Я на твоем месте... сам бы бежал...

— То есть как?

— Беги — вот и всё... А то ведь этак зачахнешь, на тебя глядючи!

— Бежать... бежать... — задумался прокурор. — А ведь это идея! Так я, братец, вот что сделаю: сяду на встречный поезд и айда! Скажу ей потом, что по ошибке сел. Ну, прощай... В Париже встретимся...

ЛОШАДИНАЯ ФАМИЛИЯ

У отставного генерал-майора Булдеева разболелись зубы. Он полоскал рот водкой, коньяком, прикладывал к больному зубу табачную копоть, опий, скипидар, керосин, мазал щеку йодом, в ушах у него была вата, смоченная в спирту, но всё это или не помогало, или вызывало тошноту. Приезжал доктор. Он наковырял в зубе, прописал хину, но и это не помогло. На предложение вырвать больной зуб генерал ответил отказом. Все домашние — жена, дети, прислуга, даже поваренок Петька — предлагали каждый свое средство. Между прочим, и приказчик Булдеева Иван Евсеич пришел к нему и посоветовал полечиться заговором.

— Тут, в нашем уезде, ваше превосходительство, — сказал он, — лет десять назад служил акцизный Яков Васильич. Заговаривал зубы — первый сорт. Бывало, отвернется к окошку, пошепчет, поплюет — и как рукой! Сила ему такая дадена...

— Где же он теперь?

— А после того как его из акцизных уволили, в Саратове у тещи живет. Теперь только зубами и кормится. Ежели у которого человека заболит зуб, то и идут к нему, помогает... Тамошних, саратовских, на дому у себя пользует, а ежели которые из других городов, то по телеграфу. Пошлите ему, ваше превосходительство, депешу, что так, мол, вот и так... у раба божьего Алексия зубы болят, прошу выпользовать. А деньги за лечение почтой пошлете.

— Ерунда! Шарлатанство!

— А вы попытайте, ваше превосходительство. До водки очень охотник, живет не с женой, а с немкой, ругатель, но, можно сказать, чудодейственный господин!

— Пошли, Алеша! — взмолилась генеральша. — Ты вот не веришь в заговоры, а я на себе испытала. Хотя ты и не веришь, но отчего не послать? Руки ведь не отвалятся от этого.

— Ну, ладно, — согласился Булдеев. — Тут не только что к акцизному, но и к чёрту депешу пошлешь... Ох! Мочи нет! Ну, где твой акцизный живет? Как к нему писать?

Генерал сел за стол и взял перо в руки.

— Его в Саратове каждая собака знает, — сказал приказчик. — Извольте писать, ваше превосходительство, в город Саратов, стало быть... Его благородию господину Якову Васильичу... Васильичу...

— Ну?

— Васильичу... Якову Васильичу... а по фамилии... А фамилию вот и забыл!.. Васильичу... Чёрт... Как же его фамилия? Давеча, как сюда шел, помнил... Позвольте-с...

Иван Евсеич поднял глаза к потолку и зашевелил губами. Булдеев и генеральша ожидали нетерпеливо.

— Ну, что же? Скорей думай!

— Сейчас... Васильичу... Якову Васильичу... Забыл! Такая еще простая фамилия... словно как бы лошадиная... Кобылин? Нет, не Кобылин. Постойте... Жеребцов нешто? Нет, и не Жеребцов. Помню, фамилия лошадиная, а какая — из головы вышибло...

— Жеребятников?

— Никак нет. Постойте... Кобылицын... Кобылятников... Кобелев...

— Это уж собачья, а не лошадиная. Жеребчиков?

— Нет, и не Жеребчиков... Лошадинин... Лошаков... Жеребкин... Всё не то!

— Ну, так как же я буду ему писать? Ты подумай!

— Сейчас. Лошадкин... Кобылкин... Коренной...

— Коренников? — спросила генеральша.

— Никак нет. Пристяжкин... Нет, не то! Забыл!

— Так зачем же, чёрт тебя возьми, с советами лезешь, ежели забыл? — рассердился генерал. — Ступай отсюда вон!

Иван Евсеич медленно вышел, а генерал схватил себя за щеку и заходил по комнатам.

— Ой, батюшки! — вопил он. — Ой, матушки! Ох, света белого не вижу!

Приказчик вышел в сад и, подняв к небу глаза, стал припоминать фамилию акцизного:

— Жеребчиков... Жеребковский... Жеребенко... Нет, не то! Лошадинский... Лошадевич... Жеребкович... Кобылянский...

Немного погодя его позвали к господам.

— Вспомнил? — спросил генерал.

— Никак нет, ваше превосходительство.

— Может быть, Конявский? Лошадников? Нет?

И в доме все наперерыв стали изобретать фамилии. Перебрали все возрасты, полы и породы лошадей, вспомнили гриву, копыта, сбрую... В доме, в саду, в людской и кухне люди ходили из угла в угол и, почесывая лбы, искали фамилию...

Приказчика то и дело требовали в дом.

— Табунов? — спрашивали у него. — Копытин? Жеребовский?

— Никак нет, — отвечал Иван Евсеич и, подняв вверх глаза, продолжал думать вслух: — Коненко... Конченко... Жеребеев... Кобылеев...

— Папа! — кричали из детской. — Тройкин! Уздечкин!

Взбудоражилась вся усадьба. Нетерпеливый, замученный генерал пообещал дать пять рублей тому, кто вспомнит настоящую фамилию, и за Иваном Евсеичем стали ходить целыми толпами...

— Гнедов! — говорили ему. — Рысистый! Лошадицкий!

Но наступил вечер, а фамилия всё еще не была найдена. Так и спать легли, не послав телеграммы.

Генерал не спал всю ночь, ходил из угла в угол и стонал... В третьем часу утра он вышел из дому и постучался в окно к приказчику.

— Не Меринов ли? — спросил он плачущим голосом.

— Нет, не Меринов, ваше превосходительство, — ответил Иван Евсеич и виновато вздохнул.

— Да может быть, фамилия не лошадиная, а какая-нибудь другая!

— Истинно слово, ваше превосходительство, лошадиная... Это очень даже отлично помню.

— Экий ты какой, братец, беспамятный... Для меня теперь эта фамилия дороже, кажется, всего на свете. Замучился!

Утром генерал опять послал за доктором.

— Пускай рвет! — решил он. — Нет больше сил терпеть...

Приехал доктор и вырвал больной зуб. Боль утихла тотчас же, и генерал успокоился. Сделав свое дело и получив, что следует, за труд, доктор сел в свою бричку и поехал домой. За воротами в поле он встретил Ивана Евсеича... Приказчик стоял на краю дороги и, глядя сосредоточенно себе под ноги, о чем-то думал. Судя по морщинам, бороздившим его лоб, и по выражению глаз, думы его были напряженны, мучительны...

— Буланов... Чересседельников... — бормотал он. — Засупонин... Лошадский...

— Иван Евсеич! — обратился к нему доктор. — Не могу ли я, голубчик, купить у вас четвертей пять овса? Мне продают наши мужички овес, да уж больно плохой...

Иван Евсеич тупо поглядел на доктора, как-то дико улыбнулся и, не сказав в ответ ни одного слова, всплеснув руками, побежал к усадьбе с такой быстротой, точно за ним гналась бешеная собака.

— Надумал, ваше превосходительство! — закричал он радостно, не своим голосом, влетая в кабинет к генералу. — Надумал, дай бог здоровья доктору! Овсов! Овсов фамилия акцизного! Овсов, ваше превосходительство! Посылайте депешу Овсову!

— На-кося! — сказал генерал с презрением и поднес к лицу его два кукиша. — Не нужно мне теперь твоей лошадиной фамилии! На-кося!

Злоумышленник

Перед судебным следователем стоит маленький, чрезвычайно тощий мужичонко в пестрядинной рубахе и латаных портах. Его обросшее волосами и изъеденное рябинами лицо и глаза, едва видные из-за густых, нависших бровей, имеют выражение угрюмой суровости. На голове целая шапка давно уже не чесанных, путаных волос, что придает ему еще большую, паучью суровость. Он бос.

— Денис Григорьев! — начинает следователь. — Подойди поближе и отвечай на мои вопросы. Седьмого числа сего июля железнодорожный сторож Иван Семенов Акинфов, проходя утром по линии, на 141-й версте, застал тебя за отвинчиванием гайки, коей рельсы прикрепляются к шпалам. Вот она, эта гайка!.. С каковою гайкой он и задержал тебя. Так ли это было?

— Чаво?

— Так ли всё это было, как объясняет Акинфов?

— Знамо, было.

— Хорошо; ну, а для чего ты отвинчивал гайку?

— Чаво?

— Ты это свое «чаво» брось, а отвечай на вопрос: для чего ты отвинчивал гайку?

— Коли б не нужна была, не отвинчивал бы, — хрипит Денис, косясь на потолок.

— Для чего же тебе понадобилась эта гайка?

— Гайка-то? Мы из гаек грузила делаем...

— Кто это — мы?

— Мы, народ... Климовские мужики, то есть.

— Послушай, братец, не прикидывайся ты мне идиотом, а говори толком. Нечего тут про грузила врать!

— Отродясь не врал, а тут вру... — бормочет Денис, мигая глазами. — Да нешто, ваше благородие, можно без грузила? Ежели ты живца или выползока на крючок сажаешь, то нешто он пойдет ко дну без грузила? Вру... — усмехается Денис. — Чёрт ли в нем, в живце-то, ежели поверху плавать будет! Окунь, щука, налим завсегда на донную идет, а которая ежели поверху плавает, то ту разве только шилишпер схватит, да и то редко... В нашей реке не живет шилишпер... Эта рыба простор любит.

— Для чего ты мне про шилишпера рассказываешь?

— Чаво? Да ведь вы сами спрашиваете! У нас и господа так ловят. Самый последний мальчишка не станет тебе без грузила ловить. Конечно, который непонимающий, ну, тот и без грузила пойдет ловить. Дураку закон не писан...

— Так ты говоришь, что ты отвинтил эту гайку для того, чтобы сделать из нее грузило?

— А то что же? Не в бабки ж играть!

— Но для грузила ты мог взять свинец, пулю... гвоздик какой-нибудь...

— Свинец на дороге не найдешь, купить надо, а гвоздик не годится. Лучше гайки и не найтить... И тяжелая, и дыра есть.

— Дураком каким прикидывается! Точно вчера родился или с неба упал. Разве ты не понимаешь, глупая голова, к чему ведет это отвинчивание? Недогляди сторож, так ведь поезд мог бы сойти с рельсов, людей бы убило! Ты людей убил бы!

— Избави господи, ваше благородие! Зачем убивать? Нешто мы некрещеные или злодеи какие? Слава те господи, господин хороший, век свой прожили и не токмо что убивать, но и мыслей таких в голове не было... Спаси и помилуй, царица небесная... Что вы-с!

— А отчего, по-твоему, происходят крушения поездов? Отвинти две-три гайки, вот тебе и крушение!

Денис усмехается и недоверчиво щурит на следователя глаза.

— Ну! Уж сколько лет всей деревней гайки отвинчиваем, и хранил господь, а тут крушение... людей убил... Ежели б я рельсу унес или, положим, бревно поперек ейного пути положил, ну, тогды, пожалуй, своротило бы поезд, а то... тьфу! гайка!

— Да пойми же, гайками прикрепляется рельса к шпалам!

— Это мы понимаем... Мы ведь не все отвинчиваем... оставляем... Не без ума делаем... понимаем...

Денис зевает и крестит рот.

— В прошлом году здесь сошел поезд с рельсов, — говорит следователь. — Теперь понятно, почему...

— Чего изволите?

— Теперь, говорю, понятно, отчего в прошлом году сошел поезд с рельсов... Я понимаю!

— На то вы и образованные, чтобы понимать, милостивцы наши... Господь знал, кому понятие давал... Вы вот и рассудили, как и что, а сторож тот же мужик, без всякого понятия, хватает за шиворот и тащит... Ты рассуди, а потом и тащи! Сказано — мужик, мужицкий и ум... Запишите также, ваше благородие, что он меня два раза по зубам ударил и в груди.

— Когда у тебя делали обыск, то нашли еще одну гайку... Эту в каком месте ты отвинтил и когда?

— Это вы про ту гайку, что под красным сундучком лежала?

— Не знаю, где она у тебя лежала, но только нашли ее. Когда ты ее отвинтил?

— Я ее не отвинчивал, ее мне Игнашка, Семена кривого сын, дал. Это я про ту, что под сундучком, а ту, что на дворе в санях, мы вместе с Митрофаном вывинтили.

— С каким Митрофаном?

— С Митрофаном Петровым... Нешто не слыхали? Невода у нас делает и господам продает. Ему много этих самых гаек требуется. На каждый невод, почитай, штук десять...

— Послушай... 1081-я статья уложения о наказаниях говорит, что за всякое с умыслом учиненное повреждение железной дороги, когда оно может подвергнуть опасности следующий по сей дороге транспорт и виновный знал, что последствием сего должно быть несчастье... понимаешь? Знал! А ты не мог не знать, к чему ведет это отвинчивание... он приговаривается к ссылке в каторжные работы.

— Конечно, вы лучше знаете... Мы люди темные... нешто мы понимаем?

— Всё ты понимаешь! Это ты врешь, прикидываешься!

— Зачем врать? Спросите на деревне, коли не верите... Без грузила только уклейку ловят, а на что хуже пескаря, да и тот не пойдет тебе без грузила.

— Ты еще про шилишпера расскажи! — улыбается следователь.

— Шилишпер у нас не водится... Пущаем леску без грузила поверх воды на бабочку, идет голавль, да и то редко.

— Ну, молчи...

Наступает молчание. Денис переминается с ноги на ногу, глядит на стол с зеленым сукном и усиленно мигает глазами, словно видит перед собой не сукно, а солнце. Следователь быстро пишет.

— Мне идтить? — спрашивает Денис после некоторого молчания.

— Нет. Я должен взять тебя под стражу и отослать в тюрьму.

Денис перестает мигать и, приподняв свои густые брови, вопросительно глядит на чиновника.

— То есть, как же в тюрьму? Ваше благородие! Мне некогда, мне надо на ярмарку; с Егора три рубля за сало получить...

— Молчи, не мешай.

— В тюрьму... Было б за что, пошел бы, а то так... здорово живешь... За что? И не крал, кажись, и не дрался... А ежели вы насчет недоимки сомневаетесь, ваше благородие, то не верьте старосте... Вы господина непременного члена спросите... Креста на нем нет, на старосте-то...

— Молчи!

— Я и так молчу... — бормочет Денис. — А что староста набрехал в учете, это я хоть под присягой... Нас три брата: Кузьма Григорьев, стало быть, Егор Григорьев и я, Денис Григорьев...

— Ты мне мешаешь... Эй, Семен! — кричит следователь. — Увести его!

— Нас три брата, — бормочет Денис, когда два дюжих солдата берут и ведут его из камеры. — Брат за брата не ответчик... Кузьма не платит, а ты, Денис, отвечай... Судьи! Помер покойник барин-генерал, царство небесное, а то показал бы он вам, судьям... Надо судить умеючи, не зря... Хоть и высеки, но чтоб за дело, по совести...

Староста
Сценка

В одном из грязных трактирчиков уездного городишка N сидит за столом староста Шельма и ест жирную кашу. Он ест и после каждых трех ложек выпивает «последнюю».

— Так-то, душа ты моя, тяжело вести крестьянские дела! — говорит он трактирщику, застегивая под столом пуговки, которые то и дело расстегиваются. — Да, милаша! Крестьянские дела это такая политика, что Бисмарка мало. Чтобы вести их, нужно иметь особую умственность, сноровку. Почему вот меня мужики любят? Почему они ко мне, как мухи, льнут? А? По какой это причине я ем кашу с маслом, а другие адвокаты без масла? А потому, что в моей голове талант есть, дар.

Шельма выпивает с сопеньем рюмку и с достоинством вытягивает свою грязную шею. Не одна шея грязна у этого человека. Руки, сорочка, брюки, салфетка, уши... всё грязно.

— Я не ученый. Зачем врать? Курсов я не кончал, во фраках по-ученому не ходил, но, брат, могу без скромности и всяких там репрессалий сказать тебе, что и за миллион не найдешь другого такого юриста. То есть скопинского дела[1] я тебе не решу и за Сарру Беккер не возьмусь[2], но ежели что по крестьянской части, то никакие защитники, никакие там прокуроры... никто супротив меня не годится. Ей-богу. Один только я могу крестьянские дела решать, а больше никто. Будь ты хоть Ломоносов, хоть Бетховен, но ежели в тебе нет моего таланта, то лучше и не суйся. К примеру взять хоть дело репловского старосты. Слыхал ты про это дело?

— Нет, не слыхал.

— Хорошее дело, политичное! Плевако бы осекся[3], а у меня выгорело. Да-с. Есть, братец ты мой, недалече от Москвы колокольный завод. На этом заводе, душа ты моя, служит старшим мастером наш репловский мужик Евдоким Петров. Служит он там уж лет двадцать. По пачпорту он, конечно, мужик, лапотник, кацап, но вид наружности у него совсем не мужицкий. За двадцать лет и обтесался и обшлифовался. Ходит, понимаешь, в триковом костюме, на руках кольцы, через всё пузо золотая цепка перетянута — не подходи! Совсем не мужик. Еще бы, братец ты мой! Тыщи полторы жалованья, квартира, харчи, хозяин с ним запанибрата, так поневоле в баре полезешь. И физиомордия, знаешь, этакая тово... *(говорящий выпивает)* внушительная. Только вот, братец ты мой, вздумалось этому Евдокиму Петрову съездить в гости к себе на родину, то есть в наше Реплово. Жил-жил, да вдруг соскучился. Житье на колокольном заводе медовое, не с чего, кажись бы, старшему мастеру скучать, но, знаешь, дым отечества. Поезжай ты в Америку, сядь там по горло в сторублевки, а тебя всё в твой трактир тянуть будет. Так вот и его, сердечного, потянуло. Ну-с. Отпросился у своего хозяина на недельку и поехал. Приезжает в Реплово. Первым делом идет к родственникам. «Тут, говорит, я когда-то жил. Тут вот пас стада отца моего, тут вот я спал и проч.»... воспоминания детства, одним словом. Ну, не без того, чтоб и похвастать: «Вот, братцы, глядите! Таким лапотником был, как и вы, а трудом и потом достиг степеней, богат и сыт. Трудитесь, мол, и вы»... Косолапые сначала слушали и величали, а потом и думают: «Так-то так, милый человек, всё это

---

[1] Дело о банковской растрате в г. Скопине, 1882 г.

[2] Судебный процесс об убийстве ростовщиком Мироновичем тринадцатилетней Сарры Беккер слушался в С.-Петербургском окружном суде в 1884 г.

[3] Ф. Н. Плевако (1843–1908), известный русский адвокат, блестящий оратор, участник многих уголовных процессов 80-х годов.

оченно даже великолепно, только какой нам с тебя толк? Неделя уж, как у нас живешь, а хоть бы косушку»... Послали к нему сотского... «Давай, Евдоким, сто рублей денег!» — «Почему такое?» — «Миру на водку... Мир за твое здоровье погулять хочет...»

А Евдоким человек степенный, божественный. Ни водки не пьет, ни табаку не курит и другим этого не дозволяет. «На водку, говорит, и полушки не дам». — «Как так! По какому полному праву? Нешто ты не наш?» — «Что ж такое, что ваш? Недоимки за мной не значится... всё как следовает. С какой же стати мне платить?»

И пошло, и пошло. Евдоким свое, мир ему свое. Озлобился мир. Знаешь дураков-то! Им не втолкуешь. Захотели погулять, так ты тут хоть на двунадесяти языках объясняй им, хоть из пушек пали, ничего не поймут. Выпить хочется, и шабаш! Да и досадно: богатый земляк и вдруг ни шерсти, ни молока! Стали придирки выдумывать, как из Евдокима сто рублей выцыганить. Думали всем миром, думали и ничего не выдумали. Ходят около избы и только пужают: мы тебя, да я тебя! А он сидит себе и в ус не дует. «Чист я, думает, и перед богом, и перед законом, и перед миром, чего ж мне бояться? Вольная я птица!» Хорошо. Видят мужики, что денег им не видать, как ушей своих, стали думать, как бы этой вольной птице за неуважение крылья ощипать. Своего ума нет, посылают за мной. Приезжаю в Реплово. «Так и так, говорят, Денис Семеныч, денег не дает! Выдумай-ка закорючку!» Что ж, братец ты мой? Ничего выдумать нельзя, всё как на ладони видно, все Евдокимовы права налицо. Никакой прокурор тут закорючки не выдумает, хоть три года он думай... сам чёрт не прицепится.

Шельма выпивает рюмку и подмигивает глазом.

— А я нашел, к чему прицепиться! — хихикает он. — Да-с! Угадай-ка, что я придумал! Во веки веков не угадаешь! «Вот что, говорю, ребята, выбирайте вы его в свои сельские старосты». Те смекнули и выбрали. Слушай же. Приносят Евдокиму старостову бляху. Тот смеется. «Шутите, говорит, не желаю я быть вашим старостой». — «А мы желаем!» — «А я не желаю! Завтра же уеду!» — «Нет, не уедешь. Права не имеешь. Староста не может, по закону, свое место бросать». — «Так я, — говорит Евдоким, — слагаю с себя это звание». — «Не имеешь права. Староста обязан пробыть на месте не менее трех лет и только по суду лишается сего звания. Уж раз тебя выбрали, так ни ты, ни мы... никто не может тебя отставить!»

Взвыл мой Евдоким. Летит, как угорелый, к волостному старшине. Тот с писарем ему все законы.

«По таким-то и таким-то статьям раньше трех лет не можешь оставить этого звания. Послужи три года, тогда и езжай!» — «Какое тут три года! И месяца мне ждать нельзя! Без меня хозяин как без рук! Он тысячные убытки терпит! Да и, кроме завода, у меня там дом, семейство!»

И прочее. Проходит месяц. Евдоким сует миру уж не сто, а триста рублей, только отпустите Христа ради. Те рады бы деньги взять, да уж поделать нечего, поздно. Едет Евдоким к господину непременному члену.

«Так и так, ваше высокоблагородие, по домашним обстоятельствам не могу служить. Отпустите, богом молю!» — «Не имею права. Нет законных причин для увольнения. Ты, во-первых, не болен и, во-вторых, нет опорачивающих обстоятельств. Ты должен служить».

А надо тебе сказать, там на всех тыкают. Волостной старшина или сельский староста не малая шишка в государстве, почище и поважнее любого канцелярского, а меж тем на него тыкают, словно на лакея. Каково-то Евдокиму в триковом костюме это тыканье слышать! Молит он непременного члена Христом богом.

«Не имею права, — говорит член. — Ежели не веришь, то спроси вот уездное присутствие. Все тебе скажут. Не только я, но даже и губернатор не может тебя уволить. Приговор мирского схода, ежели форма не нарушена, не подлежит кассации».

Едет Евдоким к предводителю, от предводителя к исправнику. Весь уезд объездил, и все ему одно и то же: «Служи, не имеем права». Что тут делать? А из завода письмо за письмом, депеша за депешей. Посоветовала родня Евдокиму послать за мной. Так он — веришь ли? — не то что послал, а сам прискакал. Приехал и, ни слова не говоря, сует мне в руки красненькую. Одна, мол, надежда.

«Что ж? — говорю. — Извольте, за сто рублей устрою вам увольнение».

Взял сто рублей и устроил.

— Как? — спрашивает трактирщик.

— Угадай-ка. Ларчик просто открывается. В самом законе загадка разгадывается.

Шельма подходит к трактирщику и, хохоча, шепчет ему на ухо:

— Посоветовал ему украсть что-нибудь, под суд попасть. А? Какова закорючка? Сначала, братец ты мой, он опешил. «Как так украсть?» — «Да так, говорю, украдь у меня вот этот самый пустой портмонет, вот тебе и тюрьма на полтора месяца». Сначала он фордыбачился: доброе имя и прочее. «На чертей тебе, говорю, твое доброе имя? Нешто у тебя, говорю, формуляр, что ли?

Отсидишь в тюрьме полтора месяца, тем дело и кончится, да зато опорачивающие обстоятельства у тебя будут, бляху снимут!» Подумал человечина, махнул рукой и украл у меня портмонет. Теперь он уж отсидел свой срок и за меня бога молит. Так вот, братец ты мой, какая умственность! Во всем вселенном шаре другой такой политики не найдешь, как в крестьянских делах, и ежели кто может решать эти дела, так только я. Никто не может кассировать, а я могу. Да.

Шельма требует себе еще бутылку водки и начинает другой рассказ — о пропитии репловскими мужиками чужого хлеба на корню.

Унтер Пришибеев

— Унтер-офицер Пришибеев! Вы обвиняетесь в том, что 3-го сего сентября оскорбили словами и действием урядника Жигина, волостного старшину Аляпова, сотского Ефимова, понятых Иванова и Гаврилова и еще шестерых крестьян, причем первым трем было нанесено вами оскорбление при исполнении ими служебных обязанностей. Признаете вы себя виновным?

Пришибеев, сморщенный унтер с колючим лицом, делает руки по швам и отвечает хриплым, придушенным голосом, отчеканивая каждое слово, точно командуя:

— Ваше высокородие, господин мировой судья! Стало быть, по всем статьям закона выходит причина аттестовать всякое обстоятельство во взаимности. Виновен не я, а все прочие. Всё это дело вышло из-за, царствие ему небесное, мертвого трупа. Иду это я третьего числа с женой Анфисой тихо, благородно, смотрю — стоит на берегу куча разного народа людей. По какому полному праву тут народ собрался? — спрашиваю. Зачем? Нешто в законе сказано, чтоб народ табуном ходил? Кричу: разойдись! Стал расталкивать народ, чтоб расходились по домам, приказал сотскому гнать взашей...

— Позвольте, вы ведь не урядник, не староста, — разве это ваше дело народ разгонять?

— Не его! Не его! — слышатся голоса из разных углов камеры. — Житья от него нету, вашескородие! Пятнадцать лет от него терпим! Как пришел со службы, так с той поры хоть из села беги. Замучил всех!

— Именно так, вашескородие! — говорит свидетель староста. — Всем миром жалимся. Жить с ним никак невозможно! С образами ли ходим, свадьба ли, или, положим, случай какой, везде он кричит, шумит, всё порядки вводит. Ребятам уши дерет, за баба-

ми подглядывает, чтоб чего не вышло, словно свекор какой... Намеднись по избам ходил, приказывал, чтоб песней не пели и чтоб
огней не жгли. Закона, говорит, такого нет, чтоб песни петь.

— Погодите, вы еще успеете дать показание, — говорит мировой, — а теперь пусть Пришибеев продолжает. Продолжайте,
Пришибеев!

— Слушаю-с! — хрипит унтер. — Вы, ваше высокородие, изволите говорить, не мое это дело народ разгонять... Хорошо-с...
А ежели беспорядки? Нешто можно дозволять, чтобы народ безобразил? Где это в законе написано, чтоб народу волю давать?
Я не могу дозволять-с. Ежели я не стану их разгонять да взы-
скивать, то кто же станет? Никто порядков настоящих не знает,
во всем селе только я один, можно сказать, ваше высокородие,
знаю, как обходиться с людьми простого звания, и, ваше высокородие, я могу всё понимать. Я не мужик, я унтер-офицер, отставной каптенармус, в Варшаве служил, в штабе-с, а после того,
изволите знать, как вчистую вышел, был в пожарных-с, а после
того по слабости болезни ушел из пожарных и два года в мужской
классической прогимназии в швейцарах служил... Все порядки знаю-с. А мужик — простой человек, он ничего не понимает
и должен меня слушать, потому — для его же пользы. Взять хоть
это дело, к примеру... Разгоняю я народ, а на берегу на песочке
утоплый труп мертвого человека. По какому такому основанию,
спрашиваю, он тут лежит? Нешто это порядок? Что урядник глядит? Отчего ты, говорю, урядник, начальству знать не даешь?
Может, этот утоплый покойник сам утоп, а может, тут дело Си-
бирью пахнет. Может, тут уголовное смертоубийство... А урядник
Жигин никакого внимания, только папироску курит. «Что это,
говорит, у вас за указчик такой? Откуда, говорит, он у вас такой
взялся? Нешто мы без него, говорит, не знаем нашего поведения?» Стало быть, говорю, ты не знаешь, дурак этакой, коли тут
стоишь и без внимания. «Я, говорит, еще вчера дал знать становому приставу». Зачем же, спрашиваю, становому приставу? По
какой статье свода законов? Нешто в таких делах, когда утопшие,
или удавившие, и прочее тому подобное, — нешто в таких делах
становой может? Тут, говорю, дело уголовное, гражданское...
Тут, говорю, скорей посылать эстафет господину следователю
и судьям-с. И перво-наперво ты должен, говорю, составить акт
и послать господину мировому судье. А он, урядник, всё слушает и смеется. И мужики тоже. Все смеялись, ваше высокородие.
Под присягой могу показать. И этот смеялся, и вот этот, и Жигин
смеялся. Что, говорю, зубья скалите? А урядник и говорит: «Мировому, говорит, судье такие дела неподсудны». От этих самых

слов меня даже в жар бросило. Урядник, ведь ты это сказывал? — обращается унтер к уряднику Жигину.

— Сказывал.

— Все слыхали, как ты это самое при всем простом народе: «Мировому судье такие дела неподсудны». Все слыхали, как ты это самое... Меня, ваше высокородие, в жар бросило, я даже сробел весь. Повтори, говорю, повтори, такой-сякой, что ты сказал! Он опять эти самые слова... Я к нему. Как же, говорю, ты можешь так объяснять про господина мирового судью? Ты, полицейский урядник, да против власти? А? Да ты, говорю, знаешь, что господин мировой судья, ежели пожелают, могут тебя за такие слова в губернское жандармское управление по причине твоего неблагонадежного поведения? Да ты знаешь, говорю, куда за такие политические слова тебя угнать может господин мировой судья? А старшина говорит: «Мировой, говорит, дальше своих пределов ничего обозначить не может. Только малые дела ему подсудны». Так и сказал, все слышали... Как же, говорю, ты смеешь власть уничижать? Ну, говорю, со мной не шути шуток, а то дело, брат, плохо. Бывало, в Варшаве или когда в швейцарах был в мужской классической прогимназии, то как заслышу какие неподходящие слова, то гляжу на улицу, не видать ли жандарма: «Поди, говорю, сюда, кавалер», — и всё ему докладываю. А тут, в деревне кому скажешь?.. Взяло меня зло. Обидно стало, что нынешний народ забылся в своеволии и неповиновении, я размахнулся и... конечно, не то чтобы сильно, а так, правильно, полегоньку, чтоб не смел про ваше высокородие такие слова говорить... За старшину урядник вступился. Я, стало быть, и урядника... И пошло... Погорячился, ваше высокородие, ну да ведь без того нельзя, чтоб не побить. Ежели глупого человека не побьешь, то на твоей же душе грех. Особливо, ежели за дело... ежели беспорядок...

— Позвольте! За непорядками есть кому глядеть. На это есть урядник, староста, сотский...

— Уряднику за всем не углядеть, да урядник и не понимает того, что я понимаю...

— Но поймите, что это не ваше дело!

— Чего-с? Как же это не мое? Чудно-с... Люди безобразят — и не мое дело! Что ж мне хвалить их, что ли? Они вот жалятся вам, что я песни петь запрещаю... Да что хорошего в песнях-то? Вместо того, чтоб делом каким заниматься, они песни... А еще тоже моду взяли вечера с огнем сидеть. Нужно спать ложиться, а у них разговоры да смехи. У меня записано-с!

— Что у вас записано?

— Кто с огнем сидит.

Пришибеев вынимает из кармана засаленную бумажку, надевает очки и читает:

— Которые крестьяне сидят с огнем: Иван Прохоров, Савва Микифоров, Петр Петров. Солдатка Шустрова, вдова, живет в развратном беззаконии с Семеном Кисловым. Игнат Сверчок занимается волшебством, и жена его Мавра есть ведьма, по ночам ходит доить чужих коров.

— Довольно! — говорит судья и начинает допрашивать свидетелей.

Унтер Пришибеев поднимает очки на лоб и с удивлением глядит на мирового, который, очевидно, не на его стороне. Его выпученные глаза блестят, нос становится ярко-красным. Глядит он на мирового, на свидетелей и никак не может понять, отчего это мировой так взволнован и отчего из всех углов камеры слышится то ропот, то сдержанный смех. Непонятен ему и приговор: на месяц под арест!

— За что?! — говорит он, разводя в недоумении руками. — По какому закону?

И для него ясно, что мир изменился и что жить на свете уже никак невозможно. Мрачные, унылые мысли овладевают им. Но выйдя из камеры и увидев мужиков, которые толпятся и говорят о чем-то, он по привычке, с которой уже совладать не может, вытягивает руки по швам и кричит хриплым, сердитым голосом:

— Наррод, расходись! Не толпись! По домам!

ИНДЕЙСКИЙ ПЕТУХ
Маленькое недоразумение

— Чучело ты, чучело! Образина ты лысая! — говорила однажды Пелагея Петровна своему супругу, отставному коллежскому секретарю Маркелу Ивановичу Лохматову. — У всех мужья как мужья, одну только меня господь наказал сокровищем-лежебоком! У сестры Глашеньки муж и носки штопает, и кур кормит, и за провизией на рынок ходит. Прасковьи Ивановнин муж, и что это за человек! — только и ищет, чем бы жене своей угодить: то клопов из кроватей вываривает, то шубу выбивает, чтоб моль не поела, то рыбу чистит. Один только ты у меня, нечистый тебя знает, в кого уродился! День-деньской лежишь, как анафема, на диване и только и знаешь, что водку трескаешь да про Румелию[1] балясы точишь!..

_____

[1] Румелия — южно-болгарская провинция. Восточная Румелия объединилась с Болгарией после восстания в сентябре 1885 г.

— Что же мне делать? — робко спросил Маркел Иваныч.

— Что делать! Да мало ли делов? Куда в хозяйстве ни сунься, везде дело. Взять хоть индейского петуха. Уж неделя, как тварь не пьет, не ест... вот-вот издохнет, а тебе и горя мало, наказание ты мое! У, так и тресну по уху! А ведь петух-то какой! Гора, а не петух! За пять рублей другого такого не купишь!

— Что же мне тово... с петухом делать? Не к доктору же с ним идти!

— Зачем к доктору? Доктора не обучены птицам... Ты у людей порасспроси... Люди всё знают... А то и сам бы, дуралей, своим умом пораскинул, как и что. В аптеку бы сходил. В аптеке много лекарств!

— Пожалуй, я схожу в аптеку, — согласился Лохматов. — Пожалуй.

— И сходи! Дайте, скажи, мне на десять копеек крепительного!

Маркел Иванович лениво поднялся с дивана, вздохнул и стал натягивать на себя панталоны (когда он сидит дома, Пелагея Петровна из экономии держит его в одном нижнем). Он был выпивши, в голове его от одного виска к другому перекатывалась тяжелая, свинцовая пуля, но мысль, что он идет сейчас делать дело, подбодрила его. Одевшись, он взял трость и степенно зашагал к аптеке.

— Вам что угодно? — спросил его в аптеке толстый лысый провизор с большими, пушистыми бакенами.

— Мне чего-нибудь этакого... — начал робко Маркел Иванович, почтительно глядя на пушистые бакены. — У меня, собственно говоря, нет рецепта, и я сам не знаю, что мне нужно, может быть, вы мне посоветуете что-нибудь.

— Да, а что случилось?

— Дело в том, что уж неделя, как не пьет, не ест. Всё время, знаете ли, слабит. Скучный такой, унылый, словно потерял что-нибудь или совесть нечиста.

Провизор приподнял углы губ, прищурился и обратился в слух. Фармацевты вообще любят, когда к ним обращаются за медицинскими советами.

— А... гм... — промычал он. — Жар есть?

— Этого я вам не могу сказать, не знаю... Уж вы будьте такие добрые, дайте чего-нибудь. Верите ли? Смотреть жалко! Был здоров, ходил по двору, а теперь на тебе! — ни с того ни с сего нахмурился, наершился и из сарая не выходит.

— В сарае нельзя... Теперь холодно.

— Хорошо, мы его в кухню возьмем... А жалко будет, ежели тово... околеет. Без него индейки жить не могут.

— Какие индейки? — вытаращил глаза провизор.

—Обыкновенные... с перьями.

— Да вы про кого говорите?

— Про индейского петуха.

На лице провизора изобразилось «тьфу!». Углы губ опустились, и по строгому лицу пробежала тучка.

— Я... не понимаю, — обиделся провизор.

— Не понимаете, какой это индейский петух? — в свою очередь не понял Лохматов. — Есть обыкновенные петухи, что с курами ходят, а то индейский... большой такой, знаете ли, с хоботом на носу... и еще так посвистишь ему, а он растопырит крылья, нахохлится и — блы-блы-блы...

— Мы индюков не лечим... — пробормотал провизор, обидчиво отводя глаза в сторону.

— Да их и лечить не нужно... Дать какого-нибудь пустяка и больше ничего... Ведь это не человек, а птица... и от пустяка поможет.

— Извините, мне некогда.

— Я знаю, что вам некогда, но сделайте такое одолжение! Что вам стоит дать чего-нибудь? Чего хотите, то и дайте, я не стану разговаривать. Будьте столь достолюбезны!

Просительный тон Маркела Ивановича тронул провизора. Он опять нахмурился, поднял углы губ и задумался.

— Вы говорите, что не пьет, не ест... что его слабит?

— Да-с... Крепительного чего-нибудь.

— Погодите, я сейчас.

Провизор отошел к шкафчику, достал оттуда какую-то книгу и погрузился в чтение. Лицо его приняло сократовское выражение и на лбу собралось так много морщин, что Маркел Иванович, глядя на него, побоялся, как бы от напряжения кожи не порвалась провизорская лысина.

— Я вам порошок дам, — сказал провизор, кончив чтение.

— Покорнейше вас благодарю. Только, извините за выражение, как я ему этот порошок дам? Ведь он не клюет! Ежели бы он понимал свою пользу, а то ведь птица глупая, нерассудительная. Положишь перед ним порошок, а он и без внимания.

— В таком случае я вам капель дам.

— Ну, капли другое дело. Капли насильно влить можно.

Провизор повернул голову в сторону и прокричал что-то по-немецки.

— Ja![1] — откликнулся маленький черненький фармацевт.

---

[1] Да! (нем.).

Лохматов направился туда, где возился этот фармацевт, облокотился о стойку и стал ждать.

«Как он, собака, всё это ловко! — думал он, следя за движениями пальцев фармацевта, делившего какой-то порошок на доли. — И на всё ведь это нужна наука!»

Покончив с порошками, фармацевт взял флакон, наболтал в него коричневой жидкости, завернул в бумагу и подошел к Лохматову.

— Ва́м на десять копеек капель? — спросил он.

— Индейскому петуху.

— Что? — вытаращил глаза фармацевт.

— Индейскому петуху.

— С вами говорят по-человечески, — вспыхнул фармацевт, — вы и должны отвечать по-человечески.

— Как же вам еще отвечать? Говорю, что индейскому петуху, так, значит, и индейскому петуху. Не орлу же!

— Я это могу на свой счет принять! — нахохлился аптекарь.

— Зачем же на свой счет принять? Я сам заплачу.

— Но мне некогда с вами шутить!

Фармацевт отложил в сторону флакон с каплями, отошел в сторону и, сердито фыркая, стал что-то тереть в ступке.

Маркел Иванович подождал еще немного, потом пожал плечами, вздохнул и вышел из аптеки. Придя домой, он снял сюртук, панталоны и жилет, почесался, покряхтел и лег на диван.

— Ну, что? был в аптеке? — набросилась на него Пелагея Петровна.

— Был... ну их к чёрту!

— Где же лекарство?

— Не дают! — махнул рукой Маркел Иванович и укрылся ватным одеялом.

— Уу... так и дам по уху!

Средство от запоя

В город Д., в отдельном купе первого класса, прибыл на гастроли известный чтец и комик г. Фениксов-Дикобразов 2-й. Все встречавшие его на вокзале знали, что билет первого класса был куплен «для форса» лишь на предпоследней станции, а до тех пор знаменитость ехала в третьем; все видели, что, несмотря на холодное, осеннее время, на знаменитости были только летняя крылатка да ветхая котиковая шапочка, но, тем не менее, когда из вагона показалась сивая, заспанная физиономия Дикобразова 2-го, все почувствовали некоторый трепет и жажду познакомиться. Антрепренер Почечуев, по русскому обычаю, троекратно облобызал приезжего и повез его к себе на квартиру.

Знаменитость должна была начать играть дня через два после приезда, но судьба решила иначе; за день до спектакля в кассу театра вбежал бледный, взъерошенный антрепренер и сообщил, что Дикобразов 2-й играть не может.

— Не может! — объявил Почечуев, хватая себя за волосы. — Как вам это покажется? Месяц, целый месяц печатали аршинными буквами, что у нас будет Дикобразов, хвастали, ломались, забрали абонементные деньги, и вдруг этакая подлость! А? Да за это повесить мало!

— Но в чем дело? Что случилось?

— Запил, проклятый!

— Экая важность! Проспится.

— Скорей издохнет, чем проспится! Я его еще с Москвы знаю: как начнет водку лопать, так потом месяца два без просыпа. Запой! Это запой! Нет, счастье мое такое! И за что я такой несчастный! И в кого я, окаянный, таким несчастным уродился! За что... за что над моей головой всю жизнь висит проклятие неба? (Почечуев трагик и по профессии и по натуре: сильные выражения, сопровождаемые биением по груди кулаками, ему очень к лицу.) И как я гнусен, подл и презренен, рабски подставляя голову под удары судьбы! Не достойнее ли раз навсегда покончить с постыдной ролью Макара, на которого все шишки валятся, и пустить себе пулю в лоб? Чего же жду я? Боже, чего я жду?

Почечуев закрыл ладонями лицо и отвернулся к окну. В кассе, кроме кассира, присутствовало много актеров и театралов, а потому дело не стало за советами, утешениями и обнадеживаниями; но всё это имело характер философский или пророческий; дальше «суеты сует», «наплюйте» и «авось» никто не пошел. Один только кассир, толстенький, водяночный человек, отнесся к делу посущественней.

— А вы, Прокл Львович, — сказал он, — попробуйте полечить его.

— Запой никаким чёртом не вылечишь!

— Не говорите-с. Наш парикмахер превосходно от запоя лечит. У него весь город лечится.

Почечуев обрадовался возможности ухватиться хоть за соломинку, и через какие-нибудь пять минут перед ним уже стоял театральный парикмахер Федор Гребешков. Представьте вы себе высокую, костистую фигуру со впалыми глазами, длинной жидкой бородой и коричневыми руками, прибавьте к этому поразительное сходство со скелетом, которого заставили двигаться на винтах и пружинах, оденьте фигуру в донельзя поношенную черную пару, и у вас получится портрет Гребешкова.

— Здорово, Федя! — обратился к нему Почечуев. — Я слышал, дружок, что ты того... лечишь от запоя. Сделай милость, не в службу, а в дружбу, полечи ты Дикобразова! Ведь, знаешь, запил!

— Бог с ним, — пробасил уныло Гребешков. — Актеров, которые попроще, купцов и чиновников я, действительно, пользую, а тут ведь знаменитость, на всю Россию!

— Ну, так что ж?

— Чтоб запой из него выгнать, надо во всех органах и суставах тела переворот произвесть. Я произведу в нем переворот, а он выздоровеет и в амбицию... «Как ты смел, — скажет, — собака, до моего лица касаться?» Знаем мы этих знаменитых!

— Ни-ни... не отвиливай, братец! Назвался груздем — полезай в кузов! Надевай шапку, пойдем!

Когда через четверть часа Гребешков входил в комнату Дикобразова, знаменитость лежала у себя на кровати и со злобой глядела на висячую лампу. Лампа висела спокойно, но Дикобразов 2-й не отрывал от нее глаз и бормотал:

— Ты у меня повертишься! Я тебе, анафема, покажу, как вертеться! Разбил графин, и тебя разобью, вот увидишь! А-а... и потолок вертится... Понимаю: заговор! Но лампа, лампа! Меньше всех, подлая, но больше всех вертится! Постой же...

Комик поднялся и, потянув за собой простыню, сваливая со столика стаканы и покачиваясь, направился к лампе, но на полпути наткнулся на что-то высокое, костистое...

— Что такое!? — заревел он, поводя блуждающими глазами. — Кто ты? Откуда ты? А?

— А вот я тебе покажу, кто я... Пошел на кровать!

И не дожидаясь, когда комик пойдет к кровати, Гребешков размахнулся и трахнул его кулаком по затылку с такой силой, что тот кубарем полетел на постель. Комика, вероятно, раньше никогда не били, потому что он, несмотря на сильную хмель, поглядел на Гребешкова с удивлением и даже с любопытством.

— Ты... ты ударил? По... постой, ты ударил?

— Ударил. Нешто еще хочешь?

И парикмахер ударил Дикобразова еще раз, по зубам. Не знаю, что тут подействовало, сильные ли удары, или новизна ощущения, но только глаза комика перестали блуждать и в них замелькало что-то разумное. Он вскочил и не столько со злобой, сколько с любопытством стал рассматривать бледное лицо и грязный сюртук Гребешкова.

— Ты... ты дерешься? — забормотал он. — Ты... ты смеешь?

— Молчать!

И опять удар по лицу. Ошалевший комик стал было защищаться, но одна рука Гребешкова сдавила ему грудь, другая заходила по физиономии.

— Легче! Легче! — послышался из другой комнаты голос Почечуева. — Легче, Феденька!

— Ничего-с, Прокл Львович! Сами же потом благодарить станут!

— Всё-таки ты полегче! — проговорил плачущим голосом Почечуев, заглядывая в комнату комика. — Тебе-то ничего, а меня мороз по коже дерет. Ты подумай: среди бела дня бьют человека правоспособного, интеллигентного, известного, да еще на собственной квартире... Ах!

— Я, Прокл Львович, бью не их, а беса, что в них сидит. Уходите, сделайте милость, и не беспокойтесь. Лежи, дьявол! — набросился Федор на комика. — Не двигайся! Что-о-о?

Дикобразовым овладел ужас. Ему стало казаться, что всё то, что раньше кружилось и было им разбиваемо, теперь сговорилось и единодушно полетело на его голову.

— Караул! — закричал он. — Спасите! Караул!

— Кричи, кричи, леший! Это еще цветки, а вот погоди, ягодки будут! Теперь слушай: ежели ты скажешь еще хоть одно слово или пошевельнешься, убью! Убью и не пожалею! Заступиться, брат, некому! Не придет никто, хоть из пушки пали. А ежели смиришься и замолчишь, водочки дам. Вот она, водка-то!

Гребешков вытащил из кармана полуштоф водки и блеснул им перед глазами комика. Пьяный, при виде предмета своей страсти, забыл про побои и даже заржал от удовольствия. Гребешков вынул из жилетного кармана кусочек грязного мыла и сунул его в полуштоф. Когда водка вспенилась и замутилась, он принялся всыпать в нее всякую дрянь. В полуштоф посыпались селитра, нашатырь, квасцы, глауберова соль, сера, канифоль и другие «специи», продаваемые в москательных лавочках. Комик пялил глаза на Гребешкова и страстно следил за движениями полуштофа. В заключение парикмахер сжег кусок тряпки, высыпал пепел в водку, поболтал и подошел к кровати.

— Пей! — сказал он, наливая пол-чайного стакана. — Разом!

Комик с наслаждением выпил, крякнул, но тотчас же вытаращил глаза. Лицо у него вдруг побледнело, на лбу выступил пот.

— Еще пей! — предложил Гребешков.

— Не... не хочу! По... постой...

— Пей, чтоб тебя!.. Пей! Убью!

Дикобразов выпил и, застонав, повалился на подушку. Через минуту он приподнялся, и Федор мог убедиться, что его специя действует.

— Пей еще! Пущай у тебя все внутренности выворотит, это хорошо. Пей!

И для комика наступило время мучений. Внутренности его буквально переворачивало. Он вскакивал, метался на постели и с ужасом следил за медленными движениями своего беспощадного и неугомонного врага, который не отставал от него ни на минуту и неутомимо колотил его, когда он отказывался от специи. Побои сменялись специей, специя побоями. Никогда в другое время бедное тело Фениксова-Дикобразова 2-го не переживало таких оскорблений и унижений, и никогда знаменитость не была так слаба и беззащитна, как теперь. Сначала комик кричал и бранился, потом стал умолять, наконец, убедившись, что протесты ведут к побоям, стал плакать. Почечуев, стоявший за дверью и подслушивавший, в конце концов не выдержал и вбежал в комнату комика.

— А ну тебя к чёрту! — сказал он, махая руками. — Пусть лучше пропадают абонементные деньги, пусть он водку пьет, только не мучь ты его, сделай милость! Околеет ведь, ну тебя к чёрту! Погляди: совсем ведь околел! Знал бы, ей-богу не связывался...

— Ничего-с... Сами еще благодарить будут, увидите-с... Ну, ты что еще там? — повернулся Гребешков к комику. — Влетит!

До самого вечера провозился он с комиком. И сам умаялся, и его заездил. Кончилось тем, что комик страшно ослабел, потерял способность даже стонать и окаменел с выражением ужаса на лице. За окаменением наступило что-то похожее на сон.

На другой день комик, к великому удивлению Почечуева, проснулся, — стало быть, не умер. Проснувшись, он тупо огляделся, обвел комнату блуждающим взором и стал припоминать.

— Отчего это у меня всё болит? — недоумевал он. — Точно по мне поезд прошел. Нешто водки выпить? Эй, кто там? Водки!

В это время за дверью стояли Почечуев и Гребешков.

— Водки просит, стало быть, не выздоровел! — ужаснулся Почечуев.

— Что вы, батюшка, Прокл Львович? — удивился парикмахер. — Да нешто в один день вылечишь? Дай бог, чтобы в неделю поправился, а не то что в день. Иного слабенького и в пять дней вылечишь, а это ведь по комплекции тот же купец. Не скоро его проймешь.

— Что же ты мне раньше не сказал этого, анафема? — застонал Почечуев. — И в кого я несчастным таким уродился! И чего я, окаянный, жду еще от судьбы? Не разумнее ли кончить разом, всадив себе пулю в лоб, и т. д.

Как ни мрачно глядел на свою судьбу Почечуев, однако через неделю Дикобразов 2-й уже играл и абонементных денег не пришлось возвращать. Гримировал комика Гребешков, причем так почтительно касался к его голове, что вы не узнали бы в нем прежнего заушателя.

— Живуч человек! — удивлялся Почечуев. — Я чуть не помер, на его муки глядючи, а он как ни в чем не бывало, даже еще благодарит этого чёрта Федьку, в Москву с собой хочет взять! Чудеса, да и только!

Пересолил

Землемер Глеб Гаврилович Смирнов приехал на станцию Гнилушки. До усадьбы, куда он был вызван для межевания, оставалось еще проехать на лошадях верст тридцать-сорок. (Ежели возница не пьян и лошади не клячи, то и тридцати верст не будет, а коли возница с мухой да кони наморены, то целых пятьдесят наберется.)

— Скажите, пожалуйста, где я могу найти здесь почтовых лошадей? — обратился землемер к станционному жандарму.

— Которых? Почтовых? Тут за сто верст путевой собаки не сыщешь, а не то что почтовых... Да вам куда ехать?

— В Девкино, имение генерала Хохотова.

— Что ж? — зевнул жандарм. — Ступайте за станцию, там на дворе иногда бывают мужики, возят пассажиров.

Землемер вздохнул и поплелся за станцию. Там, после долгих поисков, разговоров и колебаний, он нашел здоровеннейшего мужика, угрюмого, рябого, одетого в рваную сермягу и лапти.

— Чёрт знает какая у тебя телега! — поморщился землемер, влезая в телегу. — Не разберешь, где у нее зад, где перед...

— Что ж тут разбирать-то? Где лошадиный хвост, там перед, а где сидит ваша милость, там зад...

Лошаденка была молодая, но тощая, с растопыренными ногами и покусанными ушами. Когда возница приподнялся и стегнул ее веревочным кнутом, она только замотала головой, когда же он выбранился и стегнул ее еще раз, то телега взвизгнула и задрожала, как в лихорадке. После третьего удара телега покачнулась, после же четвертого она тронулась с места.

— Этак мы всю дорогу поедем? — спросил землемер, чувствуя сильную тряску и удивляясь способности русских возниц соединять тихую, черепашью езду с душу выворачивающей тряской.

— До-о-едем! — успокоил возница. — Кобылка молодая, шустрая... Дай ей только разбежаться, так потом и не остановишь... Но-о-о, прокля-а-тая!

Когда телега выехала со станции, были сумерки. Направо от землемера тянулась темная замерзшая равнина, без конца и краю... Поедешь по ней — так наверно заедешь к чёрту на кулички. На горизонте, где она исчезала и сливалась с небом, лениво догорала холодная осенняя заря... Налево от дороги в темнеющем воздухе высились какие-то бугры, не то прошлогодние стоги, не то деревня. Что было впереди, землемер не видел, ибо с этой стороны всё поле зрения застилала широкая, неуклюжая спина возницы. Было тихо, но холодно, морозно.

«Какая, однако, здесь глушь! — думал землемер, стараясь прикрыть свои уши воротником от шинели. — Ни кола ни двора. Не ровен час — нападут и ограбят, так никто и не узнает, хоть из пушек пали... Да и возница ненадежный... Ишь, какая спинища! Этакое дитя природы пальцем тронет — так душа вон! И морда у него зверская, подозрительная».

— Эй, милый, — спросил землемер, — как тебя зовут?

— Меня-то? Клим.

— Что, Клим, как у вас здесь? Не опасно? Не шалят?

— Ничего, бог миловал... Кому ж шалить?

— Это хорошо, что не шалят... Но на всякий случай всё-таки я взял с собой три револьвера, — соврал землемер. — А с револьвером, знаешь, шутки плохи. С десятью разбойниками можно справиться...

Стемнело. Телега вдруг заскрипела, завизжала, задрожала и, словно нехотя, повернула налево.

«Куда же это он меня повез? — подумал землемер. — Ехал всё прямо и вдруг налево. Чего доброго, завезет, подлец, в какую-нибудь трущобу и... и... Бывают ведь случаи!»

— Послушай, — обратился он к вознице. — Так ты говоришь, что здесь не опасно? Это жаль... Я люблю с разбойниками драться... На вид-то я худой, болезненный, а силы у меня, словно у быка... Однажды напало на меня три разбойника... Так что ж ты думаешь? Одного я так трахнул, что... что, понимаешь, богу душу отдал, а два другие из-за меня в Сибирь пошли на каторгу. И откуда у меня сила берется, не знаю... Возьмешь одной рукой какого-нибудь здоровилу, вроде тебя, и... и сковырнешь.

Клим оглянулся на землемера, заморгал всем лицом и стегнул по лошаденке.

— Да, брат... — продолжал землемер. — Не дай бог со мной связаться. Мало того, что разбойник без рук, без ног останется, но еще и перед судом ответит... Мне все судьи и исправники знакомы. Человек я казенный, нужный... Я вот еду, а начальству известно... так и глядят, чтоб мне кто-нибудь худа не сделал. Везде по дороге за кустиками урядники да сотские понатыканы... По... по...постой! — заорал вдруг землемер. — Куда же это ты въехал? Куда ты меня везешь?

— Да нешто не видите? Лес!

«Действительно, лес... — подумал землемер. — А я-то испугался! Однако, не нужно выдавать своего волнения... Он уже заметил, что я трушу. Отчего это он стал так часто на меня оглядываться? Наверное, замышляет что-нибудь... Раньше ехал еле-еле, нога за ногу, а теперь ишь как мчится!»

— Послушай, Клим, зачем ты так гонишь лошадь?

— Я ее не гоню. Сама разбежалась... Уж как разбежится, так никаким средствием ее не остановишь... И сама она не рада, что у ней ноги такие.

— Врешь, брат! Вижу, что врешь! Только я тебе не советую так быстро ехать. Попридержи-ка лошадь... Слышишь? Попридержи!

— Зачем?

— А затем... затем, что за мной со станции должны выехать четыре товарища. Надо, чтоб они нас догнали... Они обещали догнать меня в этом лесу... С ними веселей будет ехать... Народ здоровый, коренастый... у каждого по пистолету... Что это ты всё оглядываешься и движешься, как на иголках? а? Я, брат, тово... брат... На меня нечего оглядываться... интересного во мне ничего нет... Разве вот револьверы только... Изволь, если хочешь, я их выну, покажу... Изволь...

Землемер сделал вид, что роется в карманах, и в это время случилось то, чего он не мог ожидать при всей своей трусости. Клим вдруг вывалился из телеги и на четвереньках побежал к чаще.

— Караул! — заголосил он. — Караул! Бери, окаянный, и лошадь и телегу, только не губи ты моей души! Караул!

Послышались скорые удаляющиеся шаги, треск хвороста — и всё смолкло... Землемер, не ожидавший такого реприманда, первым делом остановил лошадь, потом уселся поудобней на телеге и стал думать.

«Убежал... испугался, дурак... Ну, как теперь быть? Самому продолжать путь нельзя, потому что дороги не знаю, да и могут подумать, что я у него лошадь украл... Как быть?» — Клим! Клим!

— Клим!.. — ответило эхо.

От мысли, что ему всю ночь придется просидеть в темном лесу на холоде и слышать только волков, эхо да фырканье тощей кобылки, землемера стало коробить вдоль спины, словно холодным терпугом.

— Климушка! — закричал он. — Голубчик! Где ты, Климушка?

Часа два кричал землемер, и только после того, как он охрип и помирился с мыслью о ночевке в лесу, слабый ветерок донес до него чей-то стон.

— Клим! Это ты, голубчик? Поедем!

— У... убьешь!

— Да я пошутил, голубчик! Накажи меня господь, пошутил! Какие у меня револьверы! Это я от страха врал! Сделай милость, поедем! Мерзну!

Клим, сообразив, вероятно, что настоящий разбойник давно бы уж исчез с лошадью и телегой, вышел из лесу и нерешительно подошел к своему пассажиру.

— Ну, чего, дура, испугался? Я... я пошутил, а ты испугался... Садись!

— Бог с тобой, барин, — проворчал Клим, влезая в телегу. — Если б знал, и за сто целковых не повез бы. Чуть я не помер от страха...

Клим стегнул по лошаденке. Телега задрожала. Клим стегнул еще раз, и телега покачнулась. После четвертого удара, когда телега тронулась с места, землемер закрыл уши воротником и задумался. Дорога и Клим ему уже не казались опасными.

НУ, ПУБЛИКА!

— Шабаш, не буду больше пить!.. Ни... ни за что! Пора уж за ум взяться. Надо работать, трудиться... Любишь жалованье получать, так работай честно, усердно, по совести, пренебрегая покоем и сном. Баловство брось... Привык, брат, задаром жалованье получать, а это вот и нехорошо... и нехорошо...

Прочитав себе несколько подобных нравоучений, обер-кондуктор Подтягин начинает чувствовать непреодолимое стремление к труду. Уже второй час ночи, но, несмотря на это, он будит кондукторов и вместе с ними идет по вагонам контролировать билеты.

— Вашш... билеты! — выкрикивает он, весело пощелкивая щипчиками.

Сонные фигуры, окутанные вагонным полумраком, вздрагивают, встряхивают головами и подают свои билеты.

— Вашш... билеты! — обращается Подтягин к пассажиру II класса, тощему, жилистому человеку, окутанному в шубу и одеяло и окруженному подушками. — Вашш... билеты!

Жилистый человек не отвечает. Он погружен в сон. Обер-кондуктор трогает его за плечо и нетерпеливо повторяет:

— Вашш... билеты!

Пассажир вздрагивает, открывает глаза и с ужасом глядит на Подтягина.

— Что? Кто? А?

— Вам говорят по-челаэчески: вашш... билеты! Па-а-трудитесь!

— Боже мой! — стонет жилистый человек, делая плачущее лицо. — Господи, боже мой! Я страдаю ревматизмом... три ночи не спал, нарочно морфию принял, чтоб уснуть, а вы... с билетом! Ведь это безжалостно, бесчеловечно! Если бы вы знали, как трудно мне уснуть, то не стали бы беспокоить меня такой чепухой... Безжалостно, нелепо! И на что вам мой билет понадобился? Глупо даже!

Подтягин думает, обидеться ему или нет, — и решает обидеться.

— Вы здесь не кричите! Здесь не кабак! — говорит он.

— Да в кабаке люди человечней... — кашляет пассажир. — Изволь я теперь уснуть во второй раз! И удивительное дело: всю заграницу объездил, и никто у меня там билета не спрашивал, а тут, словно чёрт их под локоть толкает, то и дело, то и дело!..

— Ну, и поезжайте за границу, ежели вам там нравится!

— Глупо, сударь! Да! Мало того, что морят пассажиров угаром, духотой и сквозняком, так хотят еще, чёрт ее подери, формалистикой добить. Билет ему понадобился! Скажите, какое усердие! Добро бы это для контроля делалось, а то ведь половина поезда без билетов едет!

— Послушайте, господин! — вспыхивает Подтягин. — Вы извольте подтвердить ваши доводы! И ежели вы не перестанете кричать и беспокоить публику, то я принужден буду высадить вас на станции и составить акт об этом факте!

— Это возмутительно! — негодует публика. — Пристает к больному человеку! Послушайте, да имейте же сожаление!

— Да ведь они сами ругаются! — трусит Подтягин. — Хорошо, я не возьму билета... Как угодно... Только ведь, сами знаете, служба моя этого требует... Ежели б не служба, то, конечно... Можете даже начальника станции спросить... Кого угодно спросите...

Подтягин пожимает плечами в отходит от больного. Сначала он чувствует себя обиженным и несколько третированным, потом же, пройдя вагона два-три, он начинает ощущать в своей обер-кондукторской груди некоторое беспокойство, похожее на угрызения совести.

«Действительно, не нужно было будить больного, — думает он. — Впрочем, я не виноват... Они там думают, что это я с жиру, от нечего делать, а того не знают, что этого служба требует... Ежели они не верят, так я могу к ним начальника станции привести».

Станция. Поезд стоит пять минут. Перед третьим звонком в описанный вагон II класса входит Подтягин. За ним шествует начальник станции, в красной фуражке.

— Вот этот господин, — начинает Подтягин, — говорят, что я не имею полного права спрашивать с них билет, и... и обижаются. Прошу вас, господин начальник станции, объяснить им — по службе я требую билет или зря? Господин, — обращается Подтягин к жилистому человеку. — Господин! Можете вот начальника станции спросить, ежели мне не верите.

Больной вздрагивает, словно ужаленный, открывает глаза и, сделав плачущее лицо, откидывается на спинку дивана.

— Боже мой! Принял другой порошок и только что задремал, как он опять... опять! Умоляю вас, имейте вы сожаление!

— Вы можете поговорить вот с господином начальником станции... Имею я полное право билет спрашивать или нет?

— Это невыносимо! Нате вам ваш билет! Нате! Я куплю еще пять билетов, только дайте мне умереть спокойно! Неужели вы сами никогда не были больны? Бесчувственный народ!

— Это просто издевательство! — негодует какой-то господин в военной форме. — Иначе я не могу понять этого приставанья!

— Оставьте... — морщится начальник станции, дергая Подтягина за рукав.

Подтягин пожимает плечами и медленно уходит за начальником станции.

«Изволь тут угодить! — недоумевает он. — Я для него же позвал начальника станции, чтоб он понимал, успокоился, а он... ругается».

Другая станция. Поезд стоит десять минут. Перед вторым звонком, когда Подтягин стоит около буфета и пьет сельтерскую воду, к нему подходят два господина, один в форме инженера, другой в военном пальто.

— Послушайте, г. обер-кондуктор! — обращается инженер к Подтягину. — Ваше поведение по отношению к больному пассажиру возмутило всех очевидцев. Я инженер Пузицкий, это вот... господин полковник. Если вы не извинитесь перед пассажиром, то мы подадим жалобу начальнику движения, нашему общему знакомому.

— Господа, да ведь я... да ведь вы... — оторопел Подтягин.

— Объяснений нам не надо. Но предупреждаем, если не извинитесь, то мы берем пассажира под свою защиту.

— Хорошо, я... я, пожалуй, извинюсь... Извольте...

Через полчаса Подтягин, придумав извинительную фразу, которая бы удовлетворила пассажира и не умалила его достоинства, входит в вагон.

— Господин! — обращается он к больному. — Послушайте, господин!

Больной вздрагивает и вскакивает.

— Что?

— Я тово... как его?.. Вы не обижайтесь...

— Ох... воды... — задыхается больной, хватаясь за сердце. — Третий порошок морфия принял, задремал и... опять! Боже, когда же, наконец, кончится эта пытка!

— Я тово... Вы извините...

— Слушайте... Высадите меня на следующей станции... Более терпеть я не в состоянии. Я... я умираю...

— Это подло, гадко! — возмущается публика. — Убирайтесь вон отсюда! Вы поплатитесь за подобное издевательство! Вон!

Подтягин машет рукой, вздыхает и выходит из вагона. Идет он в служебный вагон, садится изнеможенный за стол и жалуется:

«Ну, публика! Извольте вот ей угодить! Извольте вот служить, трудиться! Поневоле плюнешь на всё и запьешь... Ничего не делаешь — сердятся, начнешь делать — тоже сердятся... Выпить!»

Подтягин выпивает сразу полбутылки и больше уже не думает о труде, долге и честности.

СВЯТАЯ ПРОСТОТА

Рассказ

К отцу Савве Жезлову, престарелому настоятелю Свято-Троицкой церкви в городе П., нежданно-негаданно прикатил из Москвы сын его Александр, известный московский адвокат. Вдовый и одинокий старик, узрев свое единственное детище, которого он не видал лет 12–15, с тех самых пор, как проводил его в университет, побледнел, затрясся всем телом и окаменел. Радостям и восторгам конца не было.

Вечером в день приезда отец и сын беседовали. Адвокат ел, пил и умилялся.

— А у тебя здесь хорошо, мило! — восторгался он, ерзая на стуле. — Уютно, тепло, и пахнет чем-то этаким патриархальным. Ей-богу, хорошо!

Отец Савва, заложив руки назад и, видимо, ломаясь перед старухой-кухаркой, что у него такой взрослый и галантный сын, ходил около стола и старался в угоду гостю настроить себя на «ученый» лад.

— Такие-то, брат, факты... — говорил он. — Вышло именно так, как я желал в сердце своем: и ты и я — оба по образованной части пошли. Ты вот в университете, а я в Киевской академии кончил, да... По одной стезе, стало быть... Понимаем друг друга... Только вот не знаю, как нынче в академиях. В мое время сильно на классицизм налегали и даже древнееврейский язык учили. А теперь?

— Не знаю. А у тебя, батя, бедовая стерлядь. Уже сыт, но еще съем.

— Ешь, ешь. Тебе нужно больше есть, потому что у тебя труд умственный, а не физический... гм... не физический... Ты универ-ситант, головой работаешь. Долго гостить будешь?

— Я не гостить приехал. Я, батя, к тебе случайно, на манер deus ex machina. Приехал сюда на гастроли, вашего бывшего городско-го голову защищать. Вероятно, знаешь, завтра у вас суд будет.

— Тэк-с... Стало быть, ты по судебной части? Юриспрудент?

— Да, я присяжный поверенный.

— Так... Помогай бог. Чин у тебя какой?

— Ей-богу, не знаю, батя.

«Спросить бы о жалованье, — подумал отец Савва, — но по-их-нему это вопрос нескромный... Судя по одежде и в рассуждении золотых часов, должно полагать, больше тысячи получает».

Старик и адвокат помолчали.

— Не знал я, что у тебя стерляди такие, а то бы я к тебе в про-шлом году приехал, — сказал сын. — В прошлом году я тут неда-леко был, в вашем губернском городе. Смешные у вас тут города!

— Именно смешные... хоть плюнь! — согласился отец Савва. — Что поделаешь! Далеко от умственных центров... предрассуд-ки. Не проникла еще цивилизация...

— Не в том дело... Ты послушай, какой анекдот со мной вы-шел. Захожу я в вашем губернском городе в театр, иду в кассу за билетом, а мне и говорят: спектакля не будет, потому что еще ни одного билета не продано! А я и спрашиваю: как велик ваш пол-ный сбор? Говорят, триста рублей! Скажите, говорю, чтоб игра-ли, я плачу триста... Заплатил от скуки триста рублей, а как стал глядеть их раздирательную драму, то еще скучнее стало... Ха-ха...

Отец Савва недоверчиво поглядел на сына, поглядел на кухарку и хихикнул в кулак... «Вот врет-то!» — подумал он.

— Где же ты, Шуренька, взял эти триста рублей? — спросил он робко.

— Как где взял? Из своего кармана, конечно...

— Гм... Сколько же ты, извини за нескромный вопрос, жалованья получаешь?

— Как когда... В иной год тысяч тридцать заработаю, а в иной и двадцати не наберется... Годы разные бывают.

«Вот врет-то! Хо-хо-хо! Вот врет! — подумал отец Савва, хохоча и любовно глядя на посоловевшее лицо сына. — Брехлива молодость! Хо-хо-хо... Хватил — тридцать тысяч!»

— Невероятно, Сашенька! — сказал он. — Извини, но... хо-хо-хо... тридцать тысяч! За эти деньги два дома построить можно...

— Не веришь?

— Не то что не верю, а так... как бы этак выразиться... ты уж больно тово... Хо-хо-хо... Ну, ежели ты так много получаешь, то куда же ты деньги деваешь?

— Проживаю, батя... В столице, брат, кусается жизнь. Здесь нужно тысячу прожить, а там пять. Лошадей держу, в карты играю... покучиваю иногда.

— Это так... А ты бы копил!

— Нельзя... Не такие у меня нервы, чтоб копить... (адвокат вздохнул). Ничего с собой не поделаю. В прошлом году купил я себе на Полянке дом за шестьдесят тысяч. Всё-таки подмога к старости! И что ж ты думаешь? Не прошло и двух месяцев после покупки, как пришлось заложить. Заложил и все денежки — фюйть! Овое в карты проиграл, овое пропил.

— Хо-хо-хо! Вот врет-то! — взвизгнул старик. — Занятно врет!

— Не вру я, батя.

— Да нешто можно дом проиграть или прокутить?

— Можно не то что дом, но и земной шар пропить. Завтра я с вашего головы пять тысяч сдеру, но чувствую, что не довезти мне их до Москвы. Такая у меня планида.

— Не планида, а планета, — поправил отец Савва, кашлянув и с достоинством поглядев на старуху-кухарку. — Извини, Шуренька, но я сомневаюсь в твоих словах. За что же ты получаешь такие суммы?

— За талант...

— Гм... Может, тысячи три и получаешь, а чтоб тридцать тысяч, или, скажем, дома покупать, извини... сомневаюсь. Но оставим эти пререкания. Теперь скажи мне, как у вас в Москве? Чай, весело? Знакомых у тебя много?

— Очень много. Вся Москва меня знает.

— Хо-хо-хо! Вот врет-то! Хо-хо! Чудеса и чудеса, брат, ты рассказываешь.

Долго еще в таком роде беседовали отец и сын. Адвокат рассказал еще про свою женитьбу с сорокатысячным приданым, описал свои поездки в Нижний, свой развод, который стоил ему десять тысяч. Старик слушал, всплескивал руками, хохотал.

— Вот врет-то! Хо-хо-хо! Не знал я, Шуренька, что ты такой мастер балясы точить! Хо-хо-хо! Это я тебе не в осуждение. Мне занятно тебя слушать. Говори, говори.

— Но, однако, я заболтался, — кончил адвокат, вставая из-за стола. — Завтра разбирательство, а я еще дела не читал. Прощай.

Проводив сына в свою спальню, отец Савва предался восторгам.

— Каков, а? Видала? — зашептал он кухарке. — То-то вот и есть... Университант, гуманный, эмансипе, а не устыдился старика посетить. Забыл отца и вдруг вспомнил. Взял да и вспомнил. Дай, подумал, своего старого хрена вспомню! Хо-хо-хо. Хороший сын! Добрый сын! И ты заметила? Он со мной, как с ровней... своего брата ученого во мне видит. Понимает, стало быть. Жалко, дьякона мы не позвали, поглядел бы.

Изливши свою душу перед старухой, отец Савва на цыпочках подошел к своей спальной и заглянул в замочную скважину. Адвокат лежал на постели и, дымя сигарой, читал объемистую тетрадь. Возле него на столике стояла винная бутылка, которой раньше отец Савва не видел.

— Я на минуточку... поглядеть, удобно ли, — забормотал старик, входя к сыну. — Удобно? Мягко? Да ты бы разделся.

Адвокат промычал и нахмурился. Отец Савва сел у его ног и задумался.

— Так-с... — начал он после некоторого молчания. — Я всё про твои разговоры думаю. С одной стороны, благодарю за то, что повеселил старика, с другой же стороны, как отец и... и образованный человек, не могу умолчать и воздержаться от замечания. Ты, я знаю, шутил за ужином, но ведь, знаешь, как вера, так и наука осудили ложь даже в шутку. Кгм... Кашель у меня. Кгм... Извини, но я как отец. Это у тебя откуда же вино?

— Это я с собой привез. Хочешь? Вино хорошее, восемь рублей бутылка.

— Во-семь? Вот врет-то! — всплеснул руками отец Савва. — Хо-хо-хо! Да за что тут восемь рублей платить? Хо-хо-хо! Я тебе самого наилучшего вина за рубль куплю. Хо-хо-хо!

— Ну, маршируй, старче, ты мне мешаешь... Айда!

Старик, хихикая и всплескивая руками, вышел и тихо затворил за собою дверь. В полночь, прочитав «правила» и заказав старухе завтрашний обед, отец Савва еще раз заглянул в комнату сына.

Сын продолжал читать, пить и дымить.

— Спать пора... раздевайся и туши свечку... — сказал старик, внося в комнату сына запах ладана и свечной гари. — Уже двенадцать часов... Ты это вторую бутылку? Ого!

— Без вина нельзя, батя... Не возбудишь себя, дела не сделаешь.

Савва сел на кровать, помолчал и начал:

— Такая, брат, история... М-да... Не знаю, буду ли жив, увижу ли тебя еще раз, а потому лучше, ежели сегодня преподам тебе завет мой... Видишь ли... За всё время сорокалетнего служения моего скопил я тебе полторы тысячи денег. Когда умру, возьми их, но...

Отец Савва торжественно высморкался и продолжал:

— Но не транжирь их и храни... И, прошу тебя, после моей смерти пошли племяннице Вареньке сто рублей. Если не пожалеешь, то и Зинаиде рублей 20 пошли. Они сироты.

— Ты им пошли все полторы тысячи... Они мне не нужны, батя...

— Врешь?

— Серьезно... Всё равно растранжирю.

— Гм... Ведь я их копил! — обиделся Савва. — Каждую копеечку для тебя складывал...

— Изволь, под стекло я положу твои деньги, как знак родительской любви, но так они мне не нужны... Полторы тысячи — фи!

— Ну, как знаешь... Знал бы я, не хранил, не лелеял... Спи!

Отец Савва перекрестил адвоката и вышел. Он был слегка обижен... Небрежное, безразличное отношение сына к его сорокалетним сбережениям его сконфузило. Но чувство обиды и конфуза скоро прошло... Старика опять потянуло к сыну поболтать, поговорить «по-ученому», вспомнить былое, но уже не хватило смелости обеспокоить занятого адвоката. Он ходил, ходил по темным комнатам, думал, думал и пошел в переднюю поглядеть на шубу сына. Не помня себя от родительского восторга, он охватил обеими руками шубу и принялся обнимать ее, целовать, крестить, словно это была не шуба, а сам сын, «университант»... Спать он не мог.

Шило в мешке

На обывательской тройке, проселочными путями, соблюдая строжайшее инкогнито, спешил Петр Павлович Посудин в уездный городишко N, куда вызывало его полученное им анонимное письмо.

«Накрыть... Как снег на голову... — мечтал он, пряча лицо своё в воротник. — Натворили мерзостей, пакостники, и торжествуют, небось, воображают, что концы в воду спрятали... Ха-ха... Воображаю их ужас и удивление, когда в разгар торжества послышится: „А подать сюда Тяпкина-Ляпкина!" То-то переполох будет! Ха-ха...»

Намечтавшись вдоволь, Посудин вступил в разговор со своим возницей. Как человек, алчущий популярности, он прежде всего спросил о себе самом:

— А Посудина ты знаешь?

— Как не знать! — ухмыльнулся возница. — Знаем мы его!

— Что же ты смеёшься?

— Чудное дело! Каждого последнего писаря знаешь, а чтоб Посудина не знать! На то он здесь и поставлен, чтоб его все знали.

— Это так... Ну, что? Как он, по-твоему? Хорош?

— Ничего... — зевнул возница. — Господин хороший, знает свое дело... Двух годов еще нет, как его сюда прислали, а уж наделал делов.

— Что же он такое особенное сделал?

— Много добра сделал, дай бог ему здоровья. Железную дорогу выхлопотал, Хохрюкова в нашем уезде увольнил... Конца-краю не было этому Хохрюкову... Шельма был, выжига, все прежние его руку держали, а приехал Посудин — и загудел Хохрюков к чёрту, словно его и не было... Во, брат! Посудина, брат, не подкупишь, не-ет! Дай ты ему хоть сто, хоть тыщу, а он не станет тебе приймать грех на душу... Не-ет!

«Слава богу, хоть с этой стороны меня поняли, — подумал Посудин, ликуя. — Это хорошо».

— Образованный господин... — продолжал возница, — не гордый... Наши ездили к нему жалиться, так он словно с господами: всех за ручку, «вы, садитесь»... Горячий такой, быстрый... Слова тебе путем не скажет, а всё — фырк! фырк! Чтоб он тебе шагом ходил или как — ни боже мой, а норовит всё бегом, всё бегом! Наши ему и слова сказать не успели, как он: «Лошадей!!» — да прямо сюда... Приехал и всё обделал... ни копейки не взял. Куда лучше прежнего! Конечно, и прежний хорош был. Видный такой, важный, звончее его во всей губернии никто не кричал... Бывало, едет, так за десять верст слыхать; но ежели по наружной части или внутренним делам, то нынешний куда ловчее! У нынешнего в голове этой самой мозги во сто раз больше... Одно только горе... Всем хорош человек, но одна беда: пьяница!

«Вот так клюква!» — подумал Посудин.

— Откуда же ты знаешь, — спросил он, — что я... что он пья-ница?

— Оно, конечно, ваше благородие, сам я не видал его пьяного, не стану врать, но люди сказывали. И люди-то его пьяным не ви-дали, а слава такая про него ходит... При публике, или куда в гости пойдет, на бал, это, или в обчество, никогда не пьет. Дома хлещет... Встанет утром, протрет глаза и первым делом — водки! Камердин принесет ему стакан, а он уж другого просит... Так цельный день и глушит. И скажи ты на милость: пьет, и ни в одном глазе! Стало быть, соблюдать себя может. Бывало, как наш Хохрюков запьет, так не то что люди, даже собаки воют. Посудин же — хоть бы тебе нос у него покраснел! Запрется у себя в кабинете и локает... Чтоб люди не приметили, он себе в столе ящик такой приспособил, с трубочкой. Всегда в этом ящике водка... Нагнешься к трубочке, пососешь, и пьян... В карете тоже, в портфеле...

«Откуда они знают? — ужаснулся Посудин. — Боже мой, даже это известно! Какая мерзость...»

— А вот тоже насчет женского пола... Шельма! (Возница за-смеялся и покрутил головой). Безобразие, да и только! Штук де-сять у него этих самых... вертефлюх... Две у него в доме живут... Одна у него, эта Настасья Ивановна, как бы заместо распоряди-тельши, другая — как ее, чёрт? — Людмила Семеновна, на манер писарши... Главнее всех Настасья. Эта что захочет, он всё дела-ет... Так и вертит им, словно лиса хвостом. Большая власть ей дадена. И его так не боятся, как ее... Ха-ха... А третья вертуха на Качальной улице живет... Срамота!

«Даже по именам знает, — подумал Посудин, краснея. — И кто же знает? Мужик, ямщик... который и в городе-то никогда не бывал!.. Какая мерзость... гадость... пошлость!»

— Откуда же ты всё это знаешь? — спросил он раздраженным голосом.

— Люди сказывали... Сам я не видал, но от людей слыхивал. Да узнать нешто трудно? Камердину или кучеру языка не отре-жешь... Да, чай, и сама Настасья ходит по всем переулкам да сча-стьем своим бабьим похваляется. От людского глаза не скроешь-ся... Вот тоже взял манеру этот Посудин потихоньку на следствия ездить... Прежний, бывало, как захочет куда ехать, так за месяц дает знать, а когда едет, так шуму этого, грому, звону и... не при-веди создатель! И спереди его скачут, и сзади скачут, и с боков скачут. Приедет к месту, выспится, наестся, напьется и давай по служебной части глотку драть. Подерет глотку, потопочет нога-ми, опять выспится и тем же порядком назад... А нынешний, как прослышит что, норовит съездить потихоньку, быстро, чтоб никто не видал и не знал... Па-а-теха! Выйдет неприметно из дому, чтоб чиновники не видали, и на машину... Доедет до какой ему нужно станции и не то что почтовых или что поблагородней, а норовит мужика нанять. Закутается весь, как баба, и всю дорогу хрипит, как старый пес, чтоб голоса его не узнали. Просто кишки порвешь со смеху, когда люди рассказывают... Едет, дурень, и думает, что его узнать нельзя. А узнать его, ежели которому понимающему человеку — тьфу! раз плюнуть...

— Как же его узнают?

— Оченно просто. Прежде, как наш Хохрюков потихоньку ездил, так мы его по тяжелым рукам узнавали. Ежели седок бьет по зубам, то это, значит, и есть Хохрюков. А Посудина сразу увидать можно... Простой пассажир просто себя и держит, а Посудин не таковский, чтоб простоту соблюдать. Приедет, скажем, хоть на почтовую станцию, и начнет!.. Ему и воняет, и душно, и холодно... Ему и цыплят подавай, и фрухтов, и вареньев всяких... Так на станциях и знают: ежели кто зимой спрашивает цыплят и фрухтов, то это и есть Посудин. Ежели кто говорит смотрителю «милейший мой» и гоняет народ за разными пустяками, то и божиться можно, что это Посудин. И пахнет от него не так, как от людей, и ложится спать на свой манер... Ляжет на станции на диване, попрыщет около себя духами и велит около подушки три свечи поставить. Лежит и бумаги читает... Уж тут не то что смотритель, но и кошка разберет, что это за человек такой...

«Правда, правда... — подумал Посудин. — И как я этого раньше не знал!»

— А кому есть надобность, то и без фрухтов и без цыплят узнает. По телеграфу всё известно... Как там ни кутай рыла, как ни прячься, а уж тут знают, что едешь. Ждут... Посудин еще у себя из дому не выходил, а тут уж — сделай одолжение, всё готово! Приедет он, чтоб их на месте накрыть, под суд отдать или сменить кого, а они над ним же и посмеются. Хоть ты, скажут, ваше сиятельство, и потихоньку приехал, а гляди: у нас всё чисто!.. Он повертится, повертится да с тем и уедет, с чем приехал... Да еще похвалит, руки пожмет им всем, извинения за беспокойство попросит... Вот как! А ты думал как? Хо-хо, ваше благородие! Народ тут ловкий, ловкач на ловкаче!.. Глядеть любо, что за черти! Да вот, хоть нынешний случай взять... Еду я сегодня утром порожнем, а навстречу со станции летит жид буфетчик. «Куда, спрашиваю, ваше жидовское благородие, едешь?» А он и говорит: «В город N вино и закуску везу. Там нынче Посудина ждут». Ловко? Посудин, может, еще только собирается ехать или кутает лицо, чтоб его не узнали. Может, уж едет и думает, что знать никто не знает, что он едет, а уж для него, скажи пожалуйста, готово и вино, и семга, и сыр, и закуска разная... А? Едет он и думает: «Крышка вам, ребята!» — а ребятам и горя мало! Пущай едет! У них давно уж всё спрятано!

— Назад! — прохрипел Посудин. — Поезжай назад, с-с-скотина!

И удивленный возница повернул назад.

Новогодние великомученики

На улицах картина ада в золотой раме. Если бы не праздничное выражение на лицах дворников и городовых, то можно было бы подумать, что к столице подступает неприятель. Взад и вперед, с треском и шумом снуют парадные сани и кареты... На тротуарах, высунув языки и тараща глаза, бегут визитеры... Бегут они с таким азартом, что ухвати жена Пантефрия какого-нибудь бегущего коллежского регистратора за фалду, то у нее в руках осталась бы не одна только фалда, но весь чиновничий бок с печенками и с селезенками...

Вдруг слышится пронзительный полицейский свист. Что случилось? Дворники отрываются от своих позиций и бегут к свистку...

— Разойдитесь! Идите дальше! Нечего вам здесь глядеть! Мертвых людей никогда не видали, что ли? Нарррод...

У одного из подъездов на тротуаре лежит прилично одетый человек в бобровой шубе и новых резиновых калошах... Возле его мертвецки бледного, свежевыбритого лица валяются разбитые очки. Шуба на груди распахнулась, и собравшаяся толпа видит кусочек фрака и Станислава третьей степени. Грудь медленно и тяжело дышит, глаза закрыты...

— Господин! — толкает городовой чиновника. — Господин, не велено тут лежать! Ваше благородие!

Но господин — ни гласа, ни воздыхания... Повозившись с ним минут пять и не приведя его в чувство, блюстители кладут его на извозчика и везут в приемный покой...

— Хорошие штаны! — говорит городовой, помогая фельдшеру раздеть больного. — Должно, рублей шесть стоят. И жилетка ловкая... Ежели по штанам судить, то из благородных...

В приемном покое, полежав часа полтора и выпив целую склянку валерьяны, чиновник приходит в чувство... Узнают, что он титулярный советник Герасим Кузьмич Синклетеев.

— Что у вас болит? — спрашивает его полицейский врач.

— С Новым годом, с новым счастьем... — бормочет он, тупо глядя в потолок и тяжело дыша.

— И вас также... Но... что у вас болит? Отчего вы упали? Припомните-ка! Вы пили что-нибудь?

— Не... нет...

— Но отчего же вам дурно сделалось?

— Ошалел-с... Я... я визиты делал...

— Много, стало быть, визитов сделали?

— Не... нет, не много-с... От обедни пришедши... выпил я чаю и пошел к Николаю Михайлычу... Тут, конечно, расписался... Оттеда пошел на Офицерскую... к Качалкину... Тут тоже расписался... Еще, помню, тут в передней меня сквозняком продуло... От Качалкина на Выборгскую сходил, к Ивану Иванычу... Расписался...

— Еще одного чиновника привезли! — докладывает городовой.

— От Ивана Иваныча, — продолжает Синклетеев, — к купцу Хрымову рукой подать... Зашел поздравить... с семейством... Предлагают выпить для праздника... А как не выпить? Обидишь, коли не выпьешь... Ну, выпил рюмки три... колбасой закусил... Оттеда на Петербургскую сторону к Лиходееву... Хороший человек...

— И всё пешком?

— Пешком-с... Расписался у Лиходеева... От него пошел к Пелагее Емельяновне... Тут завтракать посадили и кофеем попотчевали. От кофею распарился, оно, должно быть, в голову и ударило... От Пелагеи Емельяновны пошел к Облеухову... Облеухова Василием звать, именинник... Не съешь именинного пирога — обидишь...

— Отставного военного и двух чиновников привезли! — докладывает городовой...

— Съел кусок пирога, выпил рябиновой и пошел на Садовую к Изюмову... У Изюмова холодного пива выпил... в горло ударило... От Изюмова к Кошкину, потом к Карлу Карлычу... оттеда к дяде Петру Семенычу... Племянница Настя шоколатом попоила... Потом к Ляпкину зашел... Нет, вру, не к Ляпкину, а к Дарье Никодимовне... От нее уж к Ляпкину пошел... Ну-с, и везде хорошо себя чувствовал... Потом у Иванова, Курдюкова и Шиллера был, у полковника Порошкова был, и там себя хорошо чувствовал... У купца Дунькина был... Пристал ко мне, чтоб я коньяк пил и сосиску с капустой ел... Выпил я рюмки три... пару сосисок съел — и тоже ничего... Только уж потом, когда от Рыжова выходил, почувствовал в голове... мерцание... Ослабел... Не знаю, отчего...

— Вы утомились... Отдохните немного, и мы вас домой отправим...

— Нельзя мне домой... — стонет Синклетеев. — Нужно еще к зятю Кузьме Вавилычу сходить... к экзекутору, к Наталье Егоровне... У многих я еще не был...

— И не следует ходить.

— Нельзя... Как можно с Новым годом не поздравить? Нужно-с... Не сходи к Наталье Егоровне, так жить не захочешь... Уж вы меня отпустите, господин доктор, не невольте...

Синклетеев поднимается и тянется к одежде.

— Домой езжайте, если хотите, — говорит доктор, — но о визитах вам думать даже нельзя...

— Ничего-с, бог поможет... — вздыхает Синклетеев. — Я потихонечку пойду...

Чиновник медленно одевается, кутается в шубу и, пошатываясь, выходит на улицу.

— Еще пятерых чиновников привезли! — докладывает городовой. — Куда прикажете положить?

ПЕРВЫЙ ДЕБЮТ
Рассказ

Помощник присяжного поверенного Пятеркин возвращается на простой крестьянской телеге из уездного городишка N, куда ездил защищать лавочника, обвинявшегося в поджоге. На душе у него было гнусно, как никогда. Он чувствовал себя оскорбленным, провалившимся, оплеванным. Ему казалось, что истекший день, день его долгожданного и многообещавшего дебюта, искалечил на веки вечные его карьеру, веру в людей, мировоззрение.

Во-первых, его безобразно и жестоко надул обвиняемый. До суда лавочник так искренно мигал глазами и так чистосердечно, просто расписывал свою невинность, что все собранные против него улики в глазах психолога и физиономиста (каковыми считал себя юный защитник) имели вид бесцеремонных натяжек, придирок и предубеждений. На суде же лавочник оказался плутом и дрянью, и бедная психология пошла к чёрту.

Во-вторых, он, Пятеркин, казалось ему, вел себя на суде невозможно: заикался, путался в вопросах, вставал перед свидетелями, глупо краснел. Язык его совсем не слушался и в простой речи спотыкался, как в скороговорках. Речь свою говорил он вяло, словно в тумане, глядя через головы присяжных. Говорил и всё время казалось ему, что присяжные глядят на него насмешливо, презрительно.

В-третьих, что хуже всего, товарищ прокурора и гражданский истец, старый, матерый адвокат, вели себя не товарищески. Они, казалось ему, условились игнорировать защитника и если поднимали на него глаза, то только для того, чтобы поупражнять на нем свою развязность, поглумиться, эффектно окрыситься. В их речах слышались ирония и снисходительный тон. Говорили они и точно извинения просили, что защитник такой дурачок и барашек. Пятеркин в конце концов не вынес. Во время перерыва он подбежал к гражданскому истцу и, дрожа всем телом, наговорил ему кучу дерзостей. Потом, когда заседание кончилось, он нагнал на лестнице товарища прокурора и этому поднес пилюлю.

В-четвертых... Впрочем, если перечислять всё то, что мутило и сосало теперь за сердце моего героя, то нужно в-пятых, шестых... до сотых включительно...

«Позор... мерзость! — страдал он, сидя в телеге и пряча свои уши в воротник. — Кончено! К чёрту адвокатура! Заберусь куда-нибудь в глушь, в уединение... подальше от этих господ... подальше от этих дрязг».

— Да езжай же, чёрт тебя возьми! — набросился он на возницу. — Что ты едешь, точно мертвого жениться везешь? Гони!

— Гони... гони... — передразнил возница. — Нешто не видишь, какая дорога? Чёрта погони, так и тот замучается. Это не погода, а наказание господне.

Погода была отвратительная. Она, казалось, негодовала, ненавидела и страдала заодно с Пятеркиным. В воздухе, непроглядном, как сажа, дул и посвистывал на все лады холодный влажный ветер. Шел дождь. Под колесами всхлипывал снег, мешавшийся с вязкою грязью. Буеракам, колдобинам и размытым мостикам не было конца.

— Зги не видать... — продолжал возница. — Этак мы и до утра не доедем. Придется на ночь у Луки остановиться.

— У какого Луки?

— Тут по дороге в лесу старик такой живет. Заместо лесника его держат. Да вот она и изба самая.

Послышался хриплый собачий лай, и между голыми ветками замелькал тусклый огонек. Каким бы вы ни были мизантропом, но если ненастною, глухою ночью вы увидите лесной огонек, то вас непременно потянет к людям. То же случилось и с Пятеркиным. Когда телега остановилась у избы, из единственного окошечка которой робко и приветливо выглядывал свет, ему стало легче.

— Здорово, старик! — сказал он ласково Луке, который стоял в сенях и обеими руками чесал себе живот. — Можно у тебя переночевать?

— Мо...можно... — проворчал Лука. — Тут уж есть двое... Пожалуйте в светелку...

Пятеркин нагнулся, вошел в светелку и... мизантропия воротилась к нему во всей своей силе. За маленьким столом, при свете сальной свечки, сидели два человека, имевших такое сильное влияние на его настроение: товарищ прокурора фон Пах и гражданский истец Семечкин. Подобно Пятеркину, они возвращались из N и тоже попали к Луке. Увидев входящего защитника, оба они приятно удивились и привскочили.

— Коллега! Какими судьбами? — заговорили они. — И вас загнало сюда ненастье? Милости просим! Присаживайтесь.

Пятеркин думал, что, увидев его, они отвернутся, почувствуют неловкость и умолкнут, а потому такая дружеская встреча показалась ему по меньшей мере нахальством.

— Я не понимаю... — пробормотал он, с достоинством пожимая плечами. — После того, что между нами произошло, я... я даже удивляюсь!

Фон Пах удивленно поглядел на Пятеркина, пожал плечами и, повернувшись к Семечкину, продолжал прерванную беседу:

— Ну-с, читаю я дознание... А в дознании, батенька, противоречие на противоречии... Пишет, например, становой, что умершая крестьянка Иванова, когда ушла от гостей, была мертвецки пьяна и умерла, пройдя три версты пешком. Как она могла пройти три версты пешком, если была мертвецки пьяна? Ну, разве это не противоречие? А?

Пока фон Пах таким образом разглагольствовал, Пятеркин сел на скамью и принялся осматривать свое временное жилище... Лесной огонек поэтичен только издалека, вблизи же он — жалкая проза... Здесь освещал он маленькую, серую каморку с кривыми стенами и с закопченным потолком. В правом углу висел темный образ, из левого мрачным дуплом глядела неуклюжая печь. На потолке по балкам тянулся длинный шест, на котором когда-то качалась колыбель. Ветхий столик и две узкие, шаткие скамьи составляли всю мебель. Было темно, душно и холодно. Пахло гнилью и сальной гарью.

«Свиньи... — подумал Пятеркин, косясь на своих врагов. — Оскорбили человека, втоптали его в грязь и беседуют теперь, как ни в чем не бывало».

— Послушай, — обратился он к Луке, — нет ли у тебя другой комнаты? Я здесь не могу быть.

— Сени есть, да там холодно-с.

— Чертовски холодно... — проворчал Семечкин. — Знал бы, напитков и карт с собой захватил. Чаю напиться, что ли? Дедусь, сочини-ка самоварчик!

Через полчаса Лука подал грязный самовар, чайник с отбитым носиком и три чашки.

— Чай у меня есть... — сказал фон Пах. — Теперь бы только сахару достать... Дед, дай-ка сахару!

— Эва! Сахару... — ухмыльнулся в сенях Лука. — В лесу сахару захотели! Тут не город.

— Что ж? Будем пить без сахару, — решил фон Пах.

Семечкин заварил чай и налил три чашки.

«И мне налили... — подумал Пятеркин. — Очень нужно! Наплевали в рожу и потом чаем угощают. У этих людей просто самолюбия нет. Потребую у Луки еще чашку и буду одну горячую воду пить. Кстати же у меня есть сахар».

Четвертой чашки у Луки не оказалось. Пятеркин вылил из третьей чашки чай, налил в нее горячей воды и стал прихлебывать, кусая сахар. Услыхав громкое кусанье, его враги переглянулись и прыснули.

— Ей-богу, это мило! — зашептал фон Пах. — У нас нет сахару, у него нет чая... Ха-ха... Весело! Какой же, однако, он еще мальчик! Верзила, а настолько еще сохранился, что умеет дуться, как институтка... Коллега! — повернулся он к Пятеркину. — Вы напрасно брезгаете нашим чаем... Он не из дешевых... А если вы не пьете из амбиции, то ведь за чай вы могли бы заплатить нам сахаром!

Пятеркин промолчал.

«Нахалы... — подумал он. — Оскорбили, оплевали и еще лезут! И это люди! Им, стало быть, нипочем те дерзости, которые я наговорил им в суде... Не буду обращать на них внимание... Лягу...»

Около печи на полу был расстелен тулуп... У изголовья лежала длинная подушка, набитая соломой... Пятеркин растянулся на тулупе, положил свою горячую голову на подушку и укрылся шубой.

— Какая скучища! — зевнул Семечкин. — Читать холодно и темно, спать негде... Брр!.. Скажите мне, Осип Осипыч, если, например, Лука пообедает в ресторане и не заплатит за это денег, то что это будет: кража или мошенничество?

— Ни то, ни другое... Это только повод к гражданскому иску...

Поднялся спор, тянувшийся полтора часа. Пятеркин слушал и дрожал от злости... Раз пять порывался он вскочить и вмешаться в спор.

«Какой вздор! — мучился он, слушая их. — Как отстали, как нелогичны!»

Спор кончился тем, что фон Пах лег рядом с Пятеркиным, укрылся шубой и сказал:

— Ну, будет... Мы своим спором не даем спать господину защитнику. Ложитесь...

— Он, кажется, уже спит... — сказал Семечкин, ложась по другую сторону Пятеркина. — Коллега, вы спите?

«Пристают... — подумал Пятеркин. — Свиньи...»

— Молчит, значит спит... — промычал фон Пах. — Ухитрился уснуть в этом хлеву... Говорят, что жизнь юристов кабинетная... Не кабинетная, а собачья... Ишь ведь куда черти занесли! А мне, знаете ли, нравится наш сосед... как его?.. Шестеркин, что ли? Горячий, огневой...

— М-да... Лет через пять хорошим адвокатом будет... Есть у мальчика манера... Еще на губах молоко не обсохло, а уж говорит с завитушками и любит фейерверки пускать... Только напрасно он в своей речи Гамлета припутал.

Близкое соседство врагов и их хладнокровный, снисходительный тон душили Пятеркина. Его распирало от злости и стыда.

— А с сахаром-то история... — ухмыльнулся фон Пах. — Сущая институтка! За что он на нас обиделся? Вы не знаете?

— А чёрт его знает...

Пятеркин не вынес. Он вскочил, открыл рот, чтобы сказать что-то, но мучения истекшего дня были уж слишком сильны: вместо слов из груди вырвался истерический плач.

— Что с ним? — ужаснулся фон Пах. — Голубчик, что с вами?

— Вы... вы больны? — вскочил Семечкин. — Что с вами? Денег у вас нет? Да что такое?

— Это низко... гадко! Целый день... целый день!

— Душенька моя, что гадко и низко? Осип Осипыч, дайте воды! Ангел мой, в чем дело? Отчего вы сегодня такой сердитый? Вы, вероятно, защищали сегодня в первый раз? Да? Ну, так это понятно! Плачьте, милый... Я в свое время вешаться хотел, а плакать лучше, чем вешаться. Вы плачьте, оно легче будет.

— Гадко... мерзко!

— Да ничего гадкого не было! Всё было так, как нужно. И говорили вы хорошо, и слушали вас хорошо. Мнительность, батенька! Помню, вышел я в первый раз на защиту. Штанишки рыжие, фрачишко музыкант одолжил. Сижу я, и кажется мне, что над моими штанишками публика смеется. И подсудимый-то, выходит, меня надул, и прокурор глумится, и сам-то я глуп. Чай, порешили уже адвокатуру к чёрту? Со всеми это бывает! Не вы первый, не вы последний. Недешево, батенька, первый дебют стоит!

— А кто издевался? Кто... глумился?

— Никто! Вам только казалось это! Всегда дебютантам это кажется. Вам не казалось ли также, что присяжные глядели вам в глаза презрительно? Да? Ну, так и есть. Выпейте, голубчик. Укройтесь.

Враги укрыли Пятеркина шубами и ухаживали за ним, как за ребенком, всю ночь. Страдания истекшего дня оказались пуфом.

Глупый француз

Клоун из цирка братьев Гинц, Генри Пуркуа, зашел в московский трактир Тестова позавтракать.

— Дайте мне консоме! — приказал он половому.

— Прикажете с пашотом[1] или без пашота?

— Нет, с пашотом слишком сытно... Две-три гренки, пожалуй, дайте...

В ожидании, пока подадут консоме, Пуркуа занялся наблюдением. Первое, что бросилось ему в глаза, был какой-то полный благообразный господин, сидевший за соседним столом и приготовлявшийся есть блины.

«Как, однако, много подают в русских ресторанах! — подумал француз, глядя, как сосед поливает свои блины горячим маслом. — Пять блинов! Разве один человек может съесть так много теста?»

Сосед между тем помазал блины икрой, разрезал все их на половинки и проглотил скорее, чем в пять минут...

— Челаэк! — обернулся он к половому. — Подай еще порцию! Да что у вас за порции такие? Подай сразу штук десять или пятнадцать! Дай балыка... семги, что ли?

«Странно... — подумал Пуркуа, рассматривая соседа. — Съел пять кусков теста и еще просит! Впрочем, такие феномены не составляют редкости... У меня у самого в Бретани был дядя Франсуа, который на пари съедал две тарелки супу и пять бараньих котлет... Говорят, что есть также болезни, когда много едят...»

Половой поставил перед соседом гору блинов и две тарелки с балыком и семгой. Благообразный господин выпил рюмку водки, закусил семгой и принялся за блины. К великому удивлению Пуркуа, ел он их спеша, едва разжевывая, как голодный...

«Очевидно, болен... — подумал француз. — И неужели он, чудак, воображает, что съест всю эту гору? Не съест и трех кусков, как желудок его будет уже полон, а ведь придется платить за всю гору!»

— Дай еще икры! — крикнул сосед, утирая салфеткой масляные губы. — Не забудь зеленого луку!

---

[1] Консоме с пашотом — бульон с яйцом (*франц.* consommé — крепкий бульон и œuf pochée — яйцо, сваренное в мешочек).

«Но... однако, уж половины горы нет! — ужаснулся клоун. — Боже мой, он и всю семгу съел? Это даже неестественно... Неужели человеческий желудок так растяжим? Не может быть! Как бы ни был растяжим желудок, но он не может растянуться за пределы живота... Будь этот господин у нас во Франции, его показывали бы за деньги... Боже, уже нет горы!»

— Подашь бутылку Нюи... — сказал сосед, принимая от полового икру и лук. — Только погрей сначала... Что еще? Пожалуй, дай еще порцию блинов... Поскорей только...

— Слушаю... А на после блинов что прикажете?

— Что-нибудь полегче... Закажи порцию селянки из осетрины по-русски и... и... Я подумаю, ступай!

«Может быть, это мне снится? — изумился клоун, откидываясь на спинку стула. — Этот человек хочет умереть! Нельзя безнаказанно съесть такую массу! Да, да, он хочет умереть. Это видно по его грустному лицу. И неужели прислуге не кажется подозрительным, что он так много ест? Не может быть!»

Пуркуа подозвал к себе полового, который служил у соседнего стола, и спросил шёпотом:

— Послушайте, зачем вы так много ему подаете?

— То есть, э... э... они требуют-с! Как же не подавать-с? — удивился половой.

— Странно, но ведь он таким образом может до вечера сидеть здесь и требовать! Если у вас у самих не хватает смелости отказывать ему, то доложите метрд'отелю, пригласите полицию!

Половой ухмыльнулся, пожал плечами и отошел.

«Дикари! — возмутился про себя француз. — Они еще рады, что за столом сидит сумасшедший, самоубийца, который может съесть на лишний рубль! Ничего, что умрет человек, была бы только выручка!»

— Порядки, нечего сказать! — проворчал сосед, обращаясь к французу. — Меня ужасно раздражают эти длинные антракты! От порции до порции изволь ждать полчаса! Этак и аппетит пропадет к чёрту, и опоздаешь... Сейчас три часа, а мне к пяти надо быть на юбилейном обеде.

— Pardon, monsieur,[1] — побледнел Пуркуа, — ведь вы уж обедаете!

— Не-ет... Какой же это обед? Это завтрак... блины...

Тут соседу принесли селянку. Он налил себе полную тарелку, поперчил кайенским перцем и стал хлебать...

---

[1] Извините (франц.).

«Бедняга... — продолжал ужасаться француз. — Или он болен и не замечает своего опасного состояния, или же он делает всё это нарочно... с целью самоубийства... Боже мой, знай я, что наткнусь здесь на такую картину, то ни за что бы не пришел сюда! Мои нервы не выносят таких сцен!»

И француз с сожалением стал рассматривать лицо соседа, каждую минуту ожидая, что вот-вот начнутся с ним судороги, какие всегда бывали у дяди Франсуа после опасного пари...

«По-видимому, человек интеллигентный, молодой... полный сил... — думал он, глядя на соседа. — Быть может, приносит пользу своему отечеству... и весьма возможно, что имеет молодую жену, детей... Судя по одежде, он должен быть богат; доволен... но что же заставляет его решаться на такой шаг?.. И неужели он не мог избрать другого способа, чтобы умереть? Чёрт знает как дешево ценится жизнь! И как низок, бесчеловечен я, сидя здесь и не идя к нему на помощь! Быть может, его еще можно спасти!»

Пуркуа решительно встал из-за стола и подошел к соседу.

— Послушайте, monsieur, — обратился он к нему тихим, вкрадчивым голосом. — Я не имею чести быть знаком с вами, но, тем не менее, верьте, я друг ваш... Не могу ли я вам помочь чем-нибудь? Вспомните, вы еще молоды... у вас жена, дети...

— Я вас не понимаю! — замотал головой сосед, тараща на француза глаза.

— Ах, зачем скрытничать, monsieur? Ведь я отлично вижу! Вы так много едите, что... трудно не подозревать...

— Я много ем?! — удивился сосед. — Я?! Полноте... Как же мне не есть, если я с самого утра ничего не ел?

— Но вы ужасно много едите!

— Да ведь не вам платить! Что вы беспокоитесь? И вовсе я не много ем! Поглядите, ем, как все!

Пуркуа поглядел вокруг себя и ужаснулся. Половые, толкаясь и налетая друг на друга, носили целые горы блинов... За столами сидели люди и поедали горы блинов, семгу, икру... с таким же аппетитом и бесстрашием, как и благообразный господин.

«О, страна чудес! — думал Пуркуа, выходя из ресторана. — Не только климат, но даже желудки делают у них чудеса! О страна, чудная страна!»

ШУТОЧКА

Ясный зимний полдень... Мороз крепок, трещит, и у Наденьки, которая держит меня под руку, покрываются серебристым инеем кудри на висках и пушок над верхней губой. Мы стоим на высокой горе. От наших ног до самой земли тянется покатая плоскость, в которую солнце глядится, как в зеркало. Возле нас маленькие санки, обитые ярко-красным сукном.

— Съедемте вниз, Надежда Петровна! — умоляю я. — Один только раз! Уверяю вас, мы останемся целы и невредимы.

Но Наденька боится. Всё пространство от ее маленьких калош до конца ледяной горы кажется ей страшной, неизмеримо глубокой пропастью. У нее замирает дух и прерывается дыхание, когда она глядит вниз, когда я только предлагаю сесть в санки, но что же будет, если она рискнет полететь в пропасть! Она умрет, сойдет с ума.

— Умоляю вас! — говорю я. — Не надо бояться! Поймите же, это малодушие, трусость!

Наденька наконец уступает, и я по лицу вижу, что она уступает с опасностью для жизни. Я сажаю ее, бледную, дрожащую, в санки, обхватываю рукой и вместе с нею низвергаюсь в бездну.

Санки летят как пуля. Рассекаемый воздух бьет в лицо, ревет, свистит в ушах, рвет, больно щиплет от злости, хочет сорвать с плеч голову. От напора ветра нет сил дышать. Кажется, сам дьявол обхватил нас лапами и с ревом тащит в ад. Окружающие предметы сливаются в одну длинную, стремительно бегущую полосу... Вот-вот еще мгновение, и кажется — мы погибнем!

— Я люблю вас, Надя! — говорю я вполголоса.

Санки начинают бежать всё тише и тише, рев ветра и жужжанье полозьев не так уже страшны, дыхание перестает замирать, и мы наконец внизу. Наденька ни жива ни мертва. Она бледна, едва дышит... Я помогаю ей подняться.

— Ни за что в другой раз не поеду, — говорит она, глядя на меня широкими, полными ужаса глазами. — Ни за что на свете! Я едва не умерла!

Немного погодя она приходит в себя и уже вопросительно заглядывает мне в глаза: я ли сказал те четыре слова, или же они только послышались ей в шуме вихря? А я стою возле нее, курю и внимательно рассматриваю свою перчатку.

Она берет меня под руку, и мы долго гуляем около горы. Загадка, видимо, не дает ей покою. Были сказаны те слова или нет? Да или нет? Да или нет? Это вопрос самолюбия, чести, жизни, счастья, вопрос очень важный, самый важный на свете. Наденька нетерпеливо, грустно, проникающим взором заглядывает мне в лицо, отвечает невпопад, ждет, не заговорю ли я. О, какая игра на этом милом лице, какая игра! Я вижу, она борется с собой, ей нужно что-то сказать, о чем-то спросить, но она не находит слов, ей неловко, страшно, мешает радость...

— Знаете что? — говорит она, не глядя на меня.

— Что? — спрашиваю я.

— Давайте еще раз... прокатим.

Мы взбираемся по лестнице на гору. Опять я сажаю бледную, дрожащую Наденьку в санки, опять мы летим в страшную пропасть, опять ревет ветер и жужжат полозья, и опять при самом сильном и шумном разлете санок я говорю вполголоса:

— Я люблю вас, Наденька!

Когда санки останавливаются, Наденька окидывает взглядом гору, по которой мы только что катили, потом долго всматривается в мое лицо, вслушивается в мой голос, равнодушный и бесстрастный, и вся, вся, даже муфта и башлык ее, вся ее фигурка выражают крайнее недоумение. И на лице у нее написано:

«В чем же дело? Кто произнес *те* слова? Он, или мне только послышалось?»

Эта неизвестность беспокоит ее, выводит из терпения. Бедная девочка не отвечает на вопросы, хмурится, готова заплакать.

— Не пойти ли нам домой? — спрашиваю я.

— А мне... мне нравится это катанье, — говорит она, краснея.

— Не проехаться ли нам еще раз?

Ей «нравится» это катанье, а между тем, садясь в санки, она, как и в те разы, бледна, еле дышит от страха, дрожит.

Мы спускаемся в третий раз, и я вижу, как она смотрит мне в лицо, следит за моими губами. Но я прикладываю к губам платок, кашляю и, когда достигаем середины горы, успеваю вымолвить:

— Я люблю вас, Надя!

И загадка остается загадкой! Наденька молчит, о чем-то думает... Я провожаю ее с катка домой, она старается идти тише, замедляет шаги и всё ждет, не скажу ли я ей тех слов. И я вижу, как страдает ее душа, как она делает усилия над собой, чтобы не сказать:

— Не может же быть, чтоб их говорил ветер! И я не хочу, чтобы это говорил ветер!

На другой день утром я получаю записочку: «Если пойдете сегодня на каток, то заходите за мной. Н.» И с этого дня я с Наденькой начинаю каждый день ходить на каток, и, слетая вниз на санках, я всякий раз произношу вполголоса одни и те же слова:

— Я люблю вас, Надя!

Скоро Наденька привыкает к этой фразе, как к вину или морфию. Она жить без нее не может. Правда, лететь с горы по-прежнему страшно, но теперь уже страх и опасность придают особое очарование словам о любви, словам, которые по-прежнему составляют загадку и томят душу. Подозреваются всё те же двое:

я и ветер... Кто из двух признается ей в любви, она не знает, но ей, по-видимому, уже всё равно; из какого сосуда ни пить — всё равно, лишь бы быть пьяным.

Как-то в полдень я отправился на каток один; смешавшись с толпой, я вижу, как к горе подходит Наденька, как ищет глазами меня... Затем она робко идет вверх по лесенке... Страшно ехать одной, о, как страшно! Она бледна, как снег, дрожит, она идет точно на казнь, но идет, идет без оглядки, решительно. Она, очевидно, решила, наконец, попробовать: будут ли слышны те изумительные сладкие слова, когда меня нет? Я вижу, как она, бледная, с раскрытым от ужаса ртом, садится в санки, закрывает глаза и, простившись навеки с землей, трогается с места... «Жжжж...» — жужжат полозья. Слышит ли Наденька те слова, я не знаю... Я вижу только, как она поднимается из саней изнеможенная, слабая. И видно по ее лицу, она и сама не знает, слышала она что-нибудь или нет. Страх, пока она катила вниз, отнял у нее способность слышать, различать звуки, понимать...

Но вот наступает весенний месяц март... Солнце становится ласковее. Наша ледяная гора темнеет, теряет свой блеск и тает наконец. Мы перестаем кататься. Бедной Наденьке больше уж негде слышать тех слов, да и некому произносить их, так как ветра не слышно, а я собираюсь в Петербург — надолго, должно быть, навсегда.

Как-то перед отъездом, дня за два, в сумерки сижу я в садике, а от двора, в котором живет Наденька, садик этот отделен высоким забором с гвоздями... Еще достаточно холодно, под навозом еще снег, деревья мертвы, но уже пахнет весной, и, укладываясь на ночлег, шумно кричат грачи. Я подхожу к забору и долго смотрю в щель. Я вижу, как Наденька выходит на крылечко и устремляет печальный, тоскующий взор на небо... Весенний ветер дует ей прямо в бледное, унылое лицо... Он напоминает ей о том ветре, который ревел нам тогда на горе, когда она слышала те четыре слова, и лицо у нее становится грустным-грустным, по щеке ползет слеза... И бедная девочка протягивает обе руки, как бы прося этот ветер принести ей еще раз те слова. И я, дождавшись ветра, говорю вполголоса:

— Я люблю вас, Надя!

Боже мой, чтó делается с Наденькой! Она вскрикивает, улыбается во всё лицо и протягивает навстречу ветру руки, радостная, счастливая, такая красивая.

А я иду укладываться...

Это было уже давно. Теперь Наденька уже замужем; ее выдали, или она сама вышла — это всё равно, за секретаря дворянской опеки, и теперь у нее уже трое детей. То, как мы вместе когда-то ходили на каток и как ветер доносил до нее слова «я вас люблю, Наденька», не забыто; для нее теперь это самое счастливое, самое трогательное и прекрасное воспоминание в жизни...

А мне теперь, когда я стал старше, уже непонятно, зачем я говорил те слова, для чего шутил...

В Париж!

Секретарь земской управы Грязнов и учитель уездного училища Лампадкин однажды под вечер возвращались с именин полицейского надзирателя Вонючкина. Идя под руку, они вместе очень походили на букву «Ю». Грязнов тонок, высок и жилист, одет в обтяжку и похож на палку, а Лампадкин толст, мясист, одет во всё широкое и напоминает ноль. Оба были навеселе и слегка пошатывались.

— Рекомендована новая грамматика Грота, — бормотал Лампадкин, всхлипывая своими полными грязи калошами. — Грот доказывает ту теорию, что имена прилагательные в родительном падеже единственного числа мужеского рода имеют не *аго*, а *ого*... Вот тут и понимай! Вчера Перхоткина без обеда за *ого* в слове *золотого* оставил, а завтра, значит, должен буду перед ним глазами лупать... Стыд! Срам!

Но Грязнов не слушал ученых разговоров педагога. Всё его внимание было обращено на грязный мостик перед трактиром Ширяева, где на этот раз происходило маленькое недоразумение. Дюжины две обывательских собак, сомкнувшись цепью, окружали черную шершавую дворняжку и наполняли воздух протяжным, победным лаем. Дворняжка вертелась, как на иголках, скалила на врагов зубы и старалась поджать как можно дальше под живот свой ощипанный хвост. Случай не важный, но секретарь управы принадлежит к числу тех восприимчивых, легко воспламеняющихся натур, которые не могут равнодушно видеть, если кто ссорится или дерется. Поравнявшись с группой собак, он не утерпел, чтобы не вмешаться.

— Рви его! Куси, анафему! Фюйть! — начал он рычать и подсвистывать, примыкая к собачьей цепи. — Рррр... Так его! Жарь!

И, чтобы еще больше раззадорить собак, он нагнулся и дернул дворняжку за заднюю ногу. Та взвизгнула и, прежде чем Грязнов успел поднять руку, укусила его за палец. Тотчас же, словно испугавшись своей смелости, она перепрыгнула через цепь, мимоходом цапнула Лампадкина за икру и побежала вдоль по улице. Собаки за ней...

— Ах, ты, шут! — закричал ей вслед Грязнов, потрясая пальцем. — Чтоб тебя раздавило, чёртова тварь! Лови! Бей!

— Лови! — раздались голоса, мешаясь со свистками. — Гони! Бей! Братцы, бешеная! Хвост поджала и морду вниз держит! Самая она и есть бешеная! Тю!

Приятели дождались, когда собаки скрылись из виду, взялись под руки и пошли дальше. Придя домой (педагог за 7 руб. в месяц жил и столовался у секретаря), они уже забыли историю с дворняжкой... Сняв грязные брюки и развесив их для просушки на дверях, они занялись чаепитием. Настроение духа у обоих было отменное, философски-благодушное... Но часа через полтора, когда они с теткой, свояченицей и с четырьмя сестрами Грязнова сидели за столом и играли в фофана[1], вдруг неожиданно явился уездный врач Каташкин и несколько нарушил их покой.

— Ничего, ничего... я не дама! — начал пришедший, видя, как секретарь и педагог стараются скрыть под столом свои невыразимые и босые ноги. — Меня, господа, к вам прислали! Говорят, что вас обоих укусила собака!

— Как же, как же... укусила, — сказал Грязнов, ухмыляясь во всё лицо. — Очень приятно! Садитесь, Митрий Фомич! Давно не видались, побей меня бог... Чаю не хотите ли? Глаша, водочку принеси! Вы чем закусывать будете: редькой или колбасой?

— Говорят, что собака бешеная! — продолжая доктор, встревоженно глядя на приятелей. — Бешеная она или нет, но всё-таки нельзя относиться так небрежно. Чем чёрт не шутит? Покажите-ка, где она вас укусила?

— А, да наплюйте! — махнул рукой секретарь. — Укусила чуть-чуть... за палец... От этого не сбесишься... Может, вы пиво пить будете? Глашка, беги к жидовке и скажи, чтоб в долг две бутылки пива дала!

Каташкин сел и, насколько у него хватало силы перекричать пьяных, начал пугать их водобоязнью... Те сначала ломались и бравировали, но потом струсили и показали ему укушенные места. Доктор осмотрел раны, прижег их ляписом и ушел. После этого приятели легли спать и долго спорили о том, из чего делается ляпис.

На другой день утром Грязнов сидел на самой верхушке высокого тополя и привязывал там скворечню. Лампадкин стоял внизу под деревом и держал молоток и веревочки. Садик секретаря был еще весь в снегу, но от каждой веточки и мокрой коры деревьев так и веяло весной.

---

[1] Фофан — игра в карты.

— Грот доказывает еще ту теорию, — бормотал педагог, — что ворота не среднего рода, а мужеского. Гм... Значит, писать нужно не красныя ворота, а красные... Ну, это пусть он оближется! Скорей в отставку подам, чем изменю насчет ворот свои убеждения.

И педагог раскрыл уже рот и величественно поднял вверх молоток, чтобы начать громить ученых академиков, как в это время скрипнула садовая калитка, и в сад нежданно-негаданно, словно чёрт из люка, вошел уездный предводитель Позвоночников. Увидев его, Лампадкин от изумления побледнел и выронил молоток.

— Здравствуйте, милейший! — обратился к нему предводитель. — Ну, как ваше здоровье? Говорят, что вас и Грязнова вчера бешеная собака искусала!

— Может, она вовсе не бешеная! — пробормотал с верхушки тополя Грязнов. — Одни только бабьи разговоры!

— Может быть; а может быть, и бешеная! — сказал предводитель. — Так ведь нельзя рассуждать... На всякий случай нужно принять меры!

— Какие же меры-с? — тихо спросил педагог. — Нас вчера прижигали-с!

— Сейчас мне говорил доктор, но этого недостаточно. Нужно что-нибудь более радикальное. В Париж бы ехали, что ли... Да так, вероятно, и придется вам сделать: езжайте в Париж!

Педагог выронил веревочки и окаменел, а секретарь от удивления едва не свалился с дерева...

— В Пари-иж? — протянул он. — Да что я там буду делать?

— Вы поедете к Пастеру... Конечно, это немножко дорого будет стоить, — но что делать? Здоровье и жизнь дороже... И вы успокоитесь, да и мы будем покойны... Я сейчас говорил с председателем Иваном Алексеичем. Он думает, что управа даст вам на дорогу... С своей стороны моя жена жертвует вам двести рублей... Что же вам еще нужно? Собирайтесь! А пачпорты я быстро вам выхлопочу...

— Сбесились, чудаки! — ухмыльнулся Грязнов по уходе предводителя. — В Париж! Ах, дурни, прости господи! Добро бы еще в Москву или в Киев, а то — на тебе!.. в Париж! И из-за чего? Хоть бы собака путевая, породистая какая, а то из-за дворняжки — тьфу! Скажи на милость, каких аристократов нашел: в Париж! Чтоб я пропал, ежели поеду!

Педагог долго в раздумье глядел на землю, потом весело заржал и сказал вдохновенным голосом:

— Знаешь, что, Вася? Поедем! Накажи меня господь, поедем! Ведь Париж, заграница... Европа!

— Чего я там не видел? Ну его!

— Цивилизация! — продолжал восторгаться Лампадкин. — Господи, какая цивилизация! Виды эти, разные Везувии... окрестности! Что ни шаг, то и окрестности! Ей-богу, поедем!

— Да ты очумел, Илюшка! Что мы там с немцами делать будем?

— Там не немцы, а французы!

— Один шут! Что я с ними буду делать? На них глядючи, я со смеху околею! При моем характере я их всех там перебью! Поезжай только, так сам не рад будешь... И оберут и оскоромишься... А еще, чего доброго, вместо Парижа попадешь в такую поганую страну, что потом лет пять плевать будешь...

Грязнов наотрез отказался ехать, но, тем не менее, вечером того же дня приятели ходили, обнявшись, по городу и рассказывали встречным о предстоящей поездке. Секретарь был угрюм, зол и беспокоен, педагог же восторженно размахивал руками и искал, с кем бы поделиться своим счастьем...

— Всё бы ничего, коли б не этот Париж! — утешал себя вслух Грязнов. — Не жизнь, а малина! Все жалостно на тебя смотрят, везде, куда ни придешь, закуска и выпивка, все деньги дают, но... Париж! За каким шутом я туда поеду? Прощай, братцы! — останавливал он встречных. — В Париж едем! Не поминай лихом! Может, и не увидимся больше.

Через пять дней на местной станции происходили торжественные проводы секретаря и педагога. Провожать собрались все интеллигенты, начиная с предводителя и кончая подслеповатым пасынком надзирателя Вонючкина. Предводительша снабдила путешественников двумя рекомендательными письмами, а мировиха дала им сто рублей с просьбой купить по образчику материи... Благопожеланиям, вздохам и стенаниям конца не было. Тетка, свояченица и четыре сестры Грязнова разливались в три ручья. Педагог, видимо, храбрился и не унывал, секретарь же, выпивший и расчувствовавшийся, всё время надувался, чтобы не заплакать... Когда пробил второй звонок, он не вынес и разревелся...

— Не поеду! — рванулся он от вагона. — Пусть лучше сбешусь, чем к пастору ехать! Ну его!

Но его убедили, утешили и посадили в вагон. Поезд тронулся.

Если держаться строго хронологического порядка, то не дальше, как через четыре дня после проводов, сестры Грязнова, сидя у окошка и тоскуя, увидели вдруг идущего домой Лампадкина. Педагог был красен, выпачкан в грязи и то и дело ронял свой чемодан. Сначала девицы думали, что это привидение, но скоро, когда стукнула калитка и послышалось из сеней знакомое сопенье, явление потеряло свой спиритический характер. Сестры замерли от удивления и, вместо вопроса, обратили к пришедшему свои вытянувшиеся, побледневшие лица. Педагог замигал глазами и махнул рукой, потом заплакал и еще раз махнул рукой.

— Приехали это мы в Курск... — начал он, хрипло плача. — Вася мне и говорит: «На вокзале, говорит, дорого обедать, а пойдем, говорит, тут около вокзала трактир есть. Там и пообедаем». Мы взяли с собой чемоданы и пошли (педагог всхлипнул)... А в трактире Вася рюмку за рюмкой, рюмку за рюмкой... «Ты, кричит, меня на погибель везешь!» Шуметь начал... А как после водки херес стал пить, то... протокол составили. Дальше — больше и... всё до копейки! Еле на дорогу осталось...

— Где же Вася? — встревожились девицы.

— В Ку... Курске... Просил, чтоб вы ему скорей на дорогу денег выслали...

Педагог мотнул головой, утер лицо и добавил:

— А Курск хороший город! Очень хороший! С удовольствием там день прожил...

В ПАНСИОНЕ

В частном пансионе m-me Жевузем бьет двенадцать. Пансионерки, вялые и худосочные, взявшись под руки, чинно прогуливаются по коридору. Классные дамы, желтые и весноватые, с выражением крайнего беспокойства на лицах, не отрывают от них глаз и, несмотря на идеальную тишину, то и дело выкрикивают: «Медам! Силянс!»[1]

В учительской комнате, в этой таинственной святая святых, сидят сама Жевузем и учитель математики Дырявин. Учитель давно уже дал урок, и ему пора уходить, но он остался, чтобы попросить у начальницы прибавки. Зная скупость «старой шельмы», он поднимает вопрос о прибавке не прямо, а дипломатически.

— Гляжу я на ваше лицо, Бьянка Ивановна, и вспоминаю прошлое... — говорит он вздыхая. — Какие прежде, в наше время, красавицы были! Господи, что за красавицы! Пальчики обсосешь! А теперь? Перевелись красавицы! Настоящих женщин нынче нет, а всё какие-то, прости господи, трясогузки да кильки... Одна другой хуже...

— Нет, и теперь много красивых женщин! — картавит Жевузем.

— Где? Покажите мне: где? — горячится Дырявин. — Полноте, Бьянка Ивановна! По доброте своего сердца вы и белужью

---

[1] «Сударыни! Тише!» (*франц.* «Mesdames! Silence!»).

харю назовете красавицей, знаю я вас! Извините меня за эти кель-выражансы, но я искренно вам говорю. Нарочно вчера на концерте осматривал женщин: рожа на роже, кривуля на кривуле! Да взять вот хоть наш старший класс. Ведь всё это бутоны, невесты, самые, можно сказать, сливки — и что же? Восемнадцать их штук, и хоть бы одна хорошенькая!

— Вот и неправда! Кого ни спросите, всякий вам скажет, что в моем старшем классе много хорошеньких. Например, Кочкина, Иванова 2-я, Пальцева... А Пальцева просто картинка! Я женщина, да и то на нее заглядываюсь...

— Удивительно... — бормочет Дырявин. — Ничего в ней нет хорошего...

— Прекрасные черные глаза! — волнуется Жевузем. — Черные, как тушь! Вы поглядите на нее: это... это совершенство! В древности с нее писали бы богинь!

Дырявин отродясь не видал таких красавиц, как Пальцева, но жажда прибавки берет верх над справедливостью, и он продолжает доказывать «старой шельме», что в настоящее время красавиц нет...

— Только и отдыхаешь, когда взглянешь на лицо какой-нибудь пожилой дамы, — говорит он. — Правда, молодости и свежести не увидишь, но зато глаз отдохнет хоть на правильных чертах... Главное — правильность черт! А у вашей Пальцевой на лице не черты, а какая-то сметана... кислятина...

— Значит, вы не всматривались в нее... — говорит Жевузем. — Вы всмотритесь, да тогда и говорите...

— Ничего в ней нет хорошего, — угрюмо вздыхает Дырявин.

Жевузем вскакивает, идет к двери и кричит:

— Позвать ко мне Пальцеву! Вы всмотритесь в нее, — говорит она учителю, отходя от двери. — Вы обратите внимание на глаза и на нос... Лучшего носа во всей России не найти.

Через минуту в учительскую входит Пальцева, девочка лет семнадцати, смуглая, стройная, с большими черными глазами и с прекрасным греческим носом.

— Подойдите поближе... — обращается к ней Жевузем строгим голосом. — М-r Дырявин вот жалуется мне, что вы... что вы невнимательны за уроками математики. Вы вообще рассеянны и... и...

— И по алгебре плохо занимаетесь... — бормочет Дырявин, рассматривая лицо Пальцевой.

— Стыдно, Пальцева! — продолжает Жевузем. — Нехорошо! Неужели вы хотите, чтобы я наказывала вас наравне с маленькими? Вы уже взрослая, и вы должны другим пример подавать, а не то что вести себя так дурно... Но... подойдите поближе!

Жевузем говорит еще очень много «общих мест». Пальцева рассеянно слушает ее и, шевеля ноздрями, глядит через голову Дырявина в окно...

«Отдай всё — и мало, — думает математик, рассматривая ее. — Роскошь девочка! Ноздрями шевелит, пострел... Чует, что в июне на волю вырвется... Дай только вырваться, забудет она и эту Жевузешку, и болвана Дырявина, и алгебру... Не алгебра ей нужна! Ей нужен простор, блеск... нужна жизнь...»

Дырявин вздыхает и продолжает думать:

«Ох, эти ноздри! И месяца не пройдет, как вся моя алгебра пойдет к чёрту... Дырявин обратится в скучное, серое воспоминание... Встречусь ей, так она только ноздрями пошевелит и здравствуй не скажет. Спасибо хоть за то, что коляской не раздавит...»

— Хорошие успехи могут быть только при внимании и прилежании, — продолжает Жевузем, — а вы невнимательны... Если еще будут продолжаться жалобы, то я принуждена буду наказать вас... Стыдно!

«Не слушай, ангел, эту сухую лимонную корку, — думает Дырявин. — Нисколько не стыдно... Ты гораздо лучше всех нас вместе взятых».

— Ступайте! — строго говорит Жевузем.

Пальцева делает реверанс и выходит.

— Ну что? Всмотрелись теперь? — спрашивает Жевузем.

Дырявин не слышит ее вопроса и всё еще думает.

— Ну? — повторяет начальница. — Плоха, по-вашему?

Дырявин тупо глядит на Жевузем, приходит в себя и, вспомнив о прибавке, оживляется.

— Хоть убейте, ничего хорошего не нахожу... — говорит он. — Вы вот уже в летах, а нос и глаза у вас гораздо лучше, чем у нее... Честное слово... Поглядите-ка на себя в зеркало!

В конце концов m-me Жевузем соглашается, и Дырявин получает прибавку.

НА ДАЧЕ

«Я вас люблю. Вы моя жизнь, счастье — всё! Простите за признание, но страдать и молчать нет сил. Прошу не взаимности, а сожаления. Будьте сегодня в восемь часов вечера в старой беседке... Имя свое подписывать считаю лишним, но не пугайтесь анонима. Я молода, хороша собой... чего же вам еще?»

Прочитав это письмо, дачник Павел Иваныч Выходцев, человек семейный и положительный, пожал плечами и в недоумении почесал себе лоб.

«Что за чертовщина? — подумал он. — Женатый я человек, и вдруг такое странное... глупое письмо! Кто это написал?»

Павел Иванович повертел перед глазами письмо, еще раз прочел и плюнул.

«„Я вас люблю“... — передразнил он. — Мальчишку какого нашла! Так-таки возьму и побегу к тебе в беседку!.. Я, матушка моя, давно уж отвык от этих романсов да флер-д’амуров[1]... Гм! Должно быть, шальная какая-нибудь, непутевая... Ну, народ эти женщины! Какой надо быть, прости господи, вертихвосткой, чтобы написать такое письмо незнакомому, да еще женатому мужчине! Сущая деморализация!»

За все восемь лет своей женатой жизни Павел Иваныч отвык от тонких чувств и не получал никаких писем, кроме поздравительных, а потому, как он ни старался хорохориться перед самим собою, вышеприведенное письмо сильно озадачило его и взволновало.

Через час после получения его он лежал на диване и думал:

«Конечно, я не мальчишка и не побегу на это дурацкое рандеву, но всё-таки интересно было бы знать: кто это написал? Гм... Почерк, несомненно, женский... Письмо написано искренне, с душой, а потому едва ли это шутка... Вероятно, какая-нибудь психопатка или вдова... Вдовы вообще легкомысленны и эксцентричны. Гм... Кто бы это мог быть?»

Решить этот вопрос было тем более трудно, что во всем дачном поселке у Павла Ивановича не было ни одной знакомой женщины, кроме жены.

«Странно... — недоумевал он. — „Я вас люблю“... Когда же это она успела полюбить? Удивительная женщина! Полюбила так, с бухты-барахты, даже не познакомившись и не узнавши, что я за человек... Должно быть, слишком еще молода и романтична, если способна влюбиться с двух-трех взглядов... Но... кто она?»

Вдруг Павел Иваныч вспомнил, что вчера и третьего дня, когда он гулял на дачном кругу, ему несколько раз встречалась молоденькая блондиночка в светло-голубом платье и с вздернутым носиком. Блондиночка то и дело взглядывала на него и, когда он сел на скамью, уселась рядом с ним...

«Она? — подумал Выходцев. — Не может быть! Разве субтильное, эфемерное существо может полюбить такого старого, потасканного угря, как я? Нет, это невозможно!»

За обедом Павел Иваныч тупо глядел на жену и размышлял:

«Она пишет, что она молода и хороша собой... Значит, не старуха... Гм... Говоря искренне, по совести, я еще не так стар и плох,

---

[1] цветов любви (*франц.* fleurs d’amour).

чтобы в меня нельзя было влюбиться... Любит же меня жена! И к тому же, любовь зла — полюбишь и козла...»

— О чем ты задумался? — спросила его жена.

— Так... голова что-то болит... — соврал Павел Иваныч.

Он порешил, что глупо обращать внимание на такую безделицу, как любовное письмо, смеялся над ним и его авторшей, но — увы! — враг человеческий силен. После обеда Павел Иваныч лежал у себя на кровати и вместо того, чтобы спать, думал:

«А ведь она, пожалуй, надеется, что я приду! Вот дура-то! То-то, воображаю, будет нервничать и турнюром своим дрыгать, когда меня не найдет в беседке!.. А я не пойду... Ну ее!»

Но, повторяю, враг человеческий силен.

«Впрочем, так разве, пойти из любопытства... — думал через полчаса дачник. — Пойти и поглядеть издалека, что это за штука... Интересно поглядеть! Смех да и только! Право, отчего не посмеяться, если подходящий случай представился?»

Павел Иваныч поднялся с постели и начал одеваться.

— Ты куда это так наряжаешься? — спросила его жена, заметив, что он надевает чистую сорочку и модный галстух.

— Так... хочу пройтись... Голова что-то болит... Кгм...

Павел Иваныч нарядился и, дождавшись восьмого часа, вышел из дому. Когда перед его глазами, на ярко-зеленом фоне, залитом светом заходящего солнца, запестрели фигуры разряженных дачников и дачниц, у него забилось сердце.

«Которая из них? — думал он, застенчиво косясь на лица дачниц. — А блондиночки не видать... Гм... Если она писала, то, стало быть, уж в беседке сидит...»

Выходцев вступил на аллею, в конце которой из-за молодой листвы высоких лип выглядывала «старая беседка»... Он тихо поплелся к ней...

«Погляжу издалека... — думал он, нерешительно подвигаясь вперед. — Ну, что я робею? Ведь я же не иду на рандеву! Этакий... дурень! Смелей иди! А что, если б я вошел в беседку? Ну, ну... незачем!»

У Павла Иваныча еще сильнее забилось сердце... Невольно, сам того не желая, он вдруг вообразил себе полумрак беседки... В его воображении мелькнула стройная блондиночка в светло-голубом платье и с вздернутым носиком... Он представил себе, как она, стыдясь своей любви и дрожа всем телом, робко подходит к нему, горячо дышит и... вдруг сжимает его в объятиях.

«Не будь я женат, оно бы еще ничего... — думал он, гоня из головы грешные мысли. — Впрочем... раз в жизни не мешало бы испытать, а то так и умрешь, не узнавши, что это за штука...

А жена... ну, что с ней сделается? Слава богу, восемь лет ни на шаг не отходил от нее... Восемь лет беспорочной службы! Будет с нее... Досадно даже... Возьму вот, назло и изменю!»

Дрожа всем телом и задерживая одышку, Павел Иваныч подошел к беседке, увитой плющом и диким виноградом, и заглянул в нее... На него пахнуло сыростью и запахом плесени...

«Кажется, никого...» — подумал он, входя в беседку, и тут же увидел в углу человеческий силуэт...

Силуэт принадлежал мужчине... Вглядевшись в него, Павел Иваныч узнал в нем брата своей жены, студента Митю, жившего у него на даче.

— А, это ты?.. — промычал он недовольным голосом, снимая шляпу и садясь.

— Да, я... — ответил Митя.

Минуты две прошло в молчании...

— Извините меня, Павел Иваныч, — начал Митя, — но я просил бы вас оставить меня одного... Я обдумываю кандидатское сочинение, и... и присутствие кого бы то ни было мне мешает...

— А ты ступай куда-нибудь на темную аллейку... — кротко заметил Павел Иваныч. — На свежем воздухе легче думать, да и... того — мне хотелось бы тут на скамье соснуть... Здесь не так жарко...

— Вам спать, а мне сочинение обдумывать... — проворчал Митя. — Сочинение важней...

Опять наступило молчание... Павел Иваныч, который дал уже волю воображению и то и дело слышал шаги, вдруг вскочил и заговорил плачущим голосом:

— Ну, я прошу тебя, Митя! Ты моложе меня и должен уважить... Я болен и... и хочу спать... Уйди!

— Это эгоизм... Почему непременно вам здесь быть, а не мне? Из принципа не выйду...

— Ну, прошу! Пусть я эгоист, деспот, глупец... но я прошу тебя! Раз в жизни прошу! Уважь!

Митя покрутил головой...

«Какая скотина... — подумал Павел Иваныч. — Ведь при нем не состоится рандеву! При нем нельзя!»

— Послушай, Митя, — сказал он, — я прошу тебя в последний раз... Докажи, что ты умный, гуманный и образованный человек!

— Не понимаю, чего вы пристаете... — пожал плечами Митя. — Сказал: не выйду, ну, и не выйду. Из принципа здесь останусь...

В это время вдруг в беседку заглянуло женское лицо с вздернутым носиком...

Увидев Митю и Павла Иваныча, оно нахмурилось и исчезло...

«Ушла! — подумал Павел Иваныч, со злобой глядя на Митю. — Увидала этого подлеца и ушла! Всё дело пропало!»

Подождав еще немного, Выходцев встал, надел шляпу и сказал:

— Скотина ты, подлец и мерзавец! Да! Скотина! Подло и... и глупо! Между нами всё кончено!

— Очень рад! — проворчал Митя, тоже вставая и надевая шляпу. — Знайте, что вы сейчас вашим присутствием сделали мне такую пакость, какой я вам до самой смерти не прощу!

Павел Иваныч вышел из беседки и, не помня себя от злости, быстро зашагал к своей даче... Его не успокоил и вид стола, сервированного для ужина.

«Раз в жизни представился случай, — волновался он, — и то помешали! Теперь она оскорблена... убита!»

За ужином Павел Иваныч и Митя глядели в свои тарелки и угрюмо молчали... Оба всей душой ненавидели друг друга.

— Ты чего это улыбаешься? — набросился Павел Иваныч на жену. — Только одни дуры без причины смеются!

Жена поглядела на сердитое лицо мужа и прыснула...

— Что это за письмо получил ты сегодня утром? — спросила она.

— Я?.. Я никакого... — сконфузился Павел Иваныч. — Выдумываешь... воображение...

— Ну да, рассказывай! Признайся, получил! Ведь это письмо я тебе послала! Честное слово, я! Ха-ха!

Павел Иваныч побагровел и нагнулся к тарелке.

— Глупые шутки, — проворчал он.

— Но что же делать! Сам ты посуди... Нам нужно было сегодня полы помыть, а как вас выжить из дому? Только таким способом и выживешь... Но ты не сердись, глупый... Чтобы тебе в беседке скучно не показалось, ведь я и Мите такое же письмо послала! Митя, ты был в беседке?

Митя ухмыльнулся и перестал глядеть с ненавистью на своего соперника.

От нечего делать
Дачный роман

Николай Андреевич Капитонов, нотариус, пообедал, выкурил сигару и отправился к себе в спальную отдыхать. Он лег, укрылся от комаров кисеей и закрыл глаза, но уснуть не сумел. Лук, съеденный им вместе с окрошкой, поднял в нем такую изжогу, что о сне и думать нельзя было.

«Нет, не уснуть мне сегодня, — решил он, раз пять перевернувшись с боку на бок. — Стану газеты читать».

Николай Андреич встал с постели, набросил на себя халат и в одних чулках, без туфель, пошел к себе в кабинет за газетами. Он и не предчувствовал, что в кабинете ожидало его зрелище, которое было гораздо интереснее изжоги и газет!

Когда он переступил порог кабинета, перед его глазами открылась картина: на бархатной кушетке, спустив ноги на скамеечку, полулежала его жена, Анна Семеновна, дама тридцати трех лет; поза ее, небрежная и томная, походила на ту позу, в какой обыкновенно рисуется Клеопатра египетская, отравляющая себя змеями. У ее изголовья, на одном колене, стоял репетитор Капитоновых, студент-техник 1-го курса, Ваня Щупальцев, розовый, безусый мальчик лет 19–20. Смысл этой «живой» картины нетрудно было понять: перед самым входом нотариуса уста барыни и юноши слились в продолжительный, томительно-жгучий поцелуй.

Николай Андреевич остановился как вкопанный, притаил дыхание и стал ждать, что дальше будет, но не вытерпел и кашлянул. Техник оглянулся на кашель и, увидев нотариуса, отупел на мгновение, потом же вспыхнул, вскочил и выбежал из кабинета. Анна Семеновна смутилась.

— Пре-екрасно! Мило! — начал муж, кланяясь и расставляя руки. — Поздравляю! Мило и великолепно!

— С вашей стороны тоже мило... подслушивать! — пробормотала Анна Семеновна, стараясь оправиться.

— Merci! Чудно! — продолжал нотариус, широко ухмыляясь. — Так всё это, мамочка, хорошо, что я готов сто рублей дать, чтобы еще раз поглядеть.

— Вовсе ничего не было... Это вам так показалось... Глупо даже...

— Ну да, а целовался кто?

— Целовались — да, а больше... не понимаю даже, откуда ты выдумал.

Николай Андреевич насмешливо поглядел на смущенное лицо жены и покачал головой.

— Свеженьких огурчиков на старости лет захотелось! — заговорил он певучим голосом. — Надоела белужина, так вот к сардинкам потянуло. Ах ты, бесстыдница! Впрочем, что ж? Бальзаковский возраст! Ничего не поделаешь с этим возрастом! Понимаю! Понимаю и сочувствую!

Николай Андреевич сел у окна и забарабанил пальцами по подоконнику.

— И впредь продолжайте... — зевнул он.

— Глупо! — сказала Анна Семеновна.

— Чёрт знает какая жара! Велела бы ты лимонаду купить, что ли. Так-то, сударыня. Понимаю и сочувствую. Все эти поцелуи, ахи да вздохи — фуй, изжога! — всё это хорошо и великолепно, только не следовало бы, матушка, мальчика смущать. Да-с. Мальчик добрый, хороший... светлая голова и достоин лучшей участи. Пощадить бы его следовало.

— Вы ничего не понимаете. Мальчик в меня по уши влюбился, и я сделала ему приятное... позволила поцеловать себя.

— Влюбился... — передразнил Николай Андреич. — Прежде чем он в тебя влюбился, ты ему небось сто западней и мышеловок поставила.

Нотариус зевнул и потянулся.

— Удивительное дело! — проворчал он, глядя в окно. — Поцелуй я так же безгрешно, как ты сейчас, девушку, на меня чёрт знает что посыплется: злодей! соблазнитель! развратитель! А вам, бальзаковским барыням, всё с рук сходит. Не надо в другой раз лук в окрошку класть, а то околеешь от этой изжоги... Фуй! Погляди-ка скорей на твоего обже[1]! Бежит по аллее бедный финик, словно ошпаренный, без оглядки. Чай, воображает, что я с ним из-за такого сокровища, как ты, стреляться буду. Шкодлив, как кошка, труслив, как заяц. Постой же, финик, задам я тебе фернапиксу! Ты у меня еще не этак забегаешь!

— Нет, пожалуйста, ты ему ничего не говори! — сказала Анна Семеновна. — Не бранись с ним, он нисколько не виноват.

— Я браниться не буду, а так только... шутки ради.

Нотариус зевнул, забрал газеты и, подобрав полы халата, побрел к себе в спальную. Повалявшись часа полтора и прочитавши газеты, Николай Андреич оделся и отправился гулять. Он ходил по саду и весело помахивал своей тросточкой, но, увидав издалека техника Щупальцева, он скрестил на груди руки, нахмурился и зашагал, как провинциальный трагик, готовящийся к встрече с соперником. Щупальцев сидел на скамье под ясенью и, бледный, трепещущий, готовился к тяжелому объяснению. Он храбрился, делал серьезное лицо, но его, как говорится, крючило. Увидав нотариуса, он еще больше побледнел, тяжело перевел дух и смиренно поджал под себя ноги. Николай Андреич подошел к нему боком, постоял молча и, не глядя на него, начал:

— Конечно, милостивый государь, вы понимаете, о чем я хочу говорить с вами. После того, что я видел, наши хорошие отно-

---

[1] предмет любви (*франц.* objet).

шения продолжаться не могут. Да-с! Волнение мешает мне говорить, но... вы и без моих слов поймете, что я и вы жить под одной крышей не можем. Я или вы!

— Я вас понимаю, — пробормотал техник, тяжело дыша.

— Эта дача принадлежит жене, а потому здесь останетесь вы, а я... я уеду. Я пришел сюда не упрекать вас, нет! Упреками и слезами не вернешь того, что безвозвратно потеряно. Я пришел затем, чтобы спросить вас о ваших намерениях... (Пауза.) Конечно, не мое дело мешаться в ваши дела, но, согласитесь, в желании знать о дальнейшей судьбе горячо любимой женщины нет ничего такого... этакого, что могло бы показаться вам вмешательством. Вы намерены жить с моей женой?

— То есть как-с? — сконфузился техник, подгибая еще больше под скамью ноги. — Я... я не знаю. Всё это как-то странно.

— Я вижу, вы уклоняетесь от прямого ответа, — проворчал угрюмо нотариус. — Так я вам прямо говорю: или вы берете соблазненную вами женщину и доставляете ей средства к существованию, или же мы стреляемся. Любовь налагает известные обязательства, милостивый государь, и вы, как честный человек, должны понимать это! Через неделю я уезжаю, и Анна с семьей поступает под вашу ферулу. На детей я буду выдавать определенную сумму.

— Если Анне Семеновне угодно, — забормотал юноша, — то я... я, как честный человек, возьму на себя... но я ведь беден! Хотя...

— Вы благородный человек! — прохрипел нотариус, потрясая руку техника. — Благодарю! Во всяком случае даю вам неделю на размышление. Вы подумайте!

Нотариус сел рядом с техником и закрыл руками лицо.

— Но что вы сделали со мной! — простонал он. — Вы разбили мне жизнь... отняли у меня женщину, которую я любил больше жизни. Нет, я не перенесу этого удара!

Юноша с тоской поглядел на него и почесал себе лоб. Ему было жутко.

— Сами вы виноваты, Николай Андреич! — вздохнул он. — Снявши голову, по волосам не плачут. Вспомните, что вы женились на Анне только из-за денег... потом всю жизнь вы не понимали ее, тиранили... относились небрежно к самым чистым, благородным порывам ее сердца.

— Это она вам сказала? — спросил Николай Андреич, вдруг отнимая от лица руки.

— Да, она. Мне известна вся ее жизнь, и... и верьте, я полюбил в ней не столько женщину, сколько страдалицу.

— Вы благородный человек... — вздохнул нотариус поднимаясь. — Прощайте и будьте счастливы. Надеюсь, что всё, что тут было сказано, останется между нами.

Николай Андреич еще раз вздохнул и зашагал к дому.

На полдороге встретилась ему Анна Семеновна.

— Что, финика своего ищешь? — спросил он. — Ступай-ка погляди, в какой пот я его вогнал!.. А ты уж успела ему поисповедаться! И что это у вас, бальзаковских, за манера, ей-богу! Красотой и свежестью брать не можете, так с исповедью подъезжаете, с жалкими словами! Наврала с три короба! И на деньгах-то я женился, и не понимал я тебя, и тиранил, и чёрт, и дьявол...

— Ничего я ему не говорила! — вспыхнула Анна Семеновна.

— Ну, ну... я ведь понимаю, вхожу в положение. Не бойся, не выговор делаю. Мальчика только жалко! Хороший такой, честный, искренний.

Когда наступил вечер и всю землю заволокло потемками, нотариус еще раз вышел на прогулку. Вечер был великолепный. Деревья спали, и казалось, никакая буря не могла разбудить их от молодого, весеннего сна. С неба, борясь с дремотой, глядели звезды. Где-то за садом лениво квакали лягушки и пискала сова. Слышались короткие, отрывистые свистки далекого соловья.

Николай Андреич, проходивший в потемках под широкой липой, неожиданно наткнулся на Щупальцева.

— Что вы тут стоите? — спросил он.

— Николай Андреич! — начал Щупальцев дрожащим от волнения голосом. — Я согласен на все ваши условия, но... всё это как-то странно. — Вдруг вы ни с того ни с сего несчастны... страдаете и говорите, что ваша жизнь разбита...

— Да, так что же?

— Если вы оскорблены, то... то, хоть я и не признаю дуэли, я могу удовлетворить вас. Если дуэль хоть немного облегчит вас, то, извольте, я готов... хоть сто дуэлей...

Нотариус засмеялся и взял техника за талию.

— Ну, ну... будет! Я ведь пошутил, голубчик! — сказал он. — Всё это пустяки и вздор. Та дрянная и ничтожная женщина не стоит того, чтобы вы тратили из-за нее хорошие слова и волновались. Довольно, юноша! Пойдемте гулять.

— Я... я вас не понимаю...

— И понимать нечего. Дрянная, скверная бабенка — и больше ничего!.. У вас вкуса нет, голубчик. Что вы остановились? Удивляетесь, что я такие слова про жену говорю? Конечно, мне не следовало бы говорить вам этого, но так как вы тут некоторым образом лицо заинтересованное, то с вами нечего скрытничать.

Говорю вам откровенно: наплюйте! Игра не стоит свеч. Всё она вам налгала, и как «страдалица» гроша медного не стоит. Бальзаковская барыня и психопатка. Глупа и много врет. Честное слово, голубчик! Я не шучу...

— Но ведь она вам жена! — удивился техник.

— Мало ли чего! Был таким же, как вот вы, и женился, а теперь рад бы развениться, да — тпррр... Наплюйте, милый! Любви-то ведь никакой, а одна только шалость, скука. Хотите шалить, так вон Настя идет... Эй, Настя, куда идешь?

— За квасом, барин! — послышался женский голос.

— Это я понимаю, — продолжал нотариус, — а все эти психопатки, страдалицы... ну их! Настя дура, но в ней хоть претензий нет... Дальше пойдем?

Нотариус и техник вышли из сада, оглянулись и, оба разом вздохнувши, пошли по полю.

Аптекарша

Городишко Б., состоящий из двух-трех кривых улиц, спит непробудным сном. В застывшем воздухе тишина. Слышно только, как где-то далеко, должно быть, за городом, жидким, охрипшим тенорком лает собака. Скоро рассвет.

Всё давно уже уснуло. Не спит только молодая жена провизора Черномордика, содержателя б-ской аптеки. Она ложилась уже три раза, но сон упрямо не идет к ней — и неизвестно отчего. Сидит она у открытого окна, в одной сорочке, и глядит на улицу. Ей душно, скучно, досадно... так досадно, что даже плакать хочется, а отчего — опять-таки неизвестно. Какой-то комок лежит в груди и то и дело подкатывает к горлу... Сзади, в нескольких шагах от аптекарши, прикорнув к стене, сладко похрапывает сам Черномордик. Жадная блоха впилась ему в переносицу, но он этого не чувствует и даже улыбается, так как ему снится, будто все в городе кашляют и непрерывно покупают у него капли датского короля. Его не разбудишь теперь ни уколами, ни пушкой, ни ласками.

Аптека находится почти у края города, так что аптекарше далеко видно поле... Она видит, как мало-помалу белеет восточный край неба, как он потом багровеет, словно от большого пожара. Неожиданно из-за отдаленного кустарника выползает большая, широколицая луна. Она красна (вообще луна, вылезая из-за кустов, всегда почему-то бывает ужасно сконфужена).

Вдруг среди ночной тишины раздаются чьи-то шаги и звяканье шпор. Слышатся голоса.

«Это офицеры от исправника в лагерь идут», — думает аптекарша.

Немного погодя показываются две фигуры в белых офицерских кителях: одна большая и толстая, другая поменьше и тоньше... Они лениво, нога за ногу, плетутся вдоль забора и громко разговаривают о чем-то. Поравнявшись с аптекой, обе фигуры начинают идти еще тише и глядят на окна.

— Аптекой пахнет... — говорит тонкий. — Аптека и есть! Ах, помню... На прошлой неделе я здесь был, касторку покупал. Тут еще аптекарь с кислым лицом и с ослиной челюстью. Вот, батенька, челюсть! Такой именно Сампсон филистимлян избивал.

— М-да... — говорит толстый басом. — Спит фармация! И аптекарша спит. Тут, Обтесов, аптекарша хорошенькая.

— Видел. Мне она очень понравилась... Скажите, доктор, неужели она в состоянии любить эту ослиную челюсть? Неужели?

— Нет, вероятно, не любит, — вздыхает доктор с таким выражением, как будто ему жаль аптекаря. — Спит теперь мамочка за окошечком! Обтесов, а? Раскинулась от жары... ротик полуоткрыт... и ножка с кровати свесилась... Чай, болван аптекарь в этом добре ничего не смыслит... Ему, небось, что женщина, что бутыль с карболкой — всё равно!

— Знаете что, доктор? — говорит офицер, останавливаясь. — Давайте-ка зайдем в аптеку и купим чего-нибудь! Аптекаршу, быть может, увидим.

— Выдумал — ночью!

— А что же? Ведь они и ночью обязаны торговать. Голубчик, войдемте!

— Пожалуй...

Аптекарша, спрятавшись за занавеску, слышит сиплый звонок. Оглянувшись на мужа, который храпит по-прежнему сладко и улыбается, она набрасывает на себя платье, надевает на босую ногу туфли и бежит в аптеку.

За стеклянной дверью видны две тени... Аптекарша припускает огня в лампе и спешит к двери, чтобы отпереть, и ей уже не скучно, и не досадно, и не хочется плакать, а только сильно стучит сердце. Входят толстяк доктор и тонкий Обтесов. Теперь уж их можно рассмотреть. Толстобрюхий доктор смугл, бородат и неповоротлив. При каждом малейшем движении на нем трещит китель и на лице выступает пот. Офицер же розов, безус, женоподобен и гибок, как английский хлыст.

— Что вам угодно? — спрашивает их аптекарша, придерживая на груди платье.

— Дайте... э-э-э... на пятнадцать копеек мятных лепешек!

Аптекарша не спеша достает с полки банку и начинает вешать. Покупатели, не мигая, глядят на ее спину; доктор жмурится, как сытый кот, а поручик очень серьезен.

— Первый раз вижу, что дама в аптеке торгует, — говорит доктор.

— Тут ничего нет особенного... — отзывается аптекарша, искоса поглядывая на розовое лицо Обтесова. — Муж мой не имеет помощников, и я ему всегда помогаю.

— Тэк-с... А у вас миленькая аптечка! Сколько тут разных этих... банок! И вы не боитесь вращаться среди ядов! Бррр!

Аптекарша запечатывает пакетик и подает его доктору. Обтесов подает ей пятиалтынный. Проходит полминуты в молчании... Мужчины переглядываются, делают шаг к двери, потом опять переглядываются.

— Дайте на десять копеек соды! — говорит доктор.

Аптекарша опять, лениво и вяло двигаясь, протягивает руку к полке.

— Нет ли тут, в аптеке, чего-нибудь этакого... — бормочет Обтесов, шевеля пальцами, — чего-нибудь такого, знаете ли, аллегорического, какой-нибудь живительной влаги... зельтерской воды, что ли? У вас есть зельтерская вода?

— Есть, — отвечает аптекарша.

— Браво! Вы не женщина, а фея. Сочините-ка нам бутылочки три!

Аптекарша торопливо запечатывает соду и исчезает в потемках за дверью.

— Фрукт! — говорит доктор, подмигивая. — Такого ананаса, Обтесов, и на острове Мадейре не сыщете. А? Как вы думаете? Однако... слышите храп? Это сам господин аптекарь изволят почивать.

Через минуту возвращается аптекарша и ставит на прилавок пять бутылок. Она только что была в погребе, а потому красна и немножко взволнованна.

— Тсс... тише, — говорит Обтесов, когда она, раскупорив бутылки, роняет штопор. — Не стучите так, а то мужа разбудите.

— Ну, так что же, если и разбужу?

— Он так сладко спит... видит вас во сне... За ваше здоровье!

— И к тому же, — басит доктор, отрыгивая после зельтерской, — мужья такая скучная история, что хорошо бы они сделали, если б всегда спали. Эх, к этой водице да винца бы красненького!

— Чего еще выдумали! — смеется аптекарша.

— Великолепно бы! Жаль, что в аптеках не продают спиритуозов! Впрочем... вы ведь должны продавать вино как лекарство. Есть у вас vinum gallicum rubrum?[1]

— Есть.

— Ну вот! Подавайте нам его! Чёрт его подери, тащите его сюда!

— Сколько вам?

— Quantum satis!..[2] Сначала вы дайте нам в воду по унцу, а потом мы увидим... Обтесов, а? Сначала с водой, а потом уже per se...[3]

Доктор и Обтесов присаживаются к прилавку, снимают фуражки и начинают пить красное вино.

— А вино, надо сознаться, препаскуднейшее! Vinum plochissimum! Впрочем, в присутствии... э-э-э... оно кажется нектаром. Вы восхитительны, сударыня! Целую вам мысленно ручку.

— Я дорого дал бы за то, чтобы сделать это не мысленно! — говорит Обтесов. — Честное слово! Я отдал бы жизнь!

— Это уж вы оставьте... — говорит госпожа Черномордик, вспыхивая и делая серьезное лицо.

— Какая, однако, вы кокетка! — тихо хохочет доктор, глядя на нее исподлобья, плутовски. — Глазенки так и стреляют! Пиф! паф! Поздравляю: вы победили! Мы сражены!

Аптекарша глядит на их румяные лица, слушает их болтовню и скоро сама оживляется. О, ей уже так весело! Она вступает в разговор, хохочет, кокетничает и даже, после долгих просьб покупателей, выпивает унца два красного вина.

— Вы бы, офицеры, почаще в город из лагерей приходили, — говорит она, — а то тут ужас какая скука. Я просто умираю.

— Еще бы! — ужасается доктор. — Такой ананас... чудо природы и — в глуши! Прекрасно выразился Грибоедов: «В глушь! в Саратов!» Однако нам пора. Очень рад познакомиться... весьма! Сколько с нас следует?

Аптекарша поднимает к потолку глаза и долго шевелит губами.

— Двенадцать рублей сорок восемь копеек! — говорит она.

Обтесов вынимает из кармана толстый бумажник, долго роется в пачке денег и расплачивается.

— Ваш муж сладко спит... видит сны... — бормочет он, пожимая на прощанье руку аптекарши.

---

[1] красное французское вино (*лат.*).

[2] Сколько потребуется!.. (*лат.*).

[3] чистого... (*лат.*).

— Я не люблю слушать глупостей...

— Какие же это глупости? Наоборот... это вовсе не глупости... Даже Шекспир сказал: «Блажен, кто смолоду был молод!»

— Пустите руку!

Наконец покупатели, после долгих разговоров, целуют у аптекарши ручку и нерешительно, словно раздумывая, не забыли ли они чего-нибудь, выходят из аптеки.

А она быстро бежит в спальню и садится у того же окна. Ей видно, как доктор и поручик, выйдя из аптеки, лениво отходят шагов на двадцать, потом останавливаются и начинают о чем-то шептаться. О чем? Сердце у нее стучит, в висках тоже стучит, а отчего — она и сама не знает... Бьется сердце сильно, точно те двое, шепчась там, решают его участь.

Минут через пять доктор отделяется от Обтесова и идет дальше, а Обтесов возвращается. Он проходит мимо аптеки раз, другой... То остановится около двери, то опять зашагает... Наконец осторожно звякает звонок.

— Что? Кто там? — вдруг слышит аптекарша голос мужа. — Там звонят, а ты не слышишь! — говорит аптекарь строго. — Что за беспорядки!

Он встает, надевает халат и, покачиваясь в полусне, шлепая туфлями, идет в аптеку.

— Чего... вам? — спрашивает он у Обтесова.

— Дайте... дайте на пятнадцать копеек мятных лепешек.

С бесконечным сопеньем, зевая, засыпая на ходу и стуча коленями о прилавок, аптекарь лезет на полку и достает банку...

Спустя две минуты аптекарша видит, как Обтесов выходит из аптеки и, пройдя несколько шагов, бросает на пыльную дорогу мятные лепешки. Из-за угла навстречу ему идет доктор... Оба сходятся и, жестикулируя руками, исчезают в утреннем тумане.

— Как я несчастна! — говорит аптекарша, со злобой глядя на мужа, который быстро раздевается, чтобы опять улечься спать. — О, как я несчастна! — повторяет она, вдруг заливаясь горькими слезами. — И никто, никто не знает...

— Я забыл пятнадцать копеек на прилавке, — бормочет аптекарь, укрываясь одеялом. — Спрячь, пожалуйста, в конторку...

И тотчас же засыпает.

Хористка

Однажды, когда она еще была моложе, красивее и голосистее, у нее на даче, в антресолях, сидел Николай Петрович Колпаков, ее обожатель. Было нестерпимо жарко и душно. Колпаков только что пообедал и выпил целую бутылку плохого портвейна, чувствовал себя не в духе и нездорово. Оба скучали и ждали, когда спадет жара, чтоб пойти гулять.

Вдруг неожиданно в передней позвонили. Колпаков, который был без сюртука и в туфлях, вскочил и вопросительно поглядел на Пашу.

— Должно быть, почтальон или, может, подруга, — сказала певица.

Колпаков не стеснялся ни подруг Паши, ни почтальонов, но на всякий случай взял в охапку свое платье и пошел в смежную комнату, а Паша побежала отворять дверь. К ее великому удивлению, на пороге стоял не почтальон и не подруга, а какая-то незнакомая женщина, молодая, красивая, благородно одетая и, по всем видимостям, из порядочных.

Незнакомка была бледна и тяжело дышала, как от ходьбы по высокой лестнице.

— Что вам угодно? — спросила Паша.

Барыня не сразу ответила. Она сделала шаг вперед, медленно оглядела комнату и села с таким видом, как будто не могла стоять от усталости или нездоровья; потом она долго шевелила бледными губами, стараясь что-то выговорить.

— Мой муж у вас? — спросила она наконец, подняв на Пашу свои большие глаза с красными, заплаканными веками.

— Какой муж? — прошептала Паша и вдруг испугалась так, что у нее похолодели руки и ноги. — Какой муж? — повторила она, начиная дрожать.

— Мой муж... Николай Петрович Колпаков.

— Не... нет, сударыня... Я... я никакого мужа не знаю.

Прошла минута в молчании. Незнакомка несколько раз провела платком по бледным губам и, чтобы побороть внутреннюю дрожь, задерживала дыхание, а Паша стояла перед ней неподвижно, как вкопанная, и глядела на нее с недоумением и страхом.

— Так его, вы говорите, нет здесь? — спросила барыня уже твердым голосом и как-то странно улыбаясь.

— Я... я не знаю, про кого вы спрашиваете.

— Гадкая вы, подлая, мерзкая... — пробормотала незнакомка, оглядывая Пашу с ненавистью и отвращением. — Да, да... вы гадкая. Очень, очень рада, что, наконец, могу высказать вам это!

Паша почувствовала, что на эту даму в черном, с сердитыми глазами и с белыми, тонкими пальцами, она производит впечатление чего-то гадкого, безобразного, и ей стало стыдно своих пухлых, красных щек, рябин на носу и чёлки на лбу, которая никак не зачесывалась наверх. И ей казалось, что если бы она была худенькая, не напудренная и без чёлки, то можно было бы скрыть, что она непорядочная, и было бы не так страшно и стыдно стоять перед незнакомой, таинственной дамой.

— Где мой муж? — продолжала дама. — Впрочем, здесь он или нет, мне всё равно, но должна я вам сказать, что обнаружена растрата и Николая Петровича ищут... Его хотят арестовать. Вот что вы наделали!

Барыня встала и в сильном волнении прошлась по комнате. Паша глядела на нее и от страха не понимала.

— Сегодня же его найдут и арестуют, — сказала барыня и всхлипнула, и в этом звуке слышались оскорбление и досада. — Я знаю, кто довел его до такого ужаса! Гадкая, мерзкая! Отвратительная, продажная тварь! (У барыни губы покривились и поморщился нос от отвращения.) Я бессильна... слушайте вы, низкая женщина!.. я бессильна, вы сильнее меня, но есть кому вступиться за меня и моих детей! Бог всё видит! Он справедлив! Он взыщет с вас за каждую мою слезу, за все бессонные ночи! Будет время, вспомните вы меня!

Опять наступило молчание. Барыня ходила по комнате и ломала руки, а Паша всё еще глядела на нее тупо, с недоумением, не понимала и ждала от нее чего-то страшного.

— Я, сударыня, ничего не знаю, — проговорила она и вдруг заплакала.

— Лжете вы! — крикнула барыня и злобно сверкнула на нее глазами. — Мне всё известно! Я давно уже знаю вас! Я знаю, в последний месяц он просиживал у вас каждый день!

— Да. Так что же? Что ж из этого? У меня бывает много гостей, но я никого не неволю. Вольному воля.

— Я говорю вам: обнаружена растрата! Он растратил на службе чужие деньги! Ради такой... как вы, ради вас он решился на преступление. Послушайте, — сказала барыня решительным тоном, останавливаясь перед Пашей. — У вас не может быть принципов, вы живете для того только, чтоб приносить зло, это цель ваша, но нельзя же думать, что вы так низко пали, что у вас не осталось и следа человеческого чувства! У него есть жена, дети... Если его осудят и сошлют, то я и дети умрем с голода... Поймите вы это! А между тем есть средство спасти его и нас от нищеты и позора. Если я сегодня внесу девятьсот рублей, то его оставят в покое. Только девятьсот рублей!

— Какие девятьсот рублей? — тихо спросила Паша. — Я... я не знаю... Я не брала.

— Я не прошу у вас девятисот рублей... у вас нет денег, да и не нужно мне вашего. Я прошу другого... Мужчины обыкновенно таким, как вы, дарят драгоценные вещи. Возвратите мне только те вещи, которые дарил вам мой муж!

— Сударыня, они никаких вещей мне не дарили! — взвизгнула Паша, начиная понимать.

— Где же деньги? Он растратил свое, мое и чужое... Куда же всё это девалось? Послушайте, я прошу вас! Я была возмущена и наговорила вам много неприятного, но я извиняюсь. Вы должны меня ненавидеть, я знаю, но если вы способны на сострадание, то войдите в мое положение! Умоляю вас, отдайте мне вещи!

— Гм... — сказала Паша и пожала плечами. — Я бы с удовольствием, но, накажи меня бог, они ничего мне не давали. Верьте совести. Впрочем, правда ваша, — смутилась певица, — они как-то привезли мне две штучки. Извольте, я отдам, ежели желаете...

Паша выдвинула один из туалетных ящичков и достала оттуда дутый золотой браслет и жидкое колечко с рубином.

— Извольте! — сказала она, подавая эти вещи гостье.

Барыня вспыхнула, и лицо ее задрожало. Она оскорбилась.

— Что же вы мне даете? — сказала она. — Я не милостыни прошу, а того, что принадлежит не вам... что вы, пользуясь вашим положением, выжали из моего мужа... этого слабого, несчастного человека... В четверг, когда я видела вас с мужем на пристани, на вас были дорогие броши и браслеты. Стало быть, нечего разыгрывать передо мной невинного барашка! Я в последний раз прошу: дадите вы мне вещи или нет?

— Какие вы, ей-богу, странные... — сказала Паша, начиная обижаться. — Заверяю вас, что от вашего Николая Петровича я, кроме этой браслеты и колечка, ничего не видела. Они привозили мне только сладкие пирожки.

— Сладкие пирожки... — усмехнулась незнакомка. — Дома детям есть нечего, а тут сладкие пирожки. Вы решительно отказываетесь возвратить вещи?

Не получив ответа, барыня села и, о чем-то думая, уставилась в одну точку.

— Что же теперь делать? — проговорила она. — Если я не достану девятисот рублей, то и он погиб, и я с детьми погибла. Убить эту мерзавку или на колени стать перед ней, что ли?

Барыня прижала платок к лицу и зарыдала.

— Я прошу вас! — слышалось сквозь ее рыданья. — Вы же ведь разорили и погубили мужа, спасите его... Вы не имеете к нему сострадания, но дети... дети... Чем дети виноваты?

Паша вообразила маленьких детей, которые стоят на улице и плачут от голода, и сама зарыдала.

— Что же я могу сделать, сударыня? — сказала она. — Вы говорите, что я мерзавка и разорила Николая Петровича, а я вам, как пред истинным богом... заверяю вас, никакой пользы я от них не имею... В нашем хоре только у одной Моти богатый содержатель, а все мы перебиваемся с хлеба на квас. Николай Петрович образованный и деликатный господин, ну, я и принимала. Нам нельзя не принимать.

— Я прошу вещи! Вещи мне дайте! Я плачу... унижаюсь... Извольте, я на колени стану! Извольте!

Паша вскрикнула от испуга и замахала руками. Она чувствовала, что эта бледная, красивая барыня, которая выражается благородно, как в театре, в самом деле может стать перед ней на колени, именно из гордости, из благородства, чтобы возвысить себя и унизить хористку.

— Хорошо, я отдам вам вещи! — засуетилась Паша, утирая глаза. — Извольте. Только они не Николая Петровичевы... Я их от других гостей получила. Как вам угодно-с...

Паша выдвинула верхний ящик комода, достала оттуда брошку с алмазами, коралловую нитку, несколько колец, браслет и подала всё это даме.

— Возьмите, ежели желаете, только я от вашего мужа никакой пользы не имела. Берите, богатейте! — продолжала Паша, оскорбленная угрозой стать на колени. — А ежели вы благородная... законная ему супруга, то и держали бы его при себе. Стало быть! Я его не звала к себе, он сам пришел...

Барыня сквозь слезы оглядела поданные ей вещи и сказала:

— Это не всё... Тут и на пятьсот рублей не будет.

Паша порывисто вышвырнула из комода еще золотые часы, портсигар и запонки и сказала, разводя руками:

— А больше у меня ничего не осталось... Хоть обыщите!

Гостья вздохнула, дрожащими руками завернула вещи в платочек и, не сказав ни слова, даже не кивнув головой, вышла.

Отворилась из соседней комнаты дверь, и вошел Колпаков. Он был бледен и нервно встряхивал головой, как будто только что принял что-то очень горькое; на глазах у него блестели слезы.

— Какие вы мне вещи приносили? — набросилась на него Паша. — Когда, позвольте вас спросить?

— Вещи... Пустое это — вещи! — проговорил Колпаков и встряхнул головой. — Боже мой! Она перед тобой плакала, унижалась...

— Я вас спрашиваю: какие вы мне вещи приносили? — крикнула Паша.

— Боже мой, она, порядочная, гордая, чистая... даже на колени хотела стать перед... перед этой девкой! И я довел ее до этого! Я допустил!

Он схватил себя за голову и простонал:

— Нет, я никогда не прощу себе этого! Не прощу! Отойди от меня прочь... дрянь! — крикнул он с отвращением, пятясь от Паши и отстраняя ее от себя дрожащими руками. — Она хотела стать на колени и... перед кем? Перед тобой! О, боже мой!

Он быстро оделся и, брезгливо сторонясь Паши, направился к двери и вышел.

Паша легла и стала громко плакать. Ей уже было жаль своих вещей, которые она сгоряча отдала, и было обидно. Она вспомнила, как три года назад ее ни за что, ни про что побил один купец, и еще громче заплакала.

ТЫ И ВЫ

Сценка

Седьмой час утра. Кандидат на судебные должности Попиков, исправляющий должность судебного следователя в посаде N, спит сладким сном человека, получающего разъездные, квартирные и жалованье. Кровати он не успел завести себе, а потому спит на справках о судимости. Тишина. Даже за окнами нет звуков. Но вот в сенях за дверью начинает что-то скрести и шуршать, точно свинья вошла в сени и чешется боком о косяк. Немного погодя дверь с жалобным писком отворяется и опять закрывается. Минуты через три дверь вновь открывается и с таким страдальческим писком, что Попиков вздрагивает и открывает глаза.

— Кто там? — спрашивает он, встревоженно глядя на дверь.

В дверях показывается паукообразное тело — большая мохнатая голова с нависшими бровями и с густой, растрепанной бородой.

— Тут господин следователев живет, что ли? — хрипит голова.

— Тут. Чего тебе нужно?

— Поди скажи ему, что Иван Филаретов пришел. Нас сюда повестками вызывали.

— Зачем же ты так рано пришел? Я тебя к одиннадцати часам вызывал!

— А теперя сколько?

— Теперь еще и семи нет.

— Гм... И семи еще нет... У нас, вашескородие, нет часов... Стало быть, ты будешь следователь?

— Да, я... Ну, ступай отсюда, погоди там... Я еще сплю...

— Спи, спи... Я погожу. Погодить можно.

Голова Филаретова скрывается. Попиков поворачивается на другой бок, закрывает глаза, но сон уже больше не возвращается к нему. Повалявшись еще с полчаса, он с чувством потягивается и выкуривает папиросу, потом медленно, чтобы растянуть время, один за другим выпивает три стакана молока...

— Разбудил, каналья! — ворчит он. — Нужно будет сказать хозяйке, чтобы запирала на ночь дверь. — Ну что я буду делать спозаранку? Чёрт его подери... Допрошу его сейчас, потом не нужно будет допрашивать.

Попиков сует ноги в туфли, накидывает поверх нижнего белья крылатку и, зевая до боли в скулах, садится за стол.

— Поди сюда! — кричит он.

Дверь снова пищит, и на пороге показывается Иван Филаретов. Попиков раскрывает перед собой «Дело по обвинению запасного рядового Алексея Алексеева Дрыхунова в истязании жены своей Марфы Андреевой», берет перо и начинает быстро судейским разгонистым почерком писать протокол допроса.

— Подойди поближе, — говорит он, треща по бумаге пером. — Отвечай на вопросы... Ты Иван Филаретов, крестьянин села Дунькина, Пустыревской волости, 42 лет?

— Точно так...

— Чем занимаешься?

— Мы пастухи... Мирской скот пасем...

— Под судом был?

— Точно так, был...

— За что и когда?

— Перед Святой из нашей волости троих в присяжные заседатели вызывали...

— Это не значит быть под судом...

— А кто его знает! Почитай, пять суток продержали...

Следователь запахивается в крылатку и, понизив тон, говорит:

— Вы вызваны в качестве свидетеля по делу об истязании запасным рядовым Алексеем Дрыхуновым своей жены. Предупреждаю вас, что вы должны говорить одну только сущую правду и что всё, сказанное здесь, вы должны будете подтвердить на суде присягой. Ну, что вы знаете по этому делу?

— Прогоны бы получить, вашескородие, — бормочет Филаретов. — 23 версты проехал, а лошадь чужая, вашескородие, заплатить нужно...

— После поговоришь о прогонах.

— Зачем после? Мне сказывали, что прогоны надо требовать в суде, а то потом не получишь.

— Некогда мне с тобой о прогонах разговаривать! — сердится следователь. — Рассказывай, как было? Как Дрыхунов истязал свою жену?

— Что ж мне тебе рассказывать? — вздыхает Филаретов, мигая нависшими бровями. — Очень просто, драка была! Гоню я это, стало быть, коров к водопою, а тут по реке чьи-то утки плывут... Господские оне или мужицкие, Христос их знает, только это, значит, Гришка-подпасок берет камень и давай швырять... «Зачем, спрашиваю, швыряешь? Убьешь, говорю... Попадешь в какую ни на есть утку, ну и убьешь...»

Филаретов вздыхает и поднимает глаза к потолку.

— Человека и то убить можно, а утка тварь слабая, ее и щепкой зашибить можно... Я говорю, а Гришутка не слушается... Известно, дитё молодое, рассудка — ни боже мой... «Что ж ты, говорю, не слушаешься? Уши, говорю, оттреплю! Дурак!»

— Это к делу не относится, — говорит следователь. — Рассказывайте только то, что дела касается...

— Слушаю... Только что, это самое, норовил я его за ухи схватить, как откуда ни возьмись Дрыхунов... Идет по бережку с фабричными ребятами и руками размахивает. Рожа пухлая, красная, глазищи наружу лба выперло, а сам так и качается... Выпивши, чтоб его разодрало! Люди еще из обедни не вышли, а он уж набарабанился и чёрта потешает. Увидал он, как я мальчишку за ухи хватаю, и давай кричать: «Не смей, говорит, христианскую душу за ухи трепать! А то, говорит, влетит!» А я ему честно и благородно... по-божески. «Проходи, говорю, мимо, пьяница этакая». Он осерчал, подходит и со всего размаху, вашескородие, трах меня по затылку!.. За что? По какому случаю? «Какой ты такой, спрашиваю, мировой судья, что имеешь полную праву меня бить?» А он и говорит: «Ну, ну, говорит, Ванюха, не обиждайся, это я тебя по дружбе, для смеху. На меня, говорит, нынче такое просветление нашло... Я, говорит, так об себе понимаю, что я самый лучший человек есть... я, говорит, 20 рублей жалованья на фабрике получаю, и нет надо мной, акроме директора, никакого старшова... Плевать, говорит, желаю на всех прочих! И сколько, говорит, нынче много разного народу перебито, так это видимо-невидимо! Пойдем, говорит, выпьем!» — «Не желаю, говорю, с тобой пить... Люди еще из обедни не вышли, а ты — пить!» А тут которые прочие ребята, что с ним были, обступили меня, словно собаки, и тянут: «пойдем да пойдем!» Не было никакой моей возможности супротив всех идтить, вашескородие. Не хотел пить, а потом, чтоб их ободрало!

— Куда же вы пошли?

— У нас одно место! — вздыхает Филаретов. — Пошли мы на постоялый двор к Абраму Мойсеичу. Туда всякий раз ходим. Место такое каторжное, чтоб ему пусто! Чай, сам знаешь... Как поедешь по большой дороге в Дунькино, то вправе будет именье барина Северина Францыча, а еще правее Плахтово, а промеж них и будет постоялый двор. Чай, знаешь Северина Францыча?

— Нужно говорить вы... Нельзя тыкать! Если я говорю тебе... вам вы, то вы и подавно должны быть вежливым!

— Оно конечно, вашескородие! Нешто мы не понимаем? Но ты слушай, что дальше... Приходим это к Абрамке... «Наливай, говорит, за мои деньги!»

— Кто говорит?

— Да этот самый... Дрыхунов то есть! «Наливай, кричит, такой-сякой, а то бочке дно вышибу! На меня, говорит, просветление нашло!» Выпили мы по стаканчику, потом малость погодили и еще выпили, да этаким манером в час времени стаканов, дай бог память, по восьми слопали! Мне что? Я пью, мне и горя мало: не мои деньги! Хоть тыщу стаканов подноси! Я, вашескородие, нисколько не виноват! Извольте Абрама Мойсеича допросить.

— Что же потом было?

— Ничего потом не было. Пока пили, это верно, была драка, а потом всё благородно и по совести.

— Кто же дрался?

— Известно кто... «На меня, кричит, просветление нашло!» Кричит и норовит кого ни на есть по шее ударить. В азарт вошел. И меня бил, и Абрамку, и ребят... Поднесет стаканчик, даст тебе выпить и вдарит, что есть силы. «Пей, говорит, и знай мою силу! Плевать на всех прочих!»

— А жену свою он бил?

— Марфу-то? И Марфе досталось... В самый раз, как это мы, стало быть, стали в кураж входить, приходит в кабак Марфа. «Ступай, говорит, домой, брат Степан приехал! Будет, говорит, тебе, разбойник, водку пить!» А он, не говоря худого слова, трах поперек ейной спины!

— За что же?

— А так, здорово живешь... «Пущай, говорит, чувствует... Я, говорит, 20 рублей получаю». А она баба слабая, тощая, так и перекрутнулась, даже глаза подкатила. Стала она нам на свое горе жалиться и бога призывать, а он опять... Учил, учил, и конца тому ученью не было!

— Отчего же вы не заступились? Обезумевший от водки человек убивает женщину, а вы не обращаете внимания!

— А какая нам надобность вступаться? Его жена, он и учит... Двое дерутся, третий не мешайся... Абрамка стал было его унимать, чтоб в кабаке не безобразил, а он Абрамку по уху. Абрамкин работник его... А он схватил его, поднял и оземь... Тогды тот сел на него верхом и давай в спину барабанить... Мы его из-под него за ноги вытащили.

— Кого его?

— Известно кого... На ком верхом сидел...

— Кто?

— Да этот самый, про кого сказываю.

— Тьфу! Говори, дурак, толком! Отвечай ты мне на вопросы, а не болтай зря!

— Я тебе, вашескородие, толком говорю... всё, как есть, по совести. Дрыхунов учил бабу, это верно... Хоть под присягой.

Следователь слушает, выбирает кое-что из длинной и несвязной речи Филаретова и трещит пером... То и дело приходится зачеркивать...

— А я нисколько не виноват... — бормочет Филаретов. — Спроси, вашескородие, кого угодно. И баба того не стоит, чтоб из-за ней по судам ездить.

По прочтении протокола свидетель минуту тупо глядит на следователя и вздыхает.

— Горе с этими бабами! — хрипит он. — Прогоны, вашескородие, сам заплатишь или записочку дашь?

В ПОТЕМКАХ

Муха средней величины забралась в нос товарища прокурора, надворного советника Гагина. Любопытство ли ее мучило, или, быть может, она попала туда по легкомыслию, или благодаря потемкам, но только нос не вынес присутствия инородного тела и подал сигнал к чиханию. Гагин чихнул, чихнул с чувством, с пронзительным присвистом и так громко, что кровать вздрогнула и издала звук потревоженной пружины. Супруга Гагина, Марья Михайловна, крупная, полная блондинка, тоже вздрогнула и проснулась. Она поглядела в потемки, вздохнула и повернулась на другой бок. Минут через пять она еще раз повернулась, закрыла плотнее глаза, но сон уже не возвращался к ней. Повздыхав и поворочавшись с боку на бок, она приподнялась, перелезла через мужа и, надев туфли, пошла к окну.

На дворе было темно. Видны были одни только силуэты деревьев да темные крыши сараев. Восток чуть-чуть побледнел, но и эту бледность собирались заволокнуть тучи. В воздухе, уснувшем и окутанном во мглу, стояла тишина. Молчал даже дачный сторож, получающий деньги за нарушение стуком ночной тишины, молчал и коростель — единственный дикий пернатый, не чуждающийся соседства со столичными дачниками.

Тишину нарушила сама Марья Михайловна. Стоя у окна и глядя во двор, она вдруг вскрикнула. Ей показалось, что от цветника с тощим, стриженым тополем пробиралась к дому какая-то темная фигура. Сначала она думала, что это корова или лошадь, потом же, протерев глаза, она стала ясно различать человеческие контуры.

Засим ей показалось, что темная фигура подошла к окну, выходившему из кухни, и, постояв немного, очевидно в нерешимости, стала одной ногой на карниз и... исчезла во мраке окна.

«Вор!» — мелькнуло у нее в голове, и мертвенная бледность залила ее лицо.

И в один миг ее воображение нарисовало картину, которой так боятся дачницы: вор лезет в кухню, из кухни в столовую... серебро в шкапу... далее спальня... топор... разбойничье лицо... золотые вещи... Колена ее подогнулись и по спине побежали мурашки.

— Вася! — затеребила она мужа. — Базиль! Василий Прокофьич! Ах, боже мой, словно мертвый! Проснись, Базиль, умоляю тебя!

— Н-ну? — промычал товарищ прокурора, потянув в себя воздух и издавая жевательные звуки.

— Проснись, ради создателя! К нам в кухню забрался вор! Стою я у окна, гляжу, а кто-то в окно лезет. Из кухни проберется в столовую... ложки в шкапу! Базиль! У Мавры Егоровны в прошлом году так же вот забрались.

— Ко... кого тебе?

— Боже, он не слышит! Да пойми же ты, истукан, что я сейчас видела, как к нам в кухню полез какой-то человек! Пелагея испугается и... и серебро в шкапу!

— Чепуха!

— Базиль, это несносно! Я говорю тебе об опасности, а ты спишь и мычишь! Что же ты хочешь? Хочешь, чтоб нас обокрали и перерезали?

Товарищ прокурора медленно поднялся и сел на кровати, оглашая воздух зевками.

— Чёрт вас знает, что вы за народ! — пробормотал он. — Неужели даже ночью нет покоя? Будят из-за пустяков!

— Но клянусь тебе, Базиль, я видела, как человек полез в окно!

— Ну так что же? И пусть лезет... Это, по всей вероятности, к Пелагее ее пожарный пришел.

— Что-о-о? Что ты сказал?

— Я сказал, что это к Пелагее пожарный пришел.

— Тем хуже! — вскрикнула Марья Михайловна. — Это хуже вора! Я не потерплю в своем доме цинизма!

— Экая добродетель, посмотришь... Не потерплю цинизма... Да нешто это цинизм? К чему без толку заграничными словами выпаливать? Это, матушка моя, испокон веку так ведется, традицией освящено. На то он и пожарный, чтоб к кухаркам ходить.

— Нет, Базиль! Значит, ты не знаешь меня! Я не могу допустить мысли, чтоб в моем доме и такое... этакое... Изволь отправиться сию минуту в кухню и приказать ему убираться! Сию же минуту! А завтра я скажу Пелагее, чтобы она не смела позволять себе подобные поступки! Когда я умру, можете допускать в своем доме циничности, а теперь вы не смеете. Извольте идти!

— Чёррт... — проворчал Гагин с досадой. — Ну, рассуди своим бабьим, микроскопическим мозгом, зачем я туда пойду?

— Базиль, я падаю в обморок!

Гагин плюнул, надел туфли, еще раз плюнул и отправился в кухню. Было темно, как в закупоренной бочке, и товарищу прокурора пришлось пробираться ощупью. По дороге он нащупал дверь в детскую и разбудил няньку.

— Василиса, — сказал он, — ты брала вечером мой халат чистить. Где он?

— Я его, барин, Пелагее отдала чистить.

— Что за беспорядки? Брать берете, а на место не кладете... Изволь теперь путешествовать без халата!

Войдя в кухню, он направился к тому месту, где на сундуке, под полкой с кастрюлями, спала кухарка.

— Пелагея! — начал он, нащупывая плечо и толкая. — Ты! Пелагея! Ну, что представляешься? Не спишь ведь! Кто это сейчас лез к тебе в окно?

— Гм!.. здрасте! В окно лез! Кому это лезть?

— Да ты того... нечего тень наводить! Скажи-ка лучше своему прохвосту, чтобы он подобру-поздорову убирался вон. Слышишь? Нечего ему тут делать!

— Да вы в уме, барин? Здрасте... Дуру какую нашли... Деньденьской мучаешься, бегаючи, покоя не знаешь, а ночью с такими словами. За четыре рубля в месяц живешь... при своем чае и сахаре, а кроме этих слов другой чести ни от кого не видишь... Я у купцов жила, да такого срама не видывала.

— Ну, ну... нечего Лазаря петь! Сию же минуту чтобы твоего солдафона здесь не было! Слышишь?

— Грех вам, барин! — сказала Пелагея, и в голосе ее послышались слезы. — Господа образованные... благородные, а нет того понятия, что, может, при горе-то нашем... при нашей несчастной жизни... — Она заплакала. — Обидеть нас можно. Заступиться некому.

— Ну, ну... мне ведь всё равно! Меня барыня сюда послала. По мне хоть домового впусти в окно, так мне всё равно.

Товарищу прокурора оставалось только сознаться, что он не прав, делая этот допрос, и возвратиться к супруге.

— Послушай, Пелагея, — сказал он, — ты брала чистить мой халат. Где он?

— Ах, барин, извините, забыла вам положить его на стул. Он висит около печки на гвоздике...

Гагин нащупал около печки халат, надел его и тихо поплелся в спальню.

Марья Михайловна по уходе мужа легла в постель и стала ждать. Минуты три она была покойна, но затем ее начало помучивать беспокойство.

«Как долго он ходит, однако! — думала она. — Хорошо, если там тот... циник, ну, а если вор?»

И воображение ее опять нарисовало картину: муж входит в темную кухню... удар обухом... умирает, не издав ни одного звука... лужа крови...

Прошло пять минут, пять с половиной, наконец шесть... На лбу у нее выступил холодный пот.

— Базиль! — взвизгнула она. — Базиль!

— Ну, что кричишь? Я здесь... — услышала она голос и шаги мужа. — Режут тебя, что ли?

Товарищ прокурора подошел к кровати и сел на край.

— Никого там нет, — сказал он. — Тебе примерещилось, чудачка... Ты можешь успокоиться: твоя дурища, Пелагея, так же добродетельна, как и ее хозяйка. Экая ты трусиха! Экая ты...

И товарищ прокурора начал дразнить свою жену. Он разгулялся и ему уже не хотелось спать.

— Экая трусиха! — смеялся он. — Завтра же ступай к доктору от галлюцинаций лечиться. Ты психопатка!

— Дегтем запахло... — сказала жена. — Дегтем или... чем-то таким, луком... щами.

— М-да... Что-то такое в воздухе... Спать не хочется! Вот что, зажгу-ка я свечку... Где у нас спички? И кстати покажу тебе фотографию прокурора судебной палаты. Вчера прощался с нами и дал всем по карточке. С автографом.

Гагин чиркнул о стену спичкой и зажег свечу. Но прежде чем он сделал шаг от кровати, чтобы пойти за карточкой, сзади него раздался пронзительный, душу раздирающий крик. Оглянувшись назад, он увидел два больших жениных глаза, обращенных на него и полных удивления, ужаса, гнева...

— Ты снимал в кухне свой халат? — спросила она, бледнея.

— А что?

— Погляди на себя!

Товарищ прокурора поглядел на себя и ахнул. На его плечах, вместо халата, болталась шинель пожарного. Как она попала на его плечи? Пока он решал этот вопрос, жена его рисовала в своем воображении новую картину, ужасную, невозможную: мрак, тишина, шёпот и проч., и проч...

Светлая личность
Рассказ «идеалиста»

Против моих окон, заслоняя для меня солнце, высится громадный рыжий домище с грязными карнизами и поржавленной крышей. Эта мрачная, безобразная скорлупа содержит в себе однако чудный, драгоценный орешек!

Каждое утро в одном из крайних окон я вижу женскую головку, и эта головка, я должен сознаться, заменяет для меня солнце! Я люблю ее не за красоту... В узеньких серых глазках, в крупных веснушках и в вечных папильотках из газетной бумаги нет ничего красивого. Люблю я ее за некоторые индивидуальные особенности ее возвышенного интеллекта.

Каждое утро я вижу, как молодая женщина в белой кофточке и в папильотках подходит к окну и с жадностью хватает газеты, лежащие на подоконнике. Я вижу, господа, как она развертывает газеты и с блеском в глазах спешит пробежать их скучные страницы... В это время покорнейше прошу наблюдать выражение ее лица. Это выражение бывает различно, смотря по обстоятельствам... То лицо ее озаряется блаженной улыбкой, и она, сияющая, с блестящими глазами, начинает весело прыгать по комнате; то страшное, невыразимое отчаяние искажает черты ее лица, и она, схватив себя за голову, как безумная, шагает из угла в угол... Никогда я не вижу ее равнодушной... Дни идут за днями, и счастье чередуется с отчаянием... Сегодня она безумно счастлива, завтра она хватает себя за папильотки. И нет конца ее радостям и мукам!..

Я отчасти психолог и знаток человеческого сердца. Психические явления, наблюдаемые мною в окне, доступны моему понианию, как таблица умножения. Когда по лицу молодой женщины плавает блаженная улыбка, в моей голове теснятся такие мысли:

«Гм... Очевидно, известия, сообщаемые сегодняшними газетами, благоприятны... Очень рад... Вероятно, мою незнакомку радует поведение Цанкова и последняя речь Гладстона. Быть может, ее приятно волнует и многообещающее свидание Бисмарка с Кальноки... Очень может также статься, что в сегодняшних номерах она узрела нарождение нового русского таланта... Во всяком случае я очень рад... Редким женщинам доступны радости такого высшего качества!»

И я в восторге начинаю шагать из угла в угол и восклицать:

— Чудное, редкое создание! Последнее слово женской эмансипации! О, побольше бы таких женщин! Такие именно женщины и нужны нам!

Когда же лицо незнакомки искажается отчаянием, я думаю:

«Ну, газет, стало быть, хоть и в руки не бери! Дрянь дело! Вероятно, мою vis-á-vis возмутил Каравелов или Муткуров... Думаю также, что двусмысленная игра утрирующей Австрии и поведение Милана оскорбили ее честную натуру... Она страдает, но какую честь делает ей это страдание!»

Я шагаю, волнуюсь и восклицаю:

— Вот она, настоящая женщина! Ей доступна гражданская скорбь! Она может страдать за человечество!..

И я без ума от этой редкой женщины... Едва только наступает утро, я уже стою у своего окна и жду, когда в окнах vis-á-vis покажется незнакомка. Ночью я мечтаю и жду утра, днем шагаю из угла в угол... Да, господа, это необыкновенная женщина!

Летом, когда мои и ее окна были открыты, я не раз слышал истерический плач и счастливый смех... Однажды даже я слышал, как она, схватив себя за голову, в отчаянии и гневе прокричала:

— Негодяй! Мучитель!

И разорвала в клочки газету...

Жалею, что в моей квартире не живет Ауэрбах, Шпильгаген или иной романист, ищущий «новых людей»... Они воспользовались бы моей незнакомкой...

. . . .

Я чувствую, что благоговение мое мало-помалу обращается в страстную любовь. Да, я люблю ее! Боже, какая пропасть разделяет меня от нее! Душа ее полна гражданской скорби, я же давно уже утерял свои идеалы и, затертый средою, живу пошлыми интересами толпы...

Но, тем не менее, я, не будучи в силах преодолеть себя, иду к рыжему дому и звоню к дворнику. Два двугривенных развязывают дворницкий язык, и он на все мои расспросы рассказывает мне, что незнакомка живет в квартире № 5, имеет мужа и неисправно платит за квартиру. Муж ее каждое утро убегает куда-то и возвращается поздно вечером, пронося под мышкой четверть водки и кулек с провизией... Муж значится в паспорте сыном губернского секретаря, а незнакомка его женою...

. . . .

После третьей бессонной ночи посылаю *ей* визитную карточку. Видел сегодня, как она, прочитав газету, ударила кулаком по подоконнику. О, вы, Каравеловы, Муткуровы, Салюсбери, кондуктора конножелезки, сахарозаводчики! Отчего я не в силах отплатить вам за все страдания, которые вы ей причиняете?..

. . . .

...Сегодня (10 сентября) муж *ее* спустил меня вниз по лестнице. Я счастлив. Ради нее я готов на все жертвы!.. Настоящее объяснение я откладываю на завтра...

. . . .

11-е сентября. Придя сегодня к ней, я застаю ее за газетами. Пробежав наскоро две-три газеты, она вдруг падает на стул и издает стон...

— Дорогая моя, — говорю я ей, целуя ее руку. — Что волнует вас? Поделитесь со мной вашими скорбями и, верьте, я сумею оценить ваше доверие! Ну скажите, отчего вы сейчас плачете?

— Как же мне не плакать? — говорит моя незнакомка. — Вы посудите: сегодня нам нужно платить за квартиру, а мой балбес-муженек дал в газеты только 60 строчек! Ну, разве мы можем так жить? Вчера он написал ровно на 11 руб. 40 коп., а сегодня я едва насчитала три рубля! Ну не несчастна ли я? Нет, и злой татарке не пожелаю быть женой репортера! Он негодяй! мерзавец! Вместо того, чтобы работать, у Саврасенкова сидит! Постой же, придешь ты!..

. . . .

«О, женщины, женщины!» — сказал Шекспир, и для меня теперь понятно состояние его души...

АХ, ЗУБЫ!

У Сергея Алексеича Дыбкина, любителя сценических искусств, болят зубы.

По мнению опытных дам и московских зубных врачей, зубная боль бывает трех сортов: ревматическая, нервная и костоедная; но взгляните вы на физиономию несчастного Дыбкина, и вам ясно станет, что его боль не подходит ни к одному из этих сортов. Кажется, сам чёрт с чертенятами засел в его зуб и работает там когтями, зубами и рогами. У бедняги лопается голова, сверлит в ухе, зеленеет в глазах, царапает в носу. Он держится обеими руками за правую щеку, бегает из угла в угол и орет благим матом...

— Да помогите же мне! — кричит он, топая ногами. — Застрелюсь, чёрт вас возьми! Повешусь!

Кухарка советует ему пополоскать зубы водкой, мамаша — приложить к щеке тертого хрена с керосином; сестра рекомендует одеколон, смешанный с чернилами, тетенька вымазала ему десны йодом... Но от всех этих средств он провонял лекарствами, поглупел и стал орать еще громче... Остается одно только неиспробованное средство — пустить себе пулю в лоб или, выпивши залпом три бутылки коньяку, обалдеть и завалиться спать... Но вот наконец находится умный человек, который советует Дыбкину съездить на Тверскую, в дом Загвоздкина, где живет зубной врач Каркман, рвущий зубы моментально, без боли и дешево — по своей цене. Дыбкин хватается за эту идею, как пьяный купец за перила, одевает пальто и мчится на извозчике по данному адресу. Вот Садовая, Тверская... Мелькают Сиу, Филиппов, Айе, Габай[1]... Вот, наконец, вывеска: «Зубной врач Я. А. Каркман». Стоп! Дыбкин прыгает с извозчика и с воплем взбегает наверх по каменной лестнице. Давит он пуговку звонка с таким остервенением, что ломает свой изящный ноготь.

— Дома? Принимает? — спрашивает он горничную.

— Пожалуйте, принимают...

— Уф! Снимай пальто! Скоррей!

Еще минута, и, кажется, голова страдальца окончательно лопнет от боли. Как сумасшедший, или, вернее, как муж, которого добрая жена окатила кипятком, он вбегает в приемную, и... о ужас! Приемная битком набита публикой. Бежит Дыбкин к двери кабинета, но его хватают за фалды и говорят ему, что он обязан ждать очереди...

— Но я страдаю! — кипятится он. — Чёрт возьми, я переживаю ужасные минуты!

— Мало ли что! — говорят ему равнодушно. — Нам тоже не весело.

---

[1] Сиу — кондитерский магазин известного в Москве торгового дома А. Сиу и К⁰; Филиппов Д. И. — известный московский булочник; Айе — французский магазин готового платья; Габай — магазин табачной фабрики московской купчихи А. Ю. Габай.

Мой герой в изнеможении падает в кресло, хватается за обе щеки и начинает ждать. Его лицо точно в уксусе вымыто, на глазах слезы...

— Это ужасно! — стонет он. — Ох, уми-ра-а-ю!

— Бедный молодой человек! — вздыхает сидящая возле него дама. — Я страдаю не меньше вас: меня родные дети выгнали из моего же собственного дома!

Никакая финансовая передовая статья, никакой спектакль с благотворительною целью не могут быть так возмутительно скучны, как ожидание в приемной. Проходит час, другой, третий, а бедный Дыбкин всё еще сидит в кресле и стонет. Дома давно уже пообедали и скоро примутся за вечерний чай, а он всё сидит. Зуб же с каждой минутой становится всё злее и злее...

Но вот проходит мучительная вечность и наступает очередь Дыбкина. Он срывается с кресла и летит в кабинет.

— Бога ради! — стонет он, падая в кабинете в кресло и раскрывая рот. — Умоляю!

— Что-с? Что вам угодно? — спрашивает его хозяин кабинета, длинноволосый блондин в очках.

— Рвите! Рвите! — задыхается Дыбкин.

— Кого рвать?

— А, боже мой! Зуб!

— Странно! — пожимает плечами блондин. — Мне, г. шутник, некогда, и я прошу вас сказать: что вам угодно?

Дыбкин раскрывает рот, как акула, и стонет:

— Рвите, рвите! Кто умирает, тому не до шуток! Рвите, бога ради!

— Гм... Если у вас болят зубы, то отправляйтесь к зубному врачу.

Дыбкин поднимается и, разинув рот, тупо глядит на блондина.

— Да-с, я адвокат!.. — продолжает блондин. — Если вам нужен зубной врач, то отправляйтесь к Каркману. Он живет этажом ниже...

— Э-та-жом ни-же? — поражается Дыбкин. — Чёрт же меня возьми совсем! Ах, я скотина! Ах, я подлец!

Согласитесь, что после такого пассажа ему остается только одно: пустить себе пулю в лоб... если же нет под руками револьвера, то выпить залпом три бутылки коньяку и т. д.

Месть

Лев Саввич Турманов, дюжинный обыватель, имеющий капиталец, молодую жену и солидную плешь, как-то играл на именинах у приятеля в винт. После одного хорошего минуса[1], когда его в пот ударило, он вдруг вспомнил, что давно не пил водки. Поднявшись, он на цыпочках, солидно покачиваясь, пробрался между столов, прошел через гостиную, где танцевала молодежь (тут он снисходительно улыбнулся и отечески похлопал по плечу молодого жидкого аптекаря), затем юркнул в маленькую дверь, которая вела в буфетную. Тут, на круглом столике, стояли бутылки, графины с водкой... Около них, среди другой закуски, зеленея луком и петрушкой, лежала на тарелке наполовину уже съеденная селедка. Лев Саввич налил себе рюмку, пошевелил в воздухе пальцами, как бы собираясь говорить речь, выпил и сделал страдальческое лицо, потом ткнул вилкой в селедку и... Но тут за стеной послышались голоса.

— Пожалуй, пожалуй... — бойко говорил женский голос. — Только когда это будет?

«Моя жена, — узнал Лев Саввич. — С кем это она?»

— Когда хочешь, мой друг... — отвечал за стеной густой, сочный бас. — Сегодня не совсем удобно, завтра я целешенький день занят...

«Это Дегтярев! — узнал Турманов в басе одного из своих приятелей. — И ты, Брут, туда же! Неужели и его уж подцепила? Экая ненасытная, неугомонная баба! Дня не может продышать без романа!»

— Да, завтра я занят, — продолжал бас. — Если хочешь, напиши мне завтра что-нибудь... Буду рад и счастлив... Только нам следовало бы упорядочить нашу корреспонденцию. Нужно придумать какой-нибудь фокус. Почтой посылать не совсем удобно. Если я тебе напишу, то твой индюк может перехватить письмо у почтальона; если ты мне напишешь, то моя половина получит без меня и наверное распечатает.

— Как же быть?

— Нужно фокус какой-нибудь придумать. Через прислугу посылать тоже нельзя, потому что твой Собакевич наверное держит в ежовых горничную и лакея... Что, он в карты играет?

— Да. Вечно, дуралей, проигрывает!

— Значит, в любви ему везет! — засмеялся Дегтярев. — Вот, мамочка, какой фортель я придумал... Завтра, ровно в шесть часов вечера, я, возвращаясь из конторы, буду проходить через городской сад, где мне нужно повидаться со смотрителем. Так вот ты, душа моя, постарайся непременно к шести часам, не позже, положить записочку в ту мраморную вазу, которая, знаешь, стоит налево от виноградной беседки...

---

[1] Минус — термин при игре в винт.

— Знаю, знаю...

— Это выйдет и поэтично, и таинственно, и ново... Не узнает ни твой пузан, ни моя благоверная. Поняла?

Лев Саввич выпил еще одну рюмку и отправился к игорному столу. Открытие, которое он только что сделал, не поразило его, не удивило и нимало не возмутило. Время, когда он возмущался, устраивал сцены, бранился и даже дрался, давно уже прошло; он махнул рукой и теперь смотрел на романы своей ветреной супруги сквозь пальцы. Но ему всё-таки было неприятно. Такие выражения, как индюк, Собакевич, пузан и пр., покоробили его самолюбие.

«Какая же, однако, каналья этот Дегтярев! — думал он, записывая минусы. — Когда встречается на улице, таким милым другом прикидывается, скалит зубы и по животу гладит, а теперь, поди-ка, какие пули отливает! В лицо другом величает, а за глаза я у него и индюк и пузан...»

Чем больше он погружался в свои противные минусы, тем тяжелее становилось чувство обиды...

«Молокосос... — думал он, сердито ломая мелок. — Мальчишка... Не хочется только связываться, а то я показал бы тебе Собакевича!»

За ужином он не мог равнодушно видеть физиономию Дегтярева, а тот, как нарочно, неотвязчиво приставал к нему с вопросами: выиграл ли он? отчего он так грустен? и проч. И даже имел нахальство, на правах доброго знакомого, громко пожурить его супругу за то, что та плохо заботится о здоровье мужа. А супруга, как ни в чем не бывало, глядела на мужа маслеными глазками, весело смеялась, невинно болтала, так что сам чёрт не заподозрил бы ее в неверности.

Возвратясь домой, Лев Саввич чувствовал себя злым и неудовлетворенным, точно он вместо телятины съел за ужином старую калошу. Быть может, он пересилил бы себя и забылся, но болтовня супруги и ее улыбки каждую секунду напоминали ему про индюка, гуся, пузана...

«По щекам бы его, подлеца, отхлопать... — думал он. — Оборвать бы его публично».

И он думал, что хорошо бы теперь побить Дегтярева, подстрелить его на дуэли как воробья... спихнуть с должности или положить в мраморную вазу что-нибудь неприличное, вонючее — дохлую крысу, например... Недурно бы женино письмо заранее выкрасть из вазы, а вместо него положить какие-нибудь скабрезные стишки с подписью «твоя Акулька» или что-нибудь в этом роде.

Долго Турманов ходил по спальной и услаждал себя подобными мечтами. Вдруг он остановился и хлопнул себя по лбу.

— Нашел, браво! — воскликнул он и даже просиял от удовольствия. — Это выйдет отлично! О-отлично!

Когда уснула его супруга, он сел за стол и после долгого раздумья, коверкая свой почерк и изобретая грамматические ошибки, написал следующее: «Купцу Дулинову. Милостивый Государь! Если к шести часам вечера сиводня 12-го сентября в мраморную вазу, что находица в городском саду налево от виноградной беседки, не будит положено вами двести рублей, то вы будете убиты и ваша галантирейная лавка взлетит на воздух». Написав такое письмо, Лев Саввич подскочил от восторга.

— Каково придумано, а? — бормотал он, потирая руки. — Шикарно! Лучшей мести сам сатана не придумает! Естественно, купчина струсит и сейчас же донесет полиции, а полиция засядет к шести часам в кусты — и цап-царап его, голубчика, когда он за письмом полезет!.. То-то струсит! Пока дело выяснится, так успеет, каналья, и натерпеться и насидеться... Браво!

Лев Саввич прилепил марку к письму и сам снес его в почтовый ящик. Уснул он с блаженнейшей улыбкой и спал так сладко, как давно уже не спал. Проснувшись утром и вспомнивши свою выдумку, он весело замурлыкал и даже потрогал неверную жену за подбородочек. Отправляясь на службу и потом сидя в канцелярии, он всё время улыбался и воображал себе ужас Дегтярева, когда тот попадет в западню...

В шестом часу он не выдержал и побежал в городской сад, чтобы воочию полюбоваться отчаянным положением врага.

«Ага!» — подумал он, встретив городового.

Дойдя до виноградной беседки, он сел под куст и, устремив жадные взоры на вазу, принялся ждать. Нетерпение его не имело пределов.

Ровно в шесть часов показался Дегтярев. Молодой человек был, по-видимому, в отличнейшем расположении духа. Цилиндр его ухарски сидел на затылке, и из-за распахнувшегося пальто вместе с жилеткой, казалось, выглядывала сама душа. Он насвистывал и курил сигару...

«Вот сейчас узнаешь индюка да Собакевича! — злорадствовал Турманов. — Погоди!»

Дегтярев подошел к вазе и лениво сунул в нее руку... Лев Саввич приподнялся и впился в него глазами... Молодой человек вытащил из вазы небольшой пакет, оглядел его со всех сторон и пожал плечами, потом нерешительно распечатал, опять пожал плечами и изобразил на лице своем крайнее недоумение: в пакете были две радужные бумажки!

Долго осматривал Дегтярев эти бумажки. В конце концов, не переставая пожимать плечами, он сунул их в карман и произнес: «Merci!»

Несчастный Лев Саввич слышал это «merci». Целый вечер потом стоял он против лавки Дулинова, грозился на вывеску кулаком и бормотал в негодовании:

— Тррррус! Купчишка! Презренный Кит Китыч! Тррррус! Заяц толстопузый!..

ЖИЛЕЦ

Брыкович, когда-то занимавшийся адвокатурой, а ныне живущий без дела у своей богатой супруги, содержательницы меблированных комнат «Тунис», человек молодой, но уже плешивый, как-то в полночь выбежал из своей квартиры в коридор и изо всей силы хлопнул дверью.

— О, злая, глупая, тупая тварь! — бормотал он, сжимая кулаки. — Связал же меня чёрт с тобой! Уф! Чтобы перекричать эту ведьму, надо быть пушкой!

Брыкович задыхался от негодования и злобы, и если бы теперь на пути, пока он ходил по длинным коридорам «Туниса», попалась ему какая-нибудь посудина или сонный коридорный, то он с наслаждением дал бы волю рукам, чтобы хоть на чем-нибудь сорвать свой гнев. Ему хотелось браниться, кричать, топать ногами... И судьба, точно понимая его настроение и желая подслужиться, послала ему навстречу неисправного плательщика, музыканта Халявкина, жильца 31-го номера. Халявкин стоял перед своей дверью и, сильно покачиваясь, тыкал ключом в замочную скважину. Он кряхтел, посылал кого-то ко всем чертям; но ключ не слушался и всякий раз попадал не туда, куда нужно. Одною рукой он судорожно тыкал, в другой держал футляр со скрипкой. Брыкович налетел на него, как ястреб, и крикнул сердито:

— А, это вы? Послушайте, милостивый государь, когда же, наконец, вы уплатите за квартиру? Уж две недели, как вы не изволите платить, милостивый государь! Я велю не топить! Я вас выселю, милостивый государь, чёрт побери!

— Вы мне ме... мешаете... — ответил спокойно музыкант. — Аре... ревуар!

— Стыдитесь, господин Халявкин! — продолжал Брыкович. — Вы получаете сто двадцать рублей в месяц и могли бы исправно платить! Это недобросовестно, милостивый государь! Это подло в высшей степени!

Ключ, наконец, щелкнул, и дверь отворилась.

— Да-с, это нечестно! — продолжал Брыкович, входя за музыкантом в номер. — Предупреждаю вас, что если завтра вы не уплатите, то я завтра же подам мировому. Я вам покажу! Да не извольте бросать зажженные спички на пол, а то вы у меня тут пожару наделаете! Я не потерплю, чтобы у меня в номерах жили люди нетрезвого поведения.

Халявкин поглядел пьяными, веселыми глазками на Брыковича и ухмыльнулся.

— Рреши́тельно не понимаю, чего вы кипятитесь... — пробормотал он, закуривая папиросу и обжигая себе пальцы. — Не понимаю! Положим, я не плачу за квартиру; да, я не плачу, но вы-то тут при чем, скажите на милость? Какое вам дело? Вы тоже ничего не платите за квартиру, но ведь я же не пристаю к вам. Не платите, ну и бог с вами, — не нужно!

— То есть как же это так?

— Так... Хо... хозяин тут не вы, а ваша высокопочтеннейшая супруга... Вы тут... вы тут такой же жилец с тромбоном[1], как и прочие... Не ваши номера, стало быть, какая надобность вам беспокоиться? Берите с меня пример: ведь я не беспокоюсь? Вы за квартиру ни копейки не платите — и что же? Не платите — и не нужно. Я нисколько не беспокоюсь.

— Я вас не понимаю, милостивый государь! — пробормотал Брыкович и стал в позу человека оскорбленного, готового каждую минуту вступиться за свою честь.

— Впрочем, виноват! Я и забыл, что номера вы взяли в приданое... Виноват! Хотя, впрочем, если взглянуть с нравственной точки, — продолжал Халявкин, покачиваясь, — то вы всё-таки не должны кипятиться... Ведь они достались вам да... даром, за понюшку табаку... Они, ежели взглянуть широко, столько же ваши, сколько и мои... За что вы их при... присвоили? За то, что состоите супругом?.. Эка важность! Быть супругом вовсе не трудно. Батюшка мой, приведите ко мне сюда двенадцать дюжин жен, и я у всех буду мужем — бесплатно! Сделайте ваше такое одолжение!

Пьяная болтовня музыканта, по-видимому, кольнула Брыковича в самое больное место. Он покраснел и долго не знал, что ответить, потом подскочил к Халявкину и, со злобой глядя на него, изо всей силы стукнул кулаком по столу.

— Как вы смеете мне говорить это? — прошипел он. — Как вы смеете?

---

[1] Жилец с тромбоном — выражение, ставшее популярным после постановки водевиля «Жилец с тромбоном» С. О. Бойкова.

— Позвольте... — забормотал Халявкин, пятясь назад. — Это уж выходит fortissimo[1]. Не понимаю, чего вы обижаетесь! Я... я ведь это говорю не в обиду, а... в похвалу вам. Попадись мне дама с такими номерищами, так я с руками и ногами... сделайте такое одолжение!

— Но... но как вы смеете меня оскорблять? — крикнул Брыкович и опять стукнул кулаком по столу.

— Не понимаю! — пожал плечами Халявкин, уже не улыбаясь. — Впрочем, я пьян... может быть, и оскорбил... В таком случае простите, виноват! Мамочка, прости первую скрипку! Я вовсе не хотел обидеть.

— Это даже цинизм... — проговорил Брыкович, смягчившись от умильного тона Халявкина. — Есть вещи, о которых не говорят в такой форме...

— Ну, ну... не буду! Мамаша, не буду! Руку!

— Тем более, что я не подавал повода... — продолжал Брыкович обиженным тоном, окончательно смягчившись, но руки не протянул. — Я не сделал вам ничего дурного.

— Действительно, не следовало бы по... поднимать этого щекотливого вопроса... Сболтнул спьяна и сдуру... Прости, мамочка! Действительно, скотина! Сейчас я намочу холодной водой голову и буду трезв.

— И без того мерзко, отвратительно живется, а тут вы еще с вашими оскорблениями! — говорил Брыкович, возбужденно шагая по номеру. — Никто не видит истины, и всякий думает и болтает, что хочет. Воображаю, что за глаза говорится тут в номерах! Воображаю! Правда, я не прав, я виноват: глупо с моей стороны было набрасываться на вас в полночь из-за денег; виноват, но... надо же извинить, войти в положение, а... вы бросаете в лицо грязными намеками!

— Голубушка, да ведь пьян! Каюсь и чувствую. Честное слово, чувствую! Мамочка, и деньги отдам! Как только получу первого числа, так и отдам! Значит, мир и согласие!? Браво! Ах, душа моя, люблю образованных людей! Сам в консервато-серваторы... не выговоришь, чёрт!.. учился...

Халявкин прослезился, поймал за рукав шагавшего Брыковича и поцеловал его в щеку.

— Эх, милый друг, пьян я, как курицын сын, а всё понимаю! Мамаша, прикажи коридорному подать первой скрипке самовар! У вас тут такой закон, что после одиннадцати часов и по ко-

---

[1] очень сильно (итал.).

ридору не гуляй, и самовара не проси; а после театра страсть как чаю хочется!

Брыкович подавил пуговку звонка.

— Тимофей, подай господину Халявкину самовар! — сказал он явившемуся коридорному.

— Нельзя-с! — пробасил Тимофей. — Барыня не велели после одиннадцати часов самовар подавать.

— Так я тебе приказываю! — крикнул Брыкович, бледнея.

— Что ж тут приказывать, коли не велено... — проворчал коридорный, выходя из номера. — Не велено, так и нельзя. Чего тут!..

Брыкович прикусил губу и отвернулся к окну.

— Положение-с! — вздохнул Халявкин. — М-да, нечего сказать... Ну, да меня конфузиться нечего, я ведь понимаю... всю душу насквозь. Знаем мы эту психологию... Что ж, поневоле будешь водку пить, коли чаю не дают! Выпьешь водочки, а?

Халявкин достал с окна водку, колбасу и расположился на диване, чтобы начать пить и закусывать. Брыкович печально глядел на пьянчугу и слушал его нескончаемую болтовню. Быть может, оттого, что при виде косматой головы, сороковушки и дешевой колбасы он вспомнил свое недавнее прошлое, когда он был также беден, но свободен, его лицо стало еще мрачнее, и захотелось выпить. Он подошел к столу, выпил рюмку и крякнул.

— Скверно живется! — сказал он и мотнул головой. — Мерзко! Вот вы меня сейчас оскорбили, коридорный оскорбил... и так без конца! А за что? Так, в сущности, ни за что...

После третьей Брыкович сел на диван и задумался, подперев руками голову, потом печально вздохнул и сказал:

— Ошибся! Ох, как ошибся! Продал я и молодость, и карьеру, и принципы, — вот и мстит мне теперь жизнь. Отчаянно мстит!

От водки и печальных мыслей он стал очень бледен и, казалось, даже похудел. Он несколько раз в отчаянии хватал себя за голову и говорил: «О, что за жизнь, если бы ты знал!»

— А признайся, скажи по совести, — спросил он, глядя пристально в лицо Халявкину, — скажи по совести, как вообще... относятся ко мне тут? Что говорят студенты, которые живут в этих номерах? Небось, слыхал ведь...

— Слыхал...

— Что же?

— Ничего не говорят, а так... презирают.

Новые приятели больше уже ни о чем не говорили. Они разошлись только на рассвете, когда в коридоре стали топить печи.

— А ты ей ничего... не плати... — бормотал Брыкович, уходя. — Не плати ей ни копейки!.. Пусть...

Халявкин свалился на диван и, положив голову на футляр со скрипкой, громко захрапел.

В следующую полночь они опять сошлись...

Брыкович, вкусивший сладость дружеских возлияний, не пропускает уже ни одной ночи, и если не застает Халявкина, то заходит в другой какой-нибудь номер, где жалуется на судьбу и пьет, пьет и опять жалуется — и так каждую ночь.

Оратор

В одно прекрасное утро хоронили коллежского асессора Кирилла Ивановича Вавилонова, умершего от двух болезней, столь распространенных в нашем отечестве: от злой жены и алкоголизма. Когда погребальная процессия двинулась от церкви к кладбищу, один из сослуживцев покойного, некто Поплавский, сел на извозчика и поскакал к своему приятелю Григорию Петровичу Запойкину, человеку молодому, но уже достаточно популярному. Запойкин, как известно многим читателям, обладает редким талантом произносить экспромтом свадебные, юбилейные и похоронные речи. Он может говорить когда угодно: спросонок, натощак, в мертвецки пьяном виде, в горячке. Речь его течет гладко, ровно, как вода из водосточной трубы, и обильно; жалких слов в его ораторском словаре гораздо больше, чем в любом трактире тараканов. Говорит он всегда красноречиво и длинно, так что иногда, в особенности на купеческих свадьбах, чтобы остановить его, приходится прибегать к содействию полиции.

— А я, братец, к тебе! — начал Поплавский, застав его дома. — Сию же минуту одевайся и едем. Умер один из наших, сейчас его на тот свет отправляем, так надо, братец, сказать на прощанье какую-нибудь чепуховину... На тебя вся надежда. Умри кто-нибудь из маленьких, мы не стали бы тебя беспокоить, а то ведь секретарь... канцелярский столп, некоторым образом. Неловко такую шишку без речи хоронить.

— А, секретарь! — зевнул Запойкин. — Это пьяница-то?

— Да, пьяница. Блины будут, закуска... на извозчика получишь. Поедем, душа! Разведи там, на могиле, какую-нибудь мантифолию поцицеронистей, а уж какое спасибо получишь!

Запойкин охотно согласился. Он взъерошил волосы, напустил на лицо меланхолию и вышел с Поплавским на улицу.

— Знаю я вашего секретаря, — сказал он, садясь на извозчика. — Пройдоха и бестия, царство ему небесное, каких мало.

— Ну, не годится, Гриша, ругать покойников.

— Оно конечно, aut mortuis nihil bene[1], но всё-таки он жулик.

Приятели догнали похоронную процессию и присоединились к ней. Покойника несли медленно, так что до кладбища они успели раза три забежать в трактир и пропустить за упокой души по маленькой.

На кладбище была отслужена лития. Теща, жена и свояченица, покорные обычаю, много плакали. Когда гроб опускали в могилу, жена даже крикнула: «Пустите меня к нему!», но в могилу за мужем не пошла, вероятно вспомнив о пенсии. Дождавшись, когда всё утихло, Запойкин выступил вперед, обвел всех глазами и начал:

— Верить ли глазам и слуху? Не страшный ли сон сей гроб, эти заплаканные лица, стоны и вопли? Увы, это не сон, и зрение не обманывает нас! Тот, которого мы еще так недавно видели столь бодрым, столь юношески свежим и чистым, который так недавно на наших глазах, наподобие неутомимой пчелы, носил свой мед в общий улей государственного благоустройства, тот, который... этот самый обратился теперь в прах, в вещественный мираж. Неумолимая смерть наложила на него коснеющую руку в то время, когда он, несмотря на свой согбенный возраст, был еще полон расцвета сил и лучезарных надежд. Незаменимая потеря! Кто заменит нам его? Хороших чиновников у нас много, но Прокофий Осипыч был единственный. Он до глубины души был предан своему честному долгу, не щадил сил, не спал ночей, был бескорыстен, неподкупен... Как презирал он тех, кто старался в ущерб общим интересам подкупить его, кто соблазнительными благами жизни пытался вовлечь его в измену своему долгу! Да, на наших глазах Прокофий Осипыч раздавал свое небольшое жалованье своим беднейшим товарищам, и вы сейчас сами слышали вопли вдов и сирот, живших его подаяниями. Преданный служебному долгу и добрым делам, он не знал радостей в жизни и даже отказал себе в счастии семейного бытия; вам известно, что до конца дней своих он был холост! А кто нам заменит его как товарища? Как сейчас вижу бритое, умиленное лицо, обращенное к нам с доброй улыбкой, как сейчас слышу его мягкий, нежно-дружеский голос. Мир праху твоему, Прокофий Осипыч! Покойся, честный, благородный труженик!

Запойкин продолжал, а слушатели стали шушукаться. Речь понравилась всем, выжала несколько слез, но многое показалось

---

[1] Комически искаженная латинская пословица: «De mortius aut nihil aut bene («О мертвых либо ничего, либо хорошо»); здесь — «о мертвых не говорят ничего хорошего».

в ней странным. Во-первых, непонятно было, почему оратор называл покойника Прокофием Осиповичем, в то время как того звали Кириллом Ивановичем. Во-вторых, всем известно было, что покойный всю жизнь воевал со своей законной женой, а стало быть не мог называться холостым; в-третьих, у него была густая рыжая борода, отродясь он не брился, а потому непонятно, чего ради оратор назвал его лицо бритым. Слушатели недоумевали, переглядывались и пожимали плечами.

— Прокофий Осипыч! — продолжал оратор, вдохновенно глядя в могилу. — Твое лицо было некрасиво, даже безобразно, ты был угрюм и суров, но все мы знали, что под сею видимой оболочкой бьется честное, дружеское сердце!

Скоро слушатели стали замечать нечто странное и в самом ораторе. Он уставился в одну точку, беспокойно задвигался и стал сам пожимать плечами. Вдруг он умолк, разинул удивленно рот и обернулся к Поплавскому.

— Послушай, он жив! — сказал он, глядя с ужасом.

— Кто жив?

— Да Прокофий Осипыч! Вон он стоит около памятника!

— Он и не умирал! Умер Кирилл Иваныч!

— Да ведь ты же сам сказал, что у вас секретарь помер!

— Кирилл Иваныч и был секретарь. Ты, чудак, перепутал! Прокофий Осипыч, это верно, был у нас прежде секретарем, но его два года назад во второе отделение перевели столоначальником.

— А чёрт вас разберет!

— Что же остановился? Продолжай, неловко!

Запойкин обернулся к могиле и с прежним красноречием продолжал прерванную речь. У памятника, действительно, стоял Прокофий Осипыч, старый чиновник с бритой физиономией. Он глядел на оратора и сердито хмурился.

— И как это тебя угораздило! — смеялись чиновники, когда вместе с Запойкиным возвращались с похорон. — Живого человека похоронил.

— Нехорошо-с, молодой человек! — ворчал Прокофий Осипыч. — Ваша речь, может быть, годится для покойника, но в отношении живого она — одна насмешка-с! Помилуйте, что вы говорили? Бескорыстен, неподкупен, взяток не берет! Ведь про живого человека это можно говорить только в насмешку-с. И никто вас, сударь, не просил распространяться про мое лицо. Некрасив, безобразен, так тому и быть, но зачем всенародно мою физиономию на вид выставлять? Обидно-с!

Ванька

Ванька Жуков, девятилетний мальчик, отданный три месяца тому назад в ученье к сапожнику Аляхину, в ночь под Рождество не ложился спать. Дождавшись, когда хозяева и подмастерья ушли к заутрене, он достал из хозяйского шкапа пузырек с чернилами, ручку с заржавленным пером и, разложив перед собой измятый лист бумаги, стал писать. Прежде чем вывести первую букву, он несколько раз пугливо оглянулся на двери и окна, покосился на темный образ, по обе стороны которого тянулись полки с колодками, и прерывисто вздохнул. Бумага лежала на скамье, а сам он стоял перед скамьей на коленях.

«Милый дедушка, Константин Макарыч! — писал он. — И пишу тебе письмо. Поздравляю вас с Рождеством и желаю тебе всего от господа бога. Нету у меня ни отца, ни маменьки, только ты у меня один остался».

Ванька перевел глаза на темное окно, в котором мелькало отражение его свечки, и живо вообразил себе своего деда Константина Макарыча, служащего ночным сторожем у господ Живаревых. Это маленький, тощенький, но необыкновенно юркий и подвижный старикашка лет 65-ти, с вечно смеющимся лицом и пьяными глазами. Днем он спит в людской кухне или балагурит с кухарками, ночью же, окутанный в просторный тулуп, ходит вокруг усадьбы и стучит в свою колотушку. За ним, опустив головы, шагают старая Каштанка и кобелек Вьюн, прозванный так за свой черный цвет и тело, длинное, как у ласки. Этот Вьюн необыкновенно почтителен и ласков, одинаково умильно смотрит как на своих, так и на чужих, но кредитом не пользуется. Под его почтительностью и смирением скрывается самое иезуитское ехидство. Никто лучше его не умеет вовремя подкрасться и цапнуть за ногу, забраться в ледник или украсть у мужика курицу. Ему уж не раз отбивали задние ноги, раза два его вешали, каждую неделю пороли до полусмерти, но он всегда оживал.

Теперь, наверно, дед стоит у ворот, щурит глаза на ярко-красные окна деревенской церкви и, притопывая валенками, балагурит с дворней. Колотушка его подвязана к поясу. Он всплескивает руками, пожимается от холода и, старчески хихикая, щиплет то горничную, то кухарку.

— Табачку нешто нам понюхать? — говорит он, подставляя бабам свою табакерку.

Бабы нюхают и чихают. Дед приходит в неописанный восторг, заливается веселым смехом и кричит:

— Отдирай, примерзло!

Дают понюхать табаку и собакам. Каштанка чихает, крутит мордой и, обиженная, отходит в сторону. Вьюн же из почтительности не чихает и вертит хвостом. А погода великолепная. Воздух тих, прозрачен и свеж. Ночь темна, но видно всю деревню с ее белыми крышами и струйками дыма, идущими из труб, деревья, посребренные инеем, сугробы. Всё небо усыпано весело мигающими звездами, и Млечный Путь вырисовывается так ясно, как будто его перед праздником помыли и потерли снегом...

Ванька вздохнул, умокнул перо и продолжал писать:

«А вчерась мне была выволочка. Хозяин выволок меня за волосья на двор и отчесал шпандырем за то, что я качал ихнего ребятенка в люльке и по нечаянности заснул. А на неделе хозяйка велела мне почистить селедку, а я начал с хвоста, а она взяла селедку и ейной мордой начала меня в харю тыкать. Подмастерья надо мной насмехаются, посылают в кабак за водкой и велят красть у хозяев огурцы, а хозяин бьет чем попадя. А еды нету никакой. Утром дают хлеба, в обед каши и к вечеру тоже хлеба, а чтоб чаю или щей, то хозяева сами трескают. А спать мне велят в сенях, а когда ребятенок ихний плачет, я вовсе не сплю, а качаю люльку. Милый дедушка, сделай божецкую милость, возьми меня отсюда домой, на деревню, нету никакой моей возможности... Кланяюсь тебе в ножки и буду вечно бога молить, увези меня отсюда, а то помру...»

Ванька покривил рот, потер своим черным кулаком глаза и всхлипнул.

«Я буду тебе табак тереть, — продолжал он, — богу молиться, а если что, то секи меня, как сидорову козу. А ежели думаешь, должности мне нету, то я Христа ради попрошусь к приказчику сапоги чистить али заместо Федьки в подпаски пойду. Дедушка милый, нету никакой возможности, просто смерть одна. Хотел было пешком на деревню бежать, да сапогов нету, морозу боюсь. А когда вырасту большой, то за это самое буду тебя кормить и в обиду никому не дам, а помрешь, стану за упокой души молить, всё равно как за мамку Пелагею.

А Москва город большой. Дома всё господские, и лошадей много, а овец нету, и собаки не злые. Со звездой тут ребята не ходят, и на клирос петь никого не пущают, а раз я видал в одной лавке на окне крючки продаются прямо с леской и на всякую рыбу, очень стоющие, даже такой есть один крючок, что пудового сома удержит. И видал которые лавки, где ружья всякие на манер бариновых, так что небось рублей сто кажное... А в мясных лавках и тетерева, и рябцы, и зайцы, а в котором месте их стреляют, про то сидельцы не сказывают.

Милый дедушка, а когда у господ будет елка с гостинцами, возьми мне золоченый орех и в зеленый сундучок спрячь. Попроси у барышни Ольги Игнатьевны, скажи, для Ваньки».

Ванька судорожно вздохнул и опять уставился на окно. Он вспомнил, что за елкой для господ всегда ходил в лес дед и брал с собою внука. Веселое было время! И дед крякал, и мороз крякал, а глядя на них, и Ванька крякал. Бывало, прежде чем вырубить елку, дед выкуривает трубку, долго нюхает табак, посмеивается над озябшим Ванюшкой... Молодые елки, окутанные инеем, стоят неподвижно и ждут, которой из них помирать? Откуда ни возьмись, по сугробам летит стрелой заяц... Дед не может чтоб не крикнуть:

— Держи, держи... держи! Ах, куцый дьявол!

Срубленную елку дед тащил в господский дом, а там принимались убирать ее... Больше всех хлопотала барышня Ольга Игнатьевна, любимица Ваньки. Когда еще была жива Ванькина мать Пелагея и служила у господ в горничных, Ольга Игнатьевна кормила Ваньку леденцами и от нечего делать выучила его читать, писать, считать до ста и даже танцевать кадриль. Когда же Пелагея умерла, сироту Ваньку спровадили в людскую кухню к деду, а из кухни в Москву к сапожнику Аляхину...

«Приезжай, милый дедушка, — продолжал Ванька, — Христом богом тебя молю, возьми меня отседа. Пожалей ты меня, сироту несчастную, а то меня все колотят и кушать страсть хочется, а скука такая, что и сказать нельзя, всё плачу. А намедни хозяин колодкой по голове ударил, так что упал и насилу очухался. Пропащая моя жизнь, хуже собаки всякой... А еще кланяюсь Алене, кривому Егорке и кучеру, а гармонию мою никому не отдавай. Остаюсь твой внук Иван Жуков, милый дедушка приезжай».

Ванька свернул вчетверо исписанный лист и вложил его в конверт, купленный накануне за копейку... Подумав немного, он умокнул перо и написал адрес:

На деревню дедушке.

Потом почесался, подумал и прибавил: «Константину Макарычу». Довольный тем, что ему не помешали писать, он надел шапку и, не набрасывая на себя шубейки, прямо в рубахе выбежал на улицу...

Сидельцы из мясной лавки, которых он расспрашивал накануне, сказали ему, что письма опускаются в почтовые ящики, а из ящиков развозятся по всей земле на почтовых тройках с пьяными ямщиками и звонкими колокольцами. Ванька добежал до первого почтового ящика и сунул драгоценное письмо в щель...

Убаюканный сладкими надеждами, он час спустя крепко спал... Ему снилась печка. На печи сидит дед, свесив босые ноги, и читает письмо кухаркам... Около печи ходит Вьюн и вертит хвостом...

Добрый немец

Иван Карлович Швей, старший мастер на сталелитейном заводе Функ и К°, был послан хозяином в Тверь исполнить на месте какой-то заказ. Провозился он с заказом месяца четыре и так соскучился по своей молодой жене, что потерял аппетит и раза два принимался плакать. Возвращаясь назад в Москву, он всю дорогу закрывал глаза и воображал себе, как он приедет домой, как кухарка Марья отворит ему дверь, как жена Наташа бросится к нему на шею и вскрикнет...

«Она не ожидает меня, — думал он. — Тем лучше. Неожиданная радость — это очень хорошо...»

Приехал он в Москву с вечерним поездом. Пока артельщик ходил за его багажом, он успел выпить в буфете две бутылки пива... От пива он стал очень добрым, так что, когда извозчик вез его с вокзала на Пресню, он всё время бормотал:

— Ты, извозчик, хороший извозчик... Я люблю русских людей!.. Ты русский, и моя жена русский, и я русский... Мой отец немец, а я русский человек... Я желаю драться с Германией...

Как он и мечтал, дверь отворила ему кухарка Марья.

— И ты русский, и я русский... — бормотал он, отдавая Марье багаж. — Все мы русские люди и имеем русские языки... А где Наташа?

— Она спит.

— Ну, не буди ее... Тсс... Я сам разбужу... Я желаю ее испугать и буду сюрприз... Тссс!

Сонная Марья взяла багаж и ушла в кухню.

Улыбаясь, потирая руки и подмигивая глазом, Иван Карлыч на цыпочках подошел к двери, ведущей в спальную, и осторожно, боясь скрипнуть, отворил ее...

В спальне было темно и тихо...

«Я сейчас буду ее испугать», — подумал Иван Карлыч и зажег спичку...

Но — бедный немец! — пока на его спичке разгоралась синим огоньком сера, он увидел такую картину. На кровати, что ближе к стене, спала женщина, укрытая с головою, так что видны были одни только голые пятки; на другой кровати лежал громадный мужчина с большой рыжей головой и с длинными усами...

Иван Карлыч не поверил глазам своим и зажег другую спичку... Сжег он одну за другой пять спичек — и картина представлялась всё такою же невероятной, ужасной и возмутительной. У немца подкосились ноги и одеревенела от холода спина. Пивной хмель вдруг вышел из головы, и ему уже казалось, что душа перевернулась вверх ногами. Первою его мыслью и желанием было — взять стул и хватить им со всего размаха по рыжей голове, потом схватить неверную жену за голую пятку и швырнуть ее в окно так, чтобы она выбила обе рамы и со звоном полетела вниз на мостовую.

«О нет, этого мало! — решил он после некоторого размышления. — Сначала я буду срамить их, пойду позову полицию и родню, а потом буду убивать их...»

Он надел шубу и через минуту уже шел по улице. Тут он горько заплакал. Он плакал и думал о людской неблагодарности... Эта женщина с голыми пятками была когда-то бедной швейкой, и он осчастливил ее, сделав женою ученого мастера, который у Функа и К⁰ получает 750 рублей в год! Она была ничтожной, ходила в ситцевых платьях, как горничная, а благодаря ему она ходит теперь в шляпке и перчатках, и даже Функ и К⁰ говорит ей «вы»...

И он думал: как ехидны и лукавы женщины! Наташа делала вид, что выходила за Ивана Карлыча по страстной любви, и каждую неделю писала ему в Тверь нежные письма...

«О, змея, — думал Швей, идя по улице. — О, зачем я женился на русском человеке? Русский нехороший человек! Варвар, мужик! Я желаю драться с Россией, чёрт меня возьми!»

Немного погодя он думал:

«И удивительно, променяла меня на какого-то каналью с рыжей головой! Ну, полюби она Функа и К⁰, я простил бы ей, а то полюбила какого-то чёрта, у которого нет в кармане гривенника! О, я несчастный человек!»

Отерев глаза, Швей зашел в трактир.

— Дай мне бумаги и чернил! — сказал он половому. — Я желаю писать!

Дрожащею рукою он написал сначала письмо к родителям жены, живущим в Серпухове. Он писал старикам, что честный ученый мастер не желает жить с распутной женщиной, что родители свиньи и дочери их свиньи, что Швей желает плевать на кого угодно... В заключение он требовал, чтобы старики взяли к себе свою дочь вместе с ее рыжим мерзавцем, которого он не убил только потому, что не желает марать рук.

Затем он вышел из трактира и опустил письмо в почтовый ящик. До четырех часов утра блуждал он по городу и думал о своем горе. Бедняга похудел, осунулся и пришел к заключению, что жизнь — это горькая насмешка судьбы, что жить — глупо и недостойно порядочного немца. Он решил не мстить ни жене, ни рыжему человеку. Самое лучшее, что он мог сделать, это — наказать жену великодушием.

«Пойду выскажу ей всё, — думал он, идя домой, — а потом лишу себя жизни... Пусть будет счастлива со своим рыжим, а я мешать не буду...»

И он мечтал, как он умрет и как жена будет томиться от угрызений совести.

— Мое имущество я ей оставлю, да! — бормотал он, дергая за свой звонок. — Рыжий лучше меня, пусть-ка тоже заработает 750 рублей в год!

И на этот раз дверь отворила ему кухарка Марья, которая очень удивилась, увидев его.

— Позови Наталью Петровну, — сказал он, не снимая шубы. — Я желаю разговаривать...

Через минуту пред Иваном Карлычем стояла молодая женщина в одной сорочке, босая и с удивленным лицом... Плача и поднимая обе руки вверх, обманутый муж говорил:

— Я всё знаю! Меня нельзя обмануть! Я собственными глазами видел рыжего скотину с длинными усами!

— Ты с ума сошел! — крикнула жена. — Что ты так кричишь? Разбудишь жильцов!

— О, рыжий мошенник!

— Говорю же тебе, не кричи! Напился пьян и кричит! Ступай спать!

— Не желаю я спать с рыжим на одной кровати! Прощай!

— Да ты с ума сошел! — рассердилась жена. — Ведь у нас жильцы! В той комнате, где была наша спальня, слесарь с женой живет!

— А... а? Какой слесарь?

— Да рыжий слесарь с женой. Я их пустила за четыре рубля в месяц... Не кричи, а то разбудишь!

Немец выпучил глаза и долго смотрел на жену; потом нагнул голову и медленно свистнул...

— Теперь я понимаю... — сказал он.

Немного погодя немецкая душа опять уже приняла свое прежнее положение, и Иван Карлыч чувствовал себя прекрасно.

— Ты у меня русский, — бормотал он, — и кухарка русский, и я русский... Все имеем русские языки... Слесарь — хороший слесарь,

и я желаю его обнимать... Функ и Кⁿ тоже хороший Функ и Кⁿ...
Россия великолепная земля... С Германией я желаю драться...

Беззащитное существо

Как ни силен был ночью припадок подагры, как ни скрипели
потом нервы, а Кистунов всё-таки отправился утром на службу
и своевременно начал приемку просителей и клиентов банка.
Вид у него был томный, замученный, и говорил он еле-еле, чуть
дыша, как умирающий.

— Что вам угодно? — обратился он к просительнице в до-
потопном салопе, очень похожей сзади на большого навозного
жука.

— Изволите ли видеть, ваше превосходительство, — начала
скороговоркой просительница, — муж мой, коллежский асессор
Щукин, проболел пять месяцев, и, пока он, извините, лежал дома
и лечился, ему без всякой причины отставку дали, ваше превосходительство, а когда я пошла за его жалованьем, они, изволите видеть, вычли из его жалованья 24 рубля 36 коп.! За что? —
спрашиваю. — «А он, говорят, из товарищеской кассы брал и за
него другие чиновники ручались». Как же так? Нешто он мог без
моего согласия брать? Это невозможно, ваше превосходительство. Да почему такое? Я женщина бедная, только и кормлюсь
жильцами... Я слабая, беззащитная... От всех обиду терплю и ни
от кого доброго слова не слышу...

Просительница заморгала глазами и полезла в салоп за платком. Кистунов взял от нее прошение и стал читать.

— Позвольте, как же это? — пожал он плечами. — Я ничего не
понимаю. Очевидно, вы, сударыня, не туда попали. Ваша просьба по существу совсем к нам не относится. Вы потрудитесь обра-
титься в то ведомство, где служил ваш муж.

— И-и, батюшка, я в пяти местах уже была, и везде даже про-
шения не взяли! — сказала Щукина. — Я уж и голову потеряла,
да спасибо, дай бог здоровья зятю Борису Матвеичу, надоумил
к вам сходить. «Вы, говорит, мамаша, обратитесь к господину Кистунову: он влиятельный человек, для вас всё может сделать»...
Помогите, ваше превосходительство!

— Мы, госпожа Щукина, ничего не можем для вас сделать...
Поймите вы: ваш муж, насколько я могу судить, служил по во-
енно-медицинскому ведомству, а наше учреждение совершенно
частное, коммерческое, у нас банк. Как не понять этого!

Кистунов еще раз пожал плечами и повернулся к господину
в военной форме, с флюсом.

— Ваше превосходительство, — пропела жалобным голосом Щукина, — а что муж болен был, у меня докторское свидетельство есть! Вот оно, извольте поглядеть!

— Прекрасно, я верю вам, — сказал раздраженно Кистунов, — но, повторяю, это к нам не относится. Странно и даже смешно! Неужели ваш муж не знает, куда вам обращаться?

— Он, ваше превосходительство, у меня ничего не знает. Зарядил одно: «Не твое дело! Пошла вон!» да и всё тут... А чье же дело? Ведь на моей-то шее они сидят! На мое-ей!

Кистунов опять повернулся к Щукиной и стал объяснять ей разницу между ведомством военно-медицинским и частным банком. Та внимательно выслушала его, кивнула в знак согласия головой и сказала:

— Так, так, так... Понимаю, батюшка. В таком случае, ваше превосходительство, прикажите выдать мне хоть 15 рублей! Я согласна не всё сразу.

— Уф! — вздохнул Кистунов, откидывая назад голову. — Вам не втолкуешь! Да поймите же, что обращаться к нам с подобной просьбой так же странно, как подавать прошение о разводе, например, в аптеку или в пробирную палатку[1]. Вам недоплатили, но мы-то тут при чем?

— Ваше превосходительство, заставьте вечно бога молить, пожалейте меня, сироту, — заплакала Щукина. — Я женщина беззащитная, слабая... Замучилась до смерти... И с жильцами судись, и за мужа хлопочи, и по хозяйству бегай, а тут еще говею и зять без места... Только одна слава, что пью и ем, а сама еле на ногах стою... Всю ночь не спала.

Кистунов почувствовал сердцебиение. Сделав страдальческое лицо и прижав руку к сердцу, он опять начал объяснять Щукиной, но голос его оборвался...

— Нет, извините, я не могу с вами говорить, — сказал он и махнул рукой. — У меня даже голова закружилась. Вы и нам мешаете и время понапрасну теряете. Уф!.. Алексей Николаич, — обратился он к одному из служащих, — объясните вы, пожалуйста, госпоже Щукиной!

Кистунов, обойдя всех просителей, отправился к себе в кабинет и подписал с десяток бумаг, а Алексей Николаич всё еще возился со Щукиной. Сидя у себя в кабинете, Кистунов долго слышал два голоса: монотонный, сдержанный бас Алексея Николаича и плачущий, взвизгивающий голос Щукиной...

---

[1] Учреждение, в котором производилось клеймение золотых и серебряных изделий и определялось количество золота или серебра, входящего в состав сплава.

— Я женщина беззащитная, слабая, я женщина болезненная, — говорила Щукина. — На вид, может, я крепкая, а ежели разобрать, так во мне ни одной жилочки нет здоровой. Еле на ногах стою и аппетита решилась... Кофий сегодня пила, и без всякого удовольствия.

А Алексей Николаич объяснял ей разницу между ведомствами и сложную систему направления бумаг. Скоро он утомился, и его сменил бухгалтер.

— Удивительно противная баба! — возмущался Кистунов, нервно ломая пальцы и то и дело подходя к графину с водой. — Это идиотка, пробка! Меня замучила и их заездит, подлая! Уф... сердце бьется!

Через полчаса он позвонил. Явился Алексей Николаич.

— Что у вас там? — томно спросил Кистунов.

— Да никак не втолкуем, Петр Александрыч! Просто замучились. Мы ей про Фому, а она про Ерему...

— Я... я не могу ее голоса слышать... Заболел я... не выношу...

— Позвать швейцара, Петр Александрыч, пусть ее выведет.

— Нет, нет! — испугался Кистунов. — Она визг поднимет, а в этом доме много квартир, и про нас чёрт знает что могут подумать... Уж вы, голубчик, как-нибудь постарайтесь объяснить ей.

Через минуту опять послышалось гуденье Алексея Николаича. Прошло четверть часа, и на смену его басу зажужжал сиплый тенорок бухгалтера.

— За-ме-чательно подлая! — возмущался Кистунов, нервно вздрагивая плечами. — Глупа, как сивый мерин, чёрт бы ее взял. Кажется, у меня опять подагра разыгрывается... Опять мигрень...

В соседней комнате Алексей Николаич, выбившись из сил, наконец, постучал пальцем по столу, потом себе по лбу.

— Одним словом, у вас на плечах не голова, — сказал он, — а вот что...

— Ну, нечего, нечего... — обиделась старуха. — Своей жене постучи... Скважина! Не очень-то рукам волю давай.

И, глядя на нее со злобой, с остервенением, точно желая проглотить ее, Алексей Николаич сказал тихим, придушенным голосом:

— Вон отсюда!

— Что-о?! — взвизгнула вдруг Щукина. — Да как вы смеете? Я женщина слабая, беззащитная, я не позволю! Мой муж коллежский асессор! Скважина этакая! Схожу к адвокату Дмитрию Карлычу, так от тебя звания не останется! Троих жильцов засудила, а за твои дерзкие слова ты у меня в ногах наваляешься! Я до вашего генерала пойду! Ваше превосходительство! Ваше превосходительство!

— Пошла вон отсюда, язва! — прошипел Алексей Николаич. Кистунов отворил дверь и выглянул в присутствие.

— Что такое? — спросил он плачущим голосом.

Щукина, красная как рак, стояла среди комнаты и, вращая глазами, тыкала в воздух пальцами. Служащие в банке стояли по сторонам и, тоже красные, видимо замученные, растерянно переглядывались.

— Ваше превосходительство! — бросилась к Кистунову Щукина. — Вот этот, вот самый... вот этот... (она указала на Алексея Николаича) постучал себе пальцем по лбу, а потом по столу... Вы велели ему мое дело разобрать, а он насмехается! Я женщина слабая, беззащитная... Мой муж коллежский асессор, и сама я майорская дочь!

— Хорошо, сударыня, — простонал Кистунов, — я разберу... приму меры... Уходите... после!..

— А когда же я получу, ваше превосходительство? Мне нынче деньги надобны!

Кистунов дрожащей рукой провел себе по лбу, вздохнул и опять начал объяснять:

— Сударыня, я уже вам говорил. Здесь банк, учреждение частное, коммерческое... Что же вы от нас хотите? И поймите толком, что вы нам мешаете.

Щукина выслушала его и вздохнула.

— Так, так... — согласилась она. — Только уж вы, ваше превосходительство, сделайте милость, заставьте вечно бога молить, будьте отцом родным, защитите. Ежели медицинского свидетельства мало, то я могу и из участка удостоверение представить... Прикажите выдать мне деньги!

У Кистунова зарябило в глазах. Он выдохнул весь воздух, сколько его было в легких, и в изнеможении опустился на стул.

— Сколько вы хотите получить? — спросил он слабым голосом.

— 24 рубля 36 копеек.

Кистунов вынул из кармана бумажник, достал оттуда четвертной билет и подал его Щукиной.

— Берите и... и уходите!

Щукина завернула в платочек деньги, спрятала и, сморщив лицо в сладкую, деликатную, даже кокетливую улыбочку, спросила:

— Ваше превосходительство, а нельзя ли моему мужу опять поступить на место?

— Я уеду... болен... — сказал Кистунов томным голосом. — У меня страшное сердцебиение.

По отъезде его Алексей Николаич послал Никиту за лавровишневыми каплями, и все, приняв по 20 капель, уселись за работу, а Щукина потом часа два еще сидела в передней и разговаривала со швейцаром, ожидая, когда вернется Кистунов.

Приходила она и на другой день.

ЖИТЕЙСКИЕ НЕВЗГОДЫ

Лев Иванович Попов, человек нервный, несчастный на службе и в семейной жизни, потянул к себе счеты и стал считать снова. Месяц тому назад он приобрел в банкирской конторе Кошкера выигрышный билет 1-го займа на условиях погашения ссуды частями в виде ежемесячных взносов и теперь высчитывал, сколько ему придется заплатить за всё время погашения и когда билет станет его полною собственностью.

— Билет стоит по курсу 246 рублей, — считал он. — Дал я задатку 10 руб., значит, осталось 236. Хорошо-с... К этой сумме нужно прибавить проценты за 1 месяц в размере 7% годовых и ¼% комиссионных, гербовый сбор, почтовые расходы за пересылку залоговой квитанции 21 коп., страхование билета 1 руб. 10 коп., за транзит 1 руб. 22 коп., за элеватор 74 коп., пени 18 коп...

За перегородкой на кровати лежала жена Попова, Софья Саввишна, приехавшая к мужу из Мценска просить отдельного вида на жительство. В дороге она простудилась, схватила флюс и теперь невыносимо страдала. Наверху за потолком какой-то энергический мужчина, вероятно ученик консерватории, разучивал на рояли рапсодию Листа с таким усердием, что, казалось, по крыше дома ехал товарный поезд. Направо, в соседнем номере, студент-медик готовился к экзамену. Он шагал из угла в угол и зубрил густым семинарским басом:

— Хронический катарр желудка наблюдается также у привычных пьяниц, обжор, вообще у людей, ведущих неумеренный образ жизни...

В номере стоял удушливый запах гвоздики, креозота, йода, карболки и других вонючих веществ, которые Софья Саввишна употребляла против своей зубной боли.

— Хорошо-с, — продолжал считать Попов. — К 236 прибавить 14 руб. 81 коп., итого к этому месяцу остается 250 руб. 81 коп. Теперь, если я в марте уплачу 5 руб., то, значит, останется 240 руб. 81 коп. Хорошо-с. Теперь, считая за 1 месяц вперед 7% годовых и ¼% комиссионных...

— Аа-х! — застонала жена. — Да помоги же мне, Лев Иваныч! Умира-аю!

— Что же я, матушка, сделаю? Я не доктор... ¼% комиссионных, 1/5% куртажа, на кабота́ж 1 руб. 22 коп., за транзит 74 коп...

— Бесчувственный! — заплакала Софья Саввишна, высовывая свою опухшую физиономию из-за ширмы. — Ты никогда мне не сочувствовал, мучитель! Слушай, когда я тебе говорю! Невежа!

— Стало быть, ¼% комиссионных... за транзит 74 коп., за элеватор 18 коп., за упаковку 32 коп. — итого 17 руб. 12 коп.

— Хрронический катарр желудка, — зубрил студент, шагая из угла в угол, — наблюдается также у привычных пьяниц, обжор...

Попов встряхнул счеты, мотнул угоревшей головой и стал считать снова. Через час он сидел всё на том же месте, таращил глаза в залоговую квитанцию и бормотал:

— Значит, в августе 1896 года останется 228 руб. 67 коп. Хорошо-с... В сентябре я взношу 5 руб., останется 223 руб. 67 коп. Ну-с, прибавляя за 1 месяц вперед 7% годовых, ¼% комиссионных...

— Варвар, подай нашатырный спирт! — взвизгнула Софья Саввишна. — Тиран! Убийца!

— Хрронический катарр желудка наблюдается также при стррраданиях печени...

Попов подал жене спирт и продолжал:

— ¼% комиссионных, за транзит 74 коп., издержки по аберрации 18 коп., пени 32 коп...

Наверху музыка было утихла, но через минуту пианист заиграл снова и с таким ожесточением, что в матрасе под Софьей Саввишной задвигалась пружина. Попов ошалело поглядел на потолок и начал считать опять с августа 1896 года. Он глядел на бумаги с цифрами, на счеты и видел что-то вроде морской зыби; в глазах его рябило, мозги путались, во рту пересохло, и на лбу выступил холодный пот, но он решил не вставать, пока окончательно не уразумеет своих денежных отношений к банкирской конторе Кошкера.

— А-ах! — мучилась Софья Саввишна. — Всю правую сторону рвет. Владычица! О-ох, моченьки моей нет! А ему, аспиду, хоть трава не расти! Хоть умри я, ему всё равно! Несчастная я, страдалица! Вышла за идола, мученица!

— Но что же я могу сделать? Значит, в феврале 1903 года я буду должен 208 руб. 7 коп. Хорошо-с. Теперь, прибавляя 7% годовых, ¼% комиссионных, куртажа 74 коп...

— Хрроронический катарр желудка наблюдается и при страданиях легких...

— Не муж ты, не отец своих детей, а тиран и мучитель! Подай скорей хоть гвоздичку, бесчувственный!

— Тьфу! ¼% комиссионных... то есть что же я? За вычетом прибыли от купонов, с прибавлением 7% годовых за месяц вперед, ¼% комиссионных...

— Хррронический катарр желудка наблюдается и при страданиях легких...

Часа три спустя Попов подвел последний итог. Оказалось, что за всё время погашения придется заплатить банкирской конторе Кошкера 1 347 821 руб. 92 коп. и что если вычесть отсюда выигрыш в двести тысяч, то всё же останется убытку больше миллиона. Увидев такие цифры, Лев Иванович медленно поднялся, похолодел... На лице у него выступило выражение ужаса, недоумения и оторопи, как будто у него выстрелили под самым ухом. В это время наверху за потолком к пианисту подсел товарищ, и четыре руки, дружно ударив по клавишам, стали нажаривать рапсодию Листа. Студент-медик быстрее зашагал, прокашлялся и загудел:

— Хррронический катарр желудка наблюдается также у привычных пьяниц, обжоррр...

Софья Саввишна взвизгнула, швырнула подушку, застучала ногами... Боль ее, по-видимому, только что начинала разыгрываться...

Попов вытер холодный пот, опять сел за стол и, встряхнув счеты, сказал:

— Надо проверить... Очень возможно, что я немножко ошибся...

И он принялся опять за квитанцию и начал снова считать:

— Билет стоит по курсу 246 руб... Дал я задатку 10 руб., значит, осталось 236...

А в ушах у него стучало:

— Дыр... дыр... дыр...

И уже слышались выстрелы, свист, хлопанье бичей, рев львов и леопардов.

— Осталось 236! — кричал он, стараясь перекричать этот шум. — В июне я взношу 5 рублей! Чёрт возьми, 5 рублей! Чёрт вас дери, в рот вам дышло, 5 рублей! Vive la France![1] Да здравствует Дерулед![2]

Наутро его свезли в больницу.

---

[1] Да здравствует Франция! *(франц.)*
[2] П. Дерулед (1846–1914) — французский поэт, реакционер, националист; в августе 1886 г. приезжал в Россию.

ТАЙНА

Вечером первого дня Пасхи действительный статский советник Навагин, вернувшись с визитов, взял в передней лист, на котором расписывались визитеры, и вместе с ним пошел к себе в кабинет. Разоблачившись и выпив зельтерской, он уселся поудобней на кушетке и стал читать подписи на листе. Когда его взгляд достиг до середины длинного ряда подписей, он вздрогнул, удивленно фыркнул и, изобразив на лице своем крайнее изумление, щелкнул пальцами.

— Опять! — сказал он, хлопнув себя по колену. — Это удивительно! Опять! Опять расписался этот, чёрт его знает, кто он такой, Федюков! Опять!

Среди многочисленных подписей находилась на листе подпись какого-то Федюкова. Что за птица этот Федюков, — Навагин решительно не знал. Он перебрал в памяти всех своих знакомых, родственников и подчиненных, припоминал свое отдаленное прошлое, но никак не мог вспомнить ничего даже похожего на Федюкова. Страннее же всего было то, что этот incognito Федюков в последние тринадцать лет аккуратно расписывался каждое Рождество и Пасху. Кто он, откуда и каков он из себя, — не знали ни Навагин, ни его жена, ни швейцар.

— Удивительно! — изумлялся Навагин, шагая по кабинету. — Странно и непонятно! Какая-то кабалистика! Позвать сюда швейцара! — крикнул он. — Чертовски странно! Нет, я всё-таки узнаю, кто он! Послушай, Григорий, — обратился он к вошедшему швейцару, — опять расписался этот Федюков! Ты видел его?

— Никак нет…

— Помилуй, да ведь он же расписался! Значит, он был в передней? Был?

— Никак нет, не был.

— Как же он мог расписаться, если он не был?

— Не могу знать.

— Кому же знать? Ты зеваешь там в передней! Припомни-ка, может быть, входил кто-нибудь незнакомый! Подумай!

— Нет, вашество, незнакомых никого не было. Чиновники наши были, к ее превосходительству баронесса приезжала, священники с крестом приходили, а больше никого не было…

— Что ж, он невидимкой расписался, что ли?

— Не могу знать, но только Федюкова никакого не было. Это я хоть перед образом…

— Странно! Непонятно! Уди-ви-тель-но! — задумался Навагин. — Это даже смешно. Человек расписывается уже тринадцать лет, и ты никак не можешь узнать, кто он. Может быть, это чья-нибудь шутка? Может быть, какой-нибудь чиновник вместе со своей фамилией подписывает, ради курьеза, и этого Федюкова?

И Навагин стал рассматривать подпись Федюкова. Размашистая, залихватская подпись на старинный манер, с завитушками и закорючками, по почерку совсем не походила на остальные подписи. Находилась она тотчас же под подписью губернского секретаря Штучкина, запуганного и малодушного человечка, который наверное умер бы с перепуга, если бы позволил себе такую дерзкую шутку.

— Опять таинственный Федюков расписался! — сказал Навагин, входя к жене. — Опять я не добился, кто это такой!

M-me Навагина была спириткой, а потому все понятные и непонятные явления в природе объясняла очень просто.

— Ничего тут нет удивительного, — сказала она. — Ты вот не веришь, а я говорила и говорю: в природе очень много сверхъестественного, чего никогда не постигнет наш слабый ум! Я уверена, что этот Федюков — дух, который тебе симпатизирует... На твоем месте я вызвала бы его и спросила, что ему нужно.

— Вздор, вздор!

Навагин был свободен от предрассудков, но занимавшее его явление было так таинственно, что поневоле в его голову полезла всякая чертовщина. Весь вечер он думал о том, что incognito Федюков есть дух какого-нибудь давно умершего чиновника, прогнанного со службы предками Навагина, а теперь мстящего потомку; быть может, это родственник какого-нибудь канцеляриста, уволенного самим Навагиным, или девицы, соблазненной им...

Всю ночь Навагину снился старый, тощий чиновник в потертом вицмундире, с желто-лимонным лицом, щетинистыми волосами и оловянными глазами; чиновник говорил что-то могильным голосом и грозил костлявым пальцем.

У Навагина едва не сделалось воспаление мозга. Две недели он молчал, хмурился и всё ходил да думал. В конце концов он поборол свое скептическое самолюбие и, войдя к жене, сказал глухо:

— Зина, вызови Федюкова!

Спиритка обрадовалась, велела принести картонный лист и блюдечко, посадила рядом с собой мужа и стала священнодействовать. Федюков не заставил долго ждать себя...

— Что тебе нужно? — спросил Навагин.

— Кайся... — ответило блюдечко.

— Кем ты был на земле?

— Заблуждающийся...

— Вот видишь! — шепнула жена. — А ты не верил!

Навагин долго беседовал с Федюковым, потом вызывал Наполеона, Ганнибала, Аскоченского[1], свою тетку Клавдию Захаровну, и все они давали ему короткие, но верные и полные глубокого смысла ответы. Возился он с блюдечком часа четыре и уснул успокоенный, счастливый, что познакомился с новым для него, таинственным миром. После этого он каждый день занимался спиритизмом и в присутствии объяснял чиновникам, что в природе вообще очень много сверхъестественного, чудесного, на что нашим ученым давно бы следовало обратить внимание. Гипнотизм, медиумизм, бишопизм[2], спиритизм, четвертое измерение и прочие туманы овладели им совершенно, так что по целым дням он, к великому удовольствию своей супруги, читал спиритические книги или же занимался блюдечком, столоверчениями и толкованиями сверхъестественных явлений. С его легкой руки занялись спиритизмом и все его подчиненные, да так усердно, что старый экзекутор сошел с ума и послал однажды с курьером такую телеграмму: «В ад, казенная палата. Чувствую, что обращаюсь в нечистого духа. Что делать? Ответ уплачен. Василий Кринолинский».

Прочитав не одну сотню спиритических брошюр, Навагин почувствовал сильное желание самому написать что-нибудь. Пять месяцев он сидел и сочинял и в конце концов написал громадный реферат под заглавием: «И мое мнение». Кончив эту статью, он порешил отправить ее в спиритический журнал.

День, в который предположено было отправить статью, ему очень памятен. Навагин помнит, что в этот незабвенный день у него в кабинете находились секретарь, переписывавший набело статью, и дьячок местного прихода, позванный по делу. Лицо Навагина сияло. Он любовно оглядел свое детище, потрогал меж пальцами, какое оно толстое, счастливо улыбнулся и сказал секретарю:

— Я полагаю, Филипп Сергеич, заказным отправить. Этак вернее... — И подняв глаза на дьячка, он сказал: — Вас я велел позвать по делу, любезный. Я отдаю младшего сына в гимназию, и мне нужно метрическое свидетельство, только нельзя ли поскорее.

— Очень хорошо-с, ваше превосходительство! — сказал дьячок, кланяясь. — Очень хорошо-с! Понимаю-с...

---

[1] Аскоченский В. И. (1813–1879) — реакционный журналист и писатель, автор романа «Асмодей нашего времени».

[2] ...бишопизм — от фамилии Вашингтона Ирвинга Бишопа, популярного американского физиолога, «читателя мыслей».

— Нельзя ли к завтрему приготовить?

— Хорошо-с, ваше превосходительство, будьте покойны-с! Завтра же будет готово! Извольте завтра прислать кого-нибудь в церковь перед вечерней. Я там буду. Прикажите спросить Федюкова, я всегда там...

— Как?! — крикнул генерал, бледнея.

— Федюкова-с.

— Вы... вы Федюков? — спросил Навагин, тараща на него глаза.

— Точно так, Федюков.

— Вы... вы расписывались у меня в передней?

— Точно так, — сознался дьячок и сконфузился. — Я, ваше превосходительство, когда мы с крестом ходим, всегда у вельможных особ расписуюсь... Люблю это самое... Как увижу, извините, лист в передней, так и тянет меня имя свое записать...

В немом отупении, ничего не понимая, не слыша, Навагин зашагал по кабинету. Он потрогал портьеру у двери, раза три взмахнул правой рукой, как балетный *jeune premier*[1], видящий *ее*, посвистал, бессмысленно улыбнулся, указал в пространство пальцем.

— Так я сейчас пошлю статью, ваше превосходительство, — сказал секретарь.

Эти слова вывели Навагина из забытья. Он тупо оглядел секретаря и дьячка, вспомнил и, раздраженно топнув ногой, крикнул дребезжащим, высоким тенором:

— Оставьте меня в покое! А-ас-тавь-те меня в покое, говорю я вам! Что вам нужно от меня, не понимаю?

Секретарь и дьячок вышли из кабинета и были уже на улице, а он всё еще топал ногами и кричал:

— Аставьте меня в покое! Что вам нужно от меня, не понимаю? А-ас-тавьте меня в покое!

Драма

— Павел Васильич, там какая-то дама пришла, вас спрашивает, — доложил Лука. — Уж целый час дожидается...

Павел Васильевич только что позавтракал. Услыхав о даме, он поморщился и сказал:

— Ну ее к чёрту! Скажи, что я занят.

— Она, Павел Васильич, уже пять раз приходила. Говорит, что очень нужно вас видеть... Чуть не плачет.

— Гм... Ну, ладно, проси ее в кабинет.

---

[1] первый любовник *(франц.)*.

Павел Васильевич не спеша надел сюртук, взял в одну руку перо, в другую — книгу и, делая вид, что он очень занят, пошел в кабинет. Там уже ждала его гостья — большая полная дама с красным, мясистым лицом и в очках, на вид весьма почтенная и одетая больше чем прилично (на ней был турнюр с четырьмя перехватами и высокая шляпка с рыжей птицей). Увидев хозяина, она закатила под лоб глаза и сложила молитвенно руки.

— Вы, конечно, не помните меня, — начала она высоким мужским тенором, заметно волнуясь. — Я... я имела удовольствие познакомиться с вами у Хруцких... Я — Мурашкина...

— А-а-а... мм... Садитесь! Чем могу быть полезен?

— Видите ли, я... я... — продолжала дама, садясь и еще более волнуясь. — Вы меня не помните... Я — Мурашкина... Видите ли, я большая поклонница вашего таланта и всегда с наслаждением читаю ваши статьи... Не подумайте, что я льщу, — избави бог, — я воздаю только должное... Всегда, всегда вас читаю! Отчасти я сама не чужда авторства, то есть, конечно... я не смею называть себя писательницей, но... всё-таки и моя капля меда есть в улье... Я напечатала разновременно три детских рассказа, — вы не читали, конечно... много переводила и... и мой покойный брат работал в «Деле»[1].

— Так-с... э-э-э... Чем могу быть полезен?

— Видите ли... (Мурашкина потупила глаза и зарумянилась.) Я знаю ваш талант... ваши взгляды, Павел Васильевич, и мне хотелось бы узнать ваше мнение, или, вернее... попросить совета. Я, надо вам сказать, pardon pour l'expression,[2] разрешилась от бремени драмой, и мне, прежде чем посылать ее в цензуру, хотелось бы узнать ваше мнение.

Мурашкина нервно, с выражением пойманной птицы, порылась у себя в платье и вытащила большую жирную тетрадищу.

Павел Васильевич любил только свои статьи, чужие же, которые ему предстояло прочесть или прослушать, производили на него всегда впечатление пушечного жерла, направленного ему прямо в физиономию. Увидев тетрадь, он испугался и поспешил сказать:

— Хорошо, оставьте... я прочту.

— Павел Васильевич! — сказала томно Мурашкина, поднимаясь и складывая молитвенно руки. — Я знаю, вы заняты... вам каждая минута дорога, и я знаю, вы сейчас в душе посылае-

---

[1] «Дело» — «учено-литературный» журнал радикально-демократического направления, выходил в Петербурге в 1866–1888 годах.

[2] извините за выражение (*франц.*).

те меня к чёрту, но... будьте добры, позвольте мне прочесть вам
мою драму сейчас... Будьте милы!

— Я очень рад... — замялся Павел Васильевич, — но, сударыня, я... я занят... Мне... мне сейчас ехать нужно.

— Павел Васильевич! — простонала барыня, и глаза ее напол-
нились слезами. — Я жертвы прошу! Я нахальна, я назойлива, но
будьте великодушны! Завтра я уезжаю в Казань, и мне сегодня
хотелось бы знать ваше мнение. Подарите мне полчаса вашего
внимания... только полчаса! Умоляю вас!

Павел Васильевич был в душе тряпкой и не умел отказывать. Когда ему стало казаться, что барыня собирается зарыдать
и стать на колени, он сконфузился и забормотал растерянно:

— Хорошо-с, извольте... я послушаю... Полчаса я готов.

Мурашкина радостно вскрикнула, сняла шляпку и, усевшись,
начала читать. Сначала она прочла о том, как лакей и горничная, убирая роскошную гостиную, длинно говорили о барышне
Анне Сергеевне, которая построила в селе школу и больницу.
Горничная, когда лакей вышел, произнесла монолог о том, что
ученье — свет, а неученье — тьма; потом Мурашкина вернула лакея в гостиную и заставила его сказать длинный монолог о бари-
не-генерале, который не терпит убеждений дочери, собирается
выдать ее за богатого камер-юнкера и находит, что спасение народа заключается в круглом невежестве. Затем, когда прислуга
вышла, явилась сама барышня и заявила зрителю, что она не
спала всю ночь и думала о Валентине Ивановиче, сыне бедного
учителя, безвозмездно помогающем своему больному отцу. Валентин прошел все науки, но не верует ни в дружбу, ни в любовь,
не знает цели в жизни и жаждет смерти, а потому ей, барышне,
нужно спасти его.

Павел Васильевич слушал и с тоской вспоминал о своем диване. Он злобно оглядывал Мурашкину, чувствовал, как по его
барабанным перепонкам стучал ее мужской тенор, ничего не понимал и думал: «Чёрт тебя принес... Очень мне нужно слушать
твою чепуху!.. Ну, чем я виноват, что ты драму написала? Господи
ди, а какая тетрадь толстая! Вот наказание!»

Павел Васильевич взглянул на простенок, где висел портрет
его жены, и вспомнил, что жена приказала ему купить и привезти на дачу пять аршин тесьмы, фунт сыру и зубного порошку.

«Как бы мне не потерять образчик тесьмы, — думал он. —
Куда я его сунул? Кажется, в синем пиджаке... А подлые мухи
успели-таки засыпать многоточиями женин портрет. Надо будет
приказать Ольге помыть стекло... Читает XII явление, значит,
скоро конец первого действия. Неужели в такую жару, да еще

при такой корпуленции, как у этой туши, возможно вдохновение? Чем драмы писать, ела бы лучше холодную окрошку да спала бы в погребе...»

— Вы не находите, что этот монолог несколько длинен? — спросила вдруг Мурашкина, поднимая глаза.

Павел Васильевич не слышал монолога. Он сконфузился и сказал таким виноватым тоном, как будто не барыня, а он сам написал этот монолог:

— Нет, нет, нисколько... Очень мило...

Мурашкина просияла от счастья и продолжала читать:

— «*Анна.* Вас заел анализ. Вы слишком рано перестали жить сердцем и доверились уму. — *Валентин.* Что такое сердце? Это понятие анатомическое. Как условный термин того, что называется чувствами, я не признаю его. — *Анна* (смутившись). А любовь? Неужели и она есть продукт ассоциации идей? Скажите откровенно: вы любили когда-нибудь? — *Валентин* (с горечью). Не будем трогать старых, еще не заживших ран (пауза). О чем вы задумались? — *Анна.* Мне кажется, что вы несчастливы».

Во время XVI явления Павел Васильевич зевнул и нечаянно издал зубами звук, какой издают собаки, когда ловят мух. Он испугался этого неприличного звука и, чтобы замаскировать его, придал своему лицу выражение умилительного внимания.

«XVII явление... Когда же конец? — думал он. — О, боже мой! Если эта мука продолжится еще десять минут, то я крикну караул... Невыносимо!»

Но вот наконец барыня стала читать быстрее и громче, возвысила голос и прочла: «Занавес».

Павел Васильевич легко вздохнул и собрался подняться, но тотчас же Мурашкина перевернула страницу и продолжала читать:

— «Действие второе. Сцена представляет сельскую улицу. Направо школа, налево больница. На ступенях последней сидят поселяне и поселянки».

— Виноват... — перебил Павел Васильевич. — Сколько всех действий?

— Пять, — ответила Мурашкина и тотчас же, словно боясь, чтобы слушатель не ушел, быстро продолжала: «Из окна школы глядит Валентин. Видно, как в глубине сцены поселяне носят свои пожитки в кабак».

Как приговоренный к казни и уверенный в невозможности помилования, Павел Васильевич уж не ждал конца, ни на что не надеялся, а только старался, чтобы его глаза не слипались и чтобы с лица не сходило выражение внимания... Будущее, когда барыня кончит драму и уйдет, казалось ему таким отдаленным, что он и не думал о нем.

— Тру-ту-ту-ту... — звучал в его ушах голос Мурашкиной. — Тру-ту-ту... Жжжж...

«Забыл я соды принять, — думал он. — О чем, бишь, я? Да, о соде... У меня, по всей вероятности, катар желудка... Удивительно: Смирновский целый день глушит водку, и у него до сих пор нет катара... На окно какая-то птичка села... Воробей...»

Павел Васильевич сделал усилие, чтобы разомкнуть напряженные, слипающиеся веки, зевнул, не раскрывая рта, и поглядел на Мурашкину. Та затуманилась, закачалась в его глазах, стала трехголовой и уперлась головой в потолок...

— «*Валентин*. Нет, позвольте мне уехать... — *Анна* (испуганно). Зачем? — *Валентин* (в сторону). Она побледнела! (Ей). Не заставляйте меня объяснять причин. Скорее я умру, но вы не узнаете этих причин. — *Анна* (после паузы). Вы не можете уехать...»

Мурашкина стала пухнуть, распухла в громадину и слилась с серым воздухом кабинета; виден был только один ее двигающийся рот; потом она вдруг стала маленькой, как бутылка, закачалась и вместе со столом ушла в глубину комнаты...

— «*Валентин* (держа Анну в объятиях). Ты воскресила меня, указала цель жизни! Ты обновила меня, как весенний дождь обновляет пробужденную землю! Но... поздно, поздно! Грудь мою точит неизлечимый недуг...»

Павел Васильевич вздрогнул и уставился посоловелыми, мутными глазами на Мурашкину; минуту глядел он неподвижно, как будто ничего не понимая...

— «*Явление XI*. Те же, барон и становой с понятыми... *Валентин*. Берите меня! — *Анна*. Я его! Берите и меня! Да, берите и меня! Я люблю его, люблю больше жизни! — *Барон*. Анна Сергеевна, вы забываете, что губите этим своего отца...»

Мурашкина опять стала пухнуть... Дико осматриваясь, Павел Васильевич приподнялся, вскрикнул грудным, неестественным голосом, схватил со стола тяжелое пресс-папье и, не помня себя, со всего размаха ударил им по голове Мурашкиной...

— Вяжите меня, я убил ее! — сказал он через минуту вбежавшей прислуге.

Присяжные оправдали его.

Один из многих

За час до отхода поезда дачный отец семейства, держа в руках стеклянный шар для лампы, игрушечный велосипед и детский гробик, входит к своему приятелю и в изнеможении опускается на диван.

— Голубчик, милый мой... — бормочет он, задыхаясь и бессмысленно поводя глазами. — У меня к тебе просьба. Христом богом молю... одолжи до завтрашнего дня револьвера. Будь другом.

— На что тебе револьвер?

— Нужно... Ох, боже мой! Дай-ка воды. Скорей воды!.. Нужно... Ночью придется ехать темным лесом, так вот я... на всякий случай... Одолжи, сделай милость!..

Приятель глядит на бледное, измученное лицо отца семейства, на его вспотевший лоб, безумные глаза и пожимает плечами.

— Ой, врешь, Иван Иваныч! — говорит он. — Какой там темный лес у чёрта? Вероятно, задумал что-нибудь! По лицу вижу, что задумал недоброе! Да что с тобой? Зачем это у тебя гроб? Послушай, тебе дурно!

— Воды... О боже мой... Постой, дай отдышаться... Замучился, как собака. Во всем теле и в башке такое ощущение, как будто из меня все жилы вытянули и на вертеле изжарили... Не могу больше терпеть... Будь другом, ничего не спрашивай, не вдавайся в подробности... дай револьвера! Умоляю!

— Ну, полно! Иван Иваныч, что за малодушие? Отец семейства, статский советник! Стыдись!

— Тебе легко... стыдить других, когда живешь тут в городе и этих проклятых дач не знаешь... Еще воды дай... А если бы пожил на моем месте, не то бы запел... Я мученик! Я вьючная скотина, раб, подлец, который всё еще чего-то ждет и не отправляет себя на тот свет! Я тряпка, болван, идиот! Зачем я живу? Для чего?

Отец семейства вскакивает и, отчаянно всплескивая руками, начинает шагать по кабинету.

— Ну, ты скажи мне, для чего я живу? — кричит он, подскакивая к приятелю и хватая его за пуговицу. — К чему этот непрерывный ряд нравственных и физических страданий! Я понимаю быть мучеником идеи, да! но быть мучеником чёрт знает чего, дамских юбок да детских гробиков, нет — слуга покорный! Нет, нет, нет! Довольно с меня! Довольно!

— Ты не кричи, соседям слышно!

— Пусть и соседи слышат, для меня всё равно! Не дашь ты револьвера, так другой даст, а уж мне не быть в живых! Решено!

— Постой, ты мне пуговицу оторвал... Говори хладнокровно. Я всё-таки не понимаю, чем же плоха твоя жизнь?

— Чем? Ты спрашиваешь: чем? Изволь, я расскажу тебе! Изволь! Выскажусь перед тобой, и, может быть, у меня на душе бу-

дет не так гнусно! Сядем... Я буду короток, потому что скоро на
вокзал ехать, да еще нужно забежать к Тютрюмову взять у него
две банки килек и фунт мармеладу для Марьи Осиповны, чтоб
у нее на том свете черти язык вытянули! Ну, слушай... Возьмем
для примера хоть сегодняшний день. Возьмем. Как ты знаешь,
от десяти часов до четырех приходится трубить в канцелярии.
Жарища, духота, мухи и несовместимейший, братец ты мой,
хаос. Секретарь отпуск взял, Храпов жениться поехал, канце-
лярская мелюзга помешалась на дачах, амурах да любительских
спектаклях. Все заспанные, уморенные, испитые, так что не добьешься никакого толка, ничего не поделаешь ни убеждениями,
ни ораньем... Должность секретаря справляет субъект, глухой на
левое ухо и влюбленный, едва отличающий входящую от исхо-
дящей; дубина ничего не смыслит, и я сам всё за него делаю. Без
секретаря и Храпова никто не знает, где что лежит, куда что послать, а просители обалделые, все куда-то спешат и торопятся,
сердятся, грозят, — такой кавардак со стихиями, что хоть караул кричи! Путаница и дым коромыслом... А работа анафемская:
одно и то же, одно и то же, справка, отношение, справка, отношение — однообразно, как зыбь морская. Просто, понимаешь ли
ты, глаза вон из-под лба лезут, а тут еще на мое горе начальство
с супругой разводится и ишиасом страдает; так ноет и куксит, что
житья никому нет. Невыносимо!

Отец семейства вскакивает и тотчас же опять садится.

— Всё это пустяки, ты послушай, что дальше! — говорит он.
— Выходишь из присутствия разбитый, измочаленный; тут бы
обедать идти и спать завалиться, ан нет, помни, что ты дачник,
то есть раб, дрянь, мочалка, и изволь, как курицын сын, сейчас
же бежать по городу исполнять поручения. На наших дачах уста-
новился милый обычай: если дачник едет в город, то, не говоря
уж о его супруге, всякая дачная мразь и тля имеет власть и право
навязать ему тьму поручений. Супруга требует, чтобы я заехал
к модистке и выругал ее за то, что лиф вышел широк, а в плечах
узко; Сонечке нужно переменить башмаки, свояченице пунцово-
го шелку по образчику на 20 к. и три аршина тесьмы... Да вот
постой, я тебе сейчас прочту.

Отец семейства вытаскивает из жилетного кармана скомкан-
ную записочку и с остервенением читает:

— «Шар для лампы; 1 фунт ветчинной колбасы; гвоздики
и корицы на 5 коп.; касторового масла для Миши; 10 ф. сахарного
песку; взять из дома медный таз и ступку для сахара; карболовой
кислоты, персидского порошку на 20 копеек; 20 бутылок пива и 1
бутылку уксусной эссенции; корсет для m-lle Шансо № 82 у Гвоз-

дева и взять дома Мишино осеннее пальто и калоши». Это приказ
супруги и семейства. Теперь поручения милых знакомых и сосе-
дей, чёрт бы их съел! У Власиных завтра именинник Володя, ему
нужно велосипед привезти; у Куркиных окочурился младенец,
и я должен гробик купить; у Марьи Михайловны варят варенье,
и по этому случаю я ежедневно должен ей таскать по полпуда сахару; подполковница Вихрина в интересном положении; я в этом
не виноват ни сном, ни духом, но почему-то обязан заехать к аку-
шерке и приказать ей приехать тогда-то... А о таких поручениях,
как письма, колбаса, телеграммы, зубной порошок — и говорить
нечего. Пять записок у меня в карманах! Отказаться от поручений
невозможно: неприлично, нелюбезно! Чёрт возьми! Навязать человеку пуд сахару и акушерку — это прилично, а отказаться — кель
орер[1], последнее слово неприличия! Откажи я каким-нибудь Куркиным, первая супружница станет на дыбы: что скажет княгиня
Марья Алексевна?!.. о! ах! Не оберёшься потом обмороков, ну его
к чёрту! Этак, батенька, в промежутке между службой и поездом
бегаешь по городу, как собака, высунув язык, бегаешь, бегаешь
и жизнь проклянёшь. Из магазина в аптеку, из аптеки к модистке,
от модистки в колбасную, а там опять в аптеку. Тут спотыкаешься,
там деньги потеряешь, в третьем месте заплатить забудешь и за
тобой гонятся со скандалом, в четвёртом месте даме на шлейф
наступишь... тьфу! От такого моциона так осатанеешь и так тебя
разломает, что потом всю ночь кости трещат и поджилки сводит.
Ну-с, поручения исполнены, всё куплено, теперь как прикажешь
упаковать всю эту музыку? Как ты, например, уложишь вместе тяжелую медную ступку и толкач с ламповым шаром или карболку
с чаем? Ну, вот и смекай. Как ты скомбинируешь воедино пивные
бутылки и этот велосипед? Это, брат, египетская работа, задача
для ума, ребус! Как там ни упаковывай, как ни увязывай, а в конце концов наверное что-нибудь расколотишь и рассыплешь, а на
вокзале и в вагоне будешь стоять, растопыривши обе руки, раско-
рячившись и поддерживая подбородком какой-нибудь узел, весь
в кульках, в картонках и в прочей дряни. А тронется поезд, публика
начинает швырять во все стороны твой багаж: ты своими вещами
чужие места занял. Кричат, зовут кондуктора, грозят высадить,
а я-то что поделаю? Не бросать же мне вещи в окна! Сдайте в багаж! Легко сказать, да ведь для этого нужен ящик, нужно уложить
всю эту дрянь, а где я каждый день могу брать ящик и как уложу
шар со ступкой? Этак всю дорогу в вагоне стоит вой и скрежет
зубовный, пока не доедешь. А погоди, что сегодня пассажирки за-

---

[1] какой ужас (*франц.* quelle horreur).

поют мне за этот гробик! Уф! Дай-ка, брат, воды. Теперь слушай далее. Давать поручения принято, деньги же давать на расходы — на-кося, выкуси! Потратил я денег тьму, а получу половину. Я гробик этот пошлю Куркиным с горничной, а они теперь в горе, стало быть не время им думать о деньгах. Так и не получу. Напоминать же о долге, да еще дамам, — не могу, хоть зарежь. Рубли еще так и сяк, хоть мнутся, да отдают, а копейки — пиши пропало. Ну-с, приезжаю я к себе на дачу. Тут бы выпить хорошенько от трудов праведных, пожрать да лечь — не правда ли? — но не тут-то было. Моя супружница уж давно стережет. Едва ты поел суп, как она цап-царап раба божьего, и не угодно ли вам пожаловать куда-нибудь на любительский спектакль или танцевальный круг. Протестовать не моги. Ты муж, а слово «муж» в переводе на дамский язык значит тряпка, идиот и бессловесное животное, на котором можно ездить и возить клади, сколько угодно, не боясь вмешательства общества покровительства животных. Идешь и таращишь глаза на «Скандал в благородном семействе» или «Мотю», аплодируешь по приказанию супруги и чувствуешь, что ты вот-вот издохнешь. А на кругу гляди на танцы и подыскивай для супруги танцоров, а если недостает кавалера, то и сам изволь плясать кадриль. Танцуешь с какой-нибудь кривулей ивановной, улыбаешься по-дурацки, а сам думаешь: «Доколе, о господи?» Вернешься в полночь из театра или с бала, а уж ты не человек, а дохлятина, хоть брось. Но вот ты наконец достиг цели: разоблачился и лег в постель. Закрывай глаза и спи... Отлично... Всё так хорошо: и тепло, и ребята за стеной не визжат, и супруги нет около, и совесть чиста — лучше и не надо. Засыпаешь ты и вдруг... и вдруг слышишь: дззз... Комары! Комары, будь они трижды, анафемы, прокляты, комары!

Отец семейства вскакивает и потрясает кулаками.

— Комары! Это казнь египетская, инквизиция! Дззз... Дзюзюкает этак жалобно, печально, точно прощения просит, но так тебя подлец укусит, что потом целый час чешешься. Ты и куришь, и бьешь их, и с головой укрываешься — ничего не помогает! В конце концов плюнешь и отдашь себя на растерзание: жрите, проклятые! Не успеешь ты привыкнуть к комарам, как в зале супруга начинает со своими тенорами разучивать романсы. Днем спят, а по ночам к любительским концертам готовятся. О боже мой! Тенора — это такое мучение, что никакие комары не сравнятся.

Отец семейства делает плачущее лицо и поет:

— «Не говори, что молодость сгубила... Я вновь пред тобою стою очарован». О, по-о-одлые! Всю душу мою вытянули! Чтобы их хоть немного заглушить, я на такой фокус пускаюсь: стучу себе пальцем по виску около уха. Этак стучу часов до четырех, пока не разойдутся... А только что они разошлись, как новая казнь: пожалует донна супруга и предъявляет на мою особу свои законные права. Она разлимонится там с луной да с своими тенорами, а я отдувайся. Веришь ли, до того напуган, что когда она входит ко мне ночью, меня в жар бросает и оторопь берет. Ох, дай-ка, брат, еще воды... Ну-с, этак, не поспавши, встанешь в шесть часов и марш на станцию к поезду. Бежишь, боишься опоздать, а тут грязь, туман, холод, бррр! А приедешь в город, заводи шарманку сначала. Так-то, брат... Жизнь, доложу я тебе, анафемская, и врагу такой жизни не пожелаю! Понимаешь, заболел! Одышка, изжога, вечно чего-то боюсь, желудок не варит... одним словом, не жизнь, а грусть одна! И никто не жалеет, не сочувствует, а как будто это так и надо. Даже смеются. Дачный муж, дачный отец семейства, ну, так значит так ему и нужно, пусть околевает. Но ведь пойми, я животное, жить хочу! Тут не водевиль, а трагедия! Послушай, если не даешь револьвера, то хоть посочувствуй!

— Я сочувствую.

— Вижу, как вы сочувствуете... Прощай... Поеду за кильками и на вокзал.

— Ты где на даче живешь? — спрашивает приятель.

— На Дохлой Речке...

— Да, я знаю это место... Послушай, ты не знаешь там дачницу Ольгу Павловну Финберг?

— Знаю... Знаком даже...

— Да что ты! — удивляется приятель, и лицо его принимает радостное, изумленное выражение. — А я не знал! В таком случае... голубчик, милый, не можешь ли исполнить одну маленькую просьбу? Будь другом, милый, Иван Иваныч! Ну, дай честное слово, что исполнишь!

— Что такое?

— Не в службу, а в дружбу. Умоляю, голубчик. Во-первых, поклонись Ольге Павловне, а во-вторых, свези ей одну вещичку. Она поручила мне купить ручную швейную машину, а доставить ей некому. Свези, милый!

Дачный отец семейства с минуту тупо глядит на приятеля, как бы ничего не понимая, потом багровеет и начинает кричать, топая ногами:

— Нате, ешьте человека! Добивайте его! Терзайте! Давайте машину! Садитесь сами верхом! Воды! Дайте воды! Для чего я живу? Зачем?

Злоумышленники

Рассказ очевидцев

Когда половой перечислил ему те немногие кушанья, какие можно достать в трактире, он подумал и сказал:

— В таком случае дай нам две порции щей со свежей капустой и цыпленка, да спроси у хозяина, нет ли у вас тут красного вина...

Затем все видели, как он поглядел на потолок и сказал, обращаясь к половому:

— Удивительно, как много у вас мух!

Мы говорим *он*, потому что ни половые, ни хозяин, ни посетители трактира не знали, кто он, какого звания, откуда и зачем приехал в наш город. Это был солидный, достаточно уже пожилой господин, прилично одетый и, по-видимому, благонамеренный. По одежде его можно было принять даже за аристократа. Мы заметили на нем золотые часы, булавку с жемчужиной, а в касторовой шляпе его лежали перчатки с модными застежками, какие мы видели ранее у вице-губернатора. Обедая, он всё время старался блеснуть перед нами своею воспитанностью: держал вилку в левой руке, утирался салфеткой и морщился, когда в рюмки падали мухи. Всякий знает, что там, где есть мухи, посуда не может быть чистой: не говоря уж о простых посетителях, даже такие лица, как исправник, становой и проезжие помещики, обедая в трактире, никогда не жалуются, если им подают тарелку или рюмку, загаженную мухами; он же не стал есть, прежде чем половой не помыл тарелки в горячей воде. Очевидно, форсил и старался показаться благороднее, чем он есть на самом деле.

Когда ему подали щи, к его столу подошла еще новая, столь же незнакомая личность с лысиной, с бритым лицом и в золотых очках. Этот новый господин был одет в шёлковый костюм и тоже имел золотые часы. Всё время он говорил по-французски, с любопытством осматривал кушанья и посетителей, так что нетрудно было узнать в нем иностранца. Кто он, откуда и зачем пожаловал в наш город, мы тоже не знали.

Съевши первую ложку щей, он, то есть тот, у которого была булавка с жемчужиной, покрутил головой и сказал насмешливо:

— Эти балбесы умудряются даже свежей капусте придавать запах тухлятины. Невозможно есть. Послушай, любезный, неужели у вас тут все живут по-свински? Во всем городе нельзя достать порцию мало-мальски приличных щей. Это удивительно!

Затем он стал говорить что-то по-французски своему товарищу-иностранцу. Из его речи мы помним только слово «кошон»[1]. Вытащив из щей прусака, он обратился к половому и сказал:

— Я не просил щей с прусаками. Блван.

— Сударь, — ответил половой, — ведь не я его в щи посадил, а он сам туда попал. А вы не извольте беспокоиться: тараканы не кусаются.

Потребовав после цыпленка лист бумаги и карандаш, он стал рисовать какие-то круги и писать цифры. Иностранец не соглашался и долго спорил с ним, мотая в знак несогласия головой. Лист, исписанный кругами и цифрами, до сих пор хранится у хозяина трактира; штатный смотритель уездных училищ, которому хозяин показывал этот лист, долго смотрел на круги, потом вздохнул и сказал: «Темна вода во облацех!» Расплачиваясь за обед, он, то есть тот, у которого была в галстуке жемчужина, дал половому новую пятирублевую бумажку. Настоящая это бумажка или фальшивая, нам неизвестно, так как посмотреть на нее мы не догадались.

— Послушай, в котором часу утра вы отворяете трактир? — спросил он у полового.

— С восходом солнца.

— Отлично. Завтра в пять часов утра мы придем пить чай. Приготовишь порцию, только без мух. А тебе известно, что будет завтра утром? — спросил он, лукаво подмигнув глазом.

— Никак нет.

— А! Завтра утром вы будете поражены и ошеломлены.

Пригрозив таким образом, он, смеясь, сказал что-то иностранцу и вместе с ним вышел из трактира. Оба они ночевали у Марфы Егоровны, одинокой, благочестивой вдовы, которая нисколько не виновата и не могла быть соучастницей. Теперь она всё время плачет, боясь, что ее заберут. Зная ее образ мыслей, мы удостоверяем, что она не виновата. К тому же, судите сами, разве она, пуская к себе постояльцев, могла знать заранее, какие у них мысли?

На другой день утром, ровно в пять часов, незнакомцы были уже в трактире. В этот раз они явились с портфелями, книгами и какими-то футлярами странной формы. В их речах и движениях были заметны волнение и спешка. Он, то есть не иностранец, сказал:

— С северо-запада идет туча. Как бы она нам не помешала!

[1] «свинья» (*франц.* cochon).

Выпив стакан чаю, он позвал хозяина трактира и приказал ему поставить около трактира на площади стол и два стула. Хозяин, человек необразованный, хотя предчувствовал недоброе, но исполнил это приказание. Незнакомцы забрали свои вещи и, выйдя из трактира, сели около стола на стулья. Расселись среди площади при всем народе — как это глупо! О чем-то говоря между собою, они разложили на столе бумаги, чертежи, черные стекла и какие-то трубки. Когда хозяин несмело подошел к ним и нагнулся к столу, то он, то есть тот, у которого была жемчужина, отстранил его рукой и сказал:

— Не суй своего толстого носа куда не следует.

Затем он взглянул на часы и, сказав что-то иностранцу, стал смотреть в темное стекло на солнце. Иностранец взял одну из трубок и стал смотреть туда же... Вскоре после этого произошло страшное, доселе невиданное несчастье. Мы все вдруг стали замечать, что небо и земля начали темнеть, как от приближающейся грозы. Когда же иностранец положил трубку и, что-то быстро записав, взял в руки темное стекло, мы услышали, как кто-то крикнул:

— Господа, солнце закрывается!

Действительно, что-то черное, очень похожее на сковороду, надвигалось на солнце и заслоняло его от земли. Видя, что уже нет половины солнца и что всё-таки незнакомцы продолжают свои странные действия, некоторые из нас обратились к городовому Власову и сказали ему:

— Городовой, что же ты не обращаешь внимания на беспорядок?

Он ответил:

— Солнце не в моем участке.

Благодаря такой халатности местных властей скоро мы увидели, что исчезло всё солнце. Наступила ночь, а куда девался день, никому не известно. На небе появились звезды. От такого несвоевременного наступления ночи в нашем городе произошли следующие события. Все мы страшно испугались и пришли в смятение. Не зная, что делать, мы в ужасе бегали по площади и, толкая друг друга, кричали: «Городовой! Городовой!» Коровы, быки и лошади (в это время у нас была скотская ярмарка), задрав хвосты и ревя, в страхе носились по городу, пугая жителей. Собаки выли. Клопы в трактирных номерах, вообразив, что настала ночь, вылезли из щелей и принялись жалить спящих. Дьякон Фантасмагорский, который в это время вез к себе из огорода огурцы, ужаснувшись, выскочил из телеги и спрятался под мост, а его лошадь въехала с телегой в чужой двор, где огурцы были съедены свиньями. Акцизный Льстецов, ночевавший не дома, а у соседки (в интересах правосудия мы не можем скрыть эту подробность), выскочил на улицу в одном нижнем белье и, вбежав в толпу, закричал диким голосом:

— Спасайся, кто может!

Многие дамы, разбуженные шумом, выскочили на улицу, не надев даже башмаков. Произошло еще много такого, что мы решимся рассказать только при закрытых дверях. Не испугались и сохранили присутствие духа одни только пожарные, которые в это время крепко спали, что мы и спешим удостоверить. Всё это произошло 7-го августа утром.

Незнакомцы же, напакостивши таким образом, уложили свои бумаги в портфели и, когда солнце показалось вновь, сели в коляску и укатили неизвестно куда. Кто они, мы до сих пор не знаем. Сообщаем их приметы. Он, то есть тот, у которого была булавка с жемчужиной: рост средний, лицо чистое, подбородок умеренный, на лбу морщины; иностранец: рост средний, телосложение полное, лицо бритое, чистое, подбородок умеренный, издали похож на помещика Карасевича; близорук, почему и носит очки.

Не австрийские ли это шпионы?

Интриги

а) Выбор председателя Общества.
b) Обсуждение инцидента 2-го октября.
с) Реферат действит. члена д-ра М. Н. фон Брона.
d) Текущие дела Общества.

Доктор Шелестов, виновник инцидента 2-го октября, собирается на это заседание; он давно уже стоит перед зеркалом и старается придать своей физиономии томное выражение. Если он сейчас явится на заседание с лицом взволнованным, напряженным, красным или слишком бледным, то его враги могут вообразить, что он придает большое значение их интригам; если же его лицо будет холодно, бесстрастно, как бы заспанно, такое лицо, какое бывает у людей, стоящих выше толпы и утомленных жизнью, то все враги, взглянув на него, втайне проникнутся уважением и подумают:

> Вознесся выше он главою непокорной
> Наполеонова столпа!

Как человек, которого мало интересуют враги и их дрязги, он придет на заседание позже всех. Он войдет в залу бесшумно, томно проведет рукой по волосам и, не поглядев ни на кого, сядет у самого краешка стола. Приняв позу скучающего слушателя, он чуть заметно зевнет, потянет к себе какую-нибудь газету, начнет читать... Все будут говорить, спорить, кипятиться, призывать друг друга к порядку, а он будет молчать и смотреть в газету. Но вот, наконец, когда его имя станет повторяться всё чаще и чаще и жгучий вопрос накалится добела, он поднимет скучающие, утомленные глаза на коллег и скажет, как бы нехотя:

— Меня вынуждают говорить... Я не готовился, господа, а потому, простите, моя речь будет недостаточно складна. Начну ab ovo...¹ В прошлом заседании некоторые уважаемые товарищи заявили, что я веду себя на консилиумах не так, как им хочется, и потребовали от меня объяснений. Находя объяснения излишними, а обвинение недобросовестным, я попросил исключить меня из числа членов Общества и удалился. Теперь же, когда на меня возводится новая серия обвинений, я, к прискорбию, вижу, что мне не обойтись без объяснений. Извольте, я объяснюсь.

Далее, небрежно играя карандашом или цепочкой, он скажет, что, действительно, на консилиумах он иногда возвышает голос и обрывает коллег, не стесняясь присутствием посторонних; правда и то, что он однажды на консилиуме, в присутствии врачей и родных, спросил у больного: «Какой это дурак прописал вам опиум?» Редкий консилиум обходится без инцидента... Но почему? Очень просто. На консилиумах его, Шелестова, всегда поражает в товарищах низкий уровень знаний. В городе врачей тридцать два, и большинство из них знает меньше, чем любой студент первого курса. За примерами ходить недалеко. Конечно, nomina sunt odiosa,² но на заседании все люди свои, и к тому же, чтобы не казаться голословным, можно назвать имена. Например, всем известно, что уважаемый товарищ фон Брон проткнул зондом пищевод чиновнице Сережкиной...

В это время фон Брон вскочит, всплеснет руками и завопит:

— Коллега, это вы проткнули, а не я! Вы! И я это докажу вам!

Шелестов не обратит на него внимания и будет продолжать:

— Всем также известно, что уважаемый коллега Жила у актрисы Семирамидиной принял блуждающую почку за абсцесс и сделал пробный прокол, отчего и последовал вскорости exitus letalis³. Уважаемый товарищ Бесструнко, вместо того чтобы вылущить ноготь на большом пальце левой ноги, вылущил здоровый ноготь на правой ноге. Не могу также не напомнить вам случая,

---

¹ с самого начала... (лат.).

² имена ненавистны (об именах умалчивают) (лат.).

³ смертельный исход (лат.).

когда уважаемый товарищ Терхарьянц с таким усердием катете-ризовал у солдата Иванова евстахиевы трубы, что у больного лоп-нули обе барабанные перепонки. Припоминаю кстати, как этот же самый товарищ, извлекая зуб, вывихнул больному нижнюю челюсть и не вправил ее до тех пор, пока больной не согласил-ся уплатить ему за вправление пять рублей. Уважаемый товарищ Курицын женат на племяннице аптекаря Груммер и находится с ним в стачке. Всем также известно, что секретарь нашего Об-щества, молодой товарищ Скоропалительный, живет с женою нашего достоуважаемого и почтенного председателя Густава Гу-ставовича Прехтеля... От низкого уровня знаний я незаметно пе-решел к погрешностям этического свойства. Тем лучше. Этика — наше больное место, господа, и, чтобы не казаться голословным, я назову вам уважаемого товарища Пузырькова, который, будучи на именинах у полковницы Трещинской, рассказывал, что будто бы с женою нашего председателя живет не Скоропалительный, а я! Это смеет говорить тот самый господин Пузырьков, которого я в прошлом году застал с женою уважаемого товарища Зноби-ша! Кстати о докторе Знобиш... Кто пользуется репутацией врача, у которого лечиться дамам не совсем безопасно? Знобиш... Кто женился на купеческой дочери из-за приданого? Знобиш! Что же касается нашего всеми уважаемого председателя, то он занимает-ся втайне гомеопатией и получает деньги от пруссаков за шпион-ство. Прусский шпион — это уж ultima ratio![1]

Доктора, когда хотят казаться умными и красноречивыми, употребляют два латинские выражения: *nomina sunt odiosa* и *ultima ratio*. Шелестов будет говорить не только по латыни, но и по-французски и по-немецки — как угодно! Он будет выводить всех на чистую воду, срывать с интриганов маски; председатель утомится звонить, уважаемые товарищи повскакивают со своих мест, завопиют, замашут руками... Товарищи иудейского вероис-поведания соберутся в кучу и загалдят:

— Гал-гал-гал-гал-гал...

Шелестов же, ни на что не глядя, будет продолжать:

— Что же касается всего Общества, то, при настоящем его со-ставе и порядках, оно неминуемо должно погибнуть. Всё в нем построено исключительно на интригах. Интриги, интриги и ин-триги! Я, как одна из жертв этой сплошной, демонической ин-триги, считаю себя обязанным изложить следующее...

Он будет излагать, а его партия аплодировать и торжествую-ще потирать руки. И вот, среди невообразимого гвалта и раска-

---

[1] последний довод! *(лат.)*

тов грома, начинаются выборы председателя. Фон Брон и Кⁿ горой стоят за Прехтеля, но публика и благомыслящие врачи шикают им и кричат:

— Долой Прехтеля! Просим Шелестова! Шелестова!

Шелестов соглашается, но с условием, что Прехтель и фон Брон попросят у него извинения за инцидент 2-го октября. Опять подымается невообразимый шум, и опять уважаемые товарищи иудейского вероисповедания собираются в кучку и — «гал-гал-гал...» Прехтель и фон Брон, возмущенные, кончают тем, что просят не считать их более членами Общества. И прекрасно!

Шелестов — председатель. Прежде всего он почистит авгиевы конюшни. Знобыша — вон! Терхарьянца — вон! Уважаемых товарищей иудейского вероисповедания — вон! Со своей партией он сделает то, что к январю в Обществе не останется ни одного интригана. В лечебнице Общества он прежде всего велит покрасить в амбулаторной стены и вывесить объявление: «Курить строго запрещается»; засим он прогонит фельдшера и фельдшерицу, лекарства будет забирать не у Груммера, а у Хрящамбжицкого, врачам предложит не делать ни одной операции без его наблюдения и т. п. А главное, он у себя на визитных карточках будет печатать: «Председатель Общества N-ских врачей».

Так мечтает Шелестов, стоя у себя дома перед зеркалом. Но вот часы бьют семь и напоминают ему, что пора уже ехать на заседание. Он пробуждается от сладких мечтаний и спешит придать своему лицу томное выражение, но — увы! — хочет он сделать лицо томным и интересным, а оно не слушается и становится кислым, тупым, как у озябшего дворняжки-щенка; хочет он сделать его солидным, а оно вытягивается и выражает недоумение, и ему теперь кажется, что он похож не на щенка, а на гуся. Он опускает веки, щурит глаза, надувает щеки, морщит лоб, но — хоть плюнь! — выходит совсем не то, что хотелось бы. Таковы уж, должно быть, природные свойства этого лица, что с ним ничего не поделаешь. Лоб узенький, маленькие глазки бегают быстро, как у плутоватой торговки, нижняя челюсть как-то глупо и нелепо торчит вперед, а щеки и шевелюра имеют такой вид, точно «уважаемого товарища» минуту назад вытолкали из бильярдной.

Глядит Шелестов на это свое лицо, злится, и ему начинает казаться, что и оно интригует против него. Идет он в переднюю, одевается, и кажется ему, что интригуют и шуба, и калоши, и шапка.

— Извозчик, в лечебницу! — кричит он.

Дает он двугривенный, а интриганы-извозчики просят четвертак... Садится он в пролетку, едет, а холодный ветер бьет ему в лицо, мокрый снег застилает глаза, лошаденка плетется еле-еле. Всё сговорилось и всё интригует... Интриги, интриги и интриги!

История одного торгового предприятия

Андрей Андреевич Сидоров получил в наследство от своей мамаши четыре тысячи рублей и решил открыть на эти деньги книжный магазин. А такой магазин был крайне необходим. Город коснел в невежестве и в предрассудках; старики только ходили в баню, чиновники играли в карты и трескали водку, дамы сплетничали, молодежь жила без идеалов, девицы день-деньской мечтали о замужестве и ели гречневую крупу, мужья били своих жен, и по улицам бродили свиньи.

«Идей, побольше идей! — думал Андрей Андреевич. — Идей!»

Нанявши помещение под магазин, он съездил в Москву и привез оттуда много старых и новейших авторов и много учебников, и расставил всё это добро по полкам. В первые три недели покупатели совсем не приходили. Андрей Андреевич сидел за прилавком, читал Михайловского и старался честно мыслить. Когда же ему невзначай приходило в голову, например, что недурно бы теперь покушать леща с кашей, то он тотчас же ловил себя на этих мыслях: «Ах, как пошло!» Каждый день утром в магазин опрометью вбегала озябшая девка в платке и в кожаных калошах на босую ногу и говорила:

— Дай на две копейки уксусу!

И Андрей Андреевич с презрением отвечал ей:

— Дверью ошиблись, сударыня!

Когда к нему заходил кто-нибудь из приятелей, то он, сделав значительное и таинственное лицо, доставал с самой дальней полки третий том Писарева, сдувал с него пыль и с таким выражением, как будто у него в магазине есть еще кое-что, да он боится показать, говорил:

— Да, батенька... Это штучка, я вам доложу, не того... Да... Тут, батенька, одним словом, я должен заметить, такое, понимаете ли, что прочтешь да только руками разведешь... Да.

— Смотри, брат, как бы тебе не влетело!

Через три недели пришел первый покупатель. Это был толстый, седой господин с бакенами, в фуражке с красным околышем, по всем видимостям, помещик. Он потребовал вторую часть «Родного слова»[1].

---

[1] школьная хрестоматия.

— А грифелей у вас нет? — спросил он.

— Не держу.

— Напрасно... Жаль. Не хочется из-за пустяка ехать на базар...

«В самом деле, напрасно я не держу грифелей, — думал Андрей Андреевич по уходе покупателя. — Здесь, в провинции, нельзя узко специализироваться, а надо продавать всё, что относится к просвещению и так или иначе способствует ему».

Он написал в Москву, и не прошло месяца, как на окне его магазина были уже выставлены перья, карандаши, ручки, ученические тетрадки, аспидные доски и другие школьные принадлежности. К нему стали изредка заходить мальчики и девочки, и был даже один такой день, когда он выручил рубль сорок копеек. Однажды опрометью влетела к нему девка в кожаных калошах; он уже раскрыл рот, чтобы сказать ей с презрением, что она ошиблась дверью, но она крикнула:

— Дай на копейку бумаги и марку за семь копеек!

После этого Андрей Андреевич стал держать почтовые и гербовые марки и кстати уж вексельную бумагу. Месяцев через восемь (считая со дня открытия магазина) к нему зашла одна дама, чтобы купить перьев.

— А нет ли у вас гимназических ранцев? — спросила она.

— Увы, сударыня, не держу!

— Ах, какая жалость! В таком случае покажите мне, какие у вас есть куклы, но только подешевле.

— Сударыня, и кукол нет! — сказал печально Андрей Андреевич.

Он, недолго думая, написал в Москву, и скоро в его магазине появились ранцы, куклы, барабаны, сабли, гармоники, мячи и всякие игрушки.

— Это всё пустяки! — говорил он своим приятелям. — А вот погодите, я заведу учебные пособия и рациональные игры! У меня, понимаете ли, воспитательная часть будет зиждиться, что называется, на тончайших выводах науки, одним словом...

Он выписал гимнастические гири, крокет, триктрак, детский бильярд, садовые инструменты для детей и десятка два очень умных, рациональных игр. Потом обыватели, проходя мимо его магазина, к великому своему удовольствию увидели два велосипеда: один большой, другой поменьше. И торговля пошла на славу. Особенно хороша была торговля перед Рождеством, когда Андрей Андреевич вывесил на окне объявление, что у него продаются украшения для елки.

— Я им еще гигиены подпущу, понимаете ли, — говорил он своим приятелям, потирая руки. — Дайте мне только в Москву съездить! У меня будут такие фильтры и всякие научные усовершенствования, что вы с ума посойдете, одним словом. Науку, батенька, нельзя игнорировать. Не-ет!

Наторговавши много денег, он поехал в Москву и купил там разных товаров тысяч на пять, за наличные и в кредит. Тут были и фильтры, и превосходные лампы для письменных столов, и гитары, и гигиенические кальсоны для детей, и соски, и портмоне, и зоологические коллекции. Кстати же он купил на пятьсот рублей превосходной посуды и был рад, что купил, так как красивые вещи развивают изящный вкус и смягчают нравы. Вернувшись из Москвы домой, он занялся расстановкой нового товара по полкам и этажеркам. И как-то так случилось, что, когда он полез, чтобы убрать верхнюю полку, произошло некоторое сотрясение и десять томов Михайловского один за другим свалились с полки; один том ударил его по голове, остальные же попадали вниз прямо на лампы и разбили два ламповых шара.

— Как, однако, они... толсто пишут! — пробормотал Андрей Андреевич, почесываясь.

Он собрал все книги, связал их крепко веревкой и спрятал под прилавок. Дня через два после этого ему сообщили, что сосед бакалейщик приговорен в арестантские роты за истязание племянника и что лавка поэтому сдается. Андрей Андреевич очень обрадовался и приказал оставить лавку за собой. Скоро в стене была уже пробита дверь и обе лавки, соединенные в одну, были битком набиты товаром; так как покупатели, заходившие во вторую половину лавки, по привычке все спрашивали чаю, сахару и керосину, то Андрей Андреевич, недолго думая, завел и бакалейный товар.

В настоящее время это один из самых видных торговцев у нас в городе. Он торгует посудой, табаком, дегтем, мылом, бубликами, красным, галантерейным и москательным товаром, ружьями, кожами и окороками. Он снял на базаре ренсковый погреб и, говорят, собирается открыть семейные бани с номерами. Книги же, которые когда-то лежали у него на полках, в том числе и третий том Писарева, давно уже проданы по 1 р. 5 к. за пуд.

На именинах и на свадьбах прежние приятели, которых Андрей Андреевич теперь в насмешку величает «американцами», иногда заводят с ним речь о прогрессе, о литературе и других высших материях.

— Вы читали, Андрей Андреевич, последнюю книжку «Вестника Европы»[1]? — спрашивают его.

---

[1] либеральный журнал, издававшийся в Петербурге с 1866 г.

— Нет, не читал-с... — отвечает он, щурясь и играя толстой цепочкой. — Это нас не касается. Мы более положительным делом занимаемся.

Сапожник и нечистая сила

Был канун Рождества. Марья давно уже храпела на печи, в лампочке выгорел весь керосин, а Федор Нилов всё сидел и работал. Он давно бы бросил работу и вышел на улицу, но заказчик из Колокольного переулка, заказавший ему головки две недели назад, был вчера, бранился и приказал кончить сапоги непременно теперь, до утрени.

— Жизнь каторжная! — ворчал Федор, работая. — Одни люди спят давно, другие гуляют, а ты вот, как Каин какой, сиди и шей чёрт знает на кого...

Чтоб не уснуть как-нибудь нечаянно, он то и дело доставал из-под стола бутылку и пил из горлышка и после каждого глотка крутил головой и говорил громко:

— С какой такой стати, скажите на милость, заказчики гуляют, а я обязан шить на них? Оттого, что у них деньги есть, а я нищий?

Он ненавидел всех заказчиков, особенно того, который жил в Колокольном переулке. Это был господин мрачного вида, длинноволосый, желтолицый, в больших синих очках и с сиплым голосом. Фамилия у него была немецкая, такая, что не выговоришь. Какого он был звания и чем занимался, понять было невозможно. Когда две недели назад Федор пришел к нему снимать мерку, он, заказчик, сидел на полу и толок что-то в ступке. Не успел Федор поздороваться, как содержимое ступки вдруг вспыхнуло и загорелось ярким, красным пламенем, завоняло серой и жжеными перьями, и комната наполнилась густым розовым дымом, так что Федор раз пять чихнул; и возвращаясь после этого домой, он думал: «Кто бога боится, тот не станет заниматься такими делами».

Когда в бутылке ничего не осталось, Федор положил сапоги на стол и задумался. Он подпер тяжелую голову кулаком и стал думать о своей бедности, о тяжелой беспросветной жизни, потом о богачах, об их больших домах, каретах, о сотенных бумажках... Как было бы хорошо, если бы у этих, чёрт их подери, богачей потрескались дома, подохли лошади, полиняли их шубы и собольи шапки! Как бы хорошо, если бы богачи мало-помалу превратились в нищих, которым есть нечего, а бедный сапожник стал бы богачом и сам бы куражился над бедняком-сапожником накануне Рождества.

Мечтая так, Федор вдруг вспомнил о своей работе и открыл глаза.

«Вот так история! — подумал он, оглядывая сапоги. — Головки у меня давно уж готовы, а я всё сижу. Надо нести к заказчику!»

Он завернул работу в красный платок, оделся и вышел на улицу. Шел мелкий, жесткий снег, коловший лицо, как иголками. Было холодно, склизко, темно, газовые фонари горели тускло, и почему-то на улице пахло керосином так, что Федор стал перхать и кашлять. По мостовой взад и вперед ездили богачи, и у каждого богача в руках был окорок и четверть водки. Из карет и саней глядели на Федора богатые барышни, показывали ему языки и кричали со смехом:

— Нищий! Нищий!

Сзади Федора шли студенты, офицеры, купцы и генералы и дразнили его:

— Пьяница! Пьяница! Сапожник-безбожник, душа голенища! Нищий!

Всё это было обидно, но Федор молчал и только отплевывался. Когда же встретился ему сапожных дел мастер Кузьма Лебедкин из Варшавы и сказал: «Я женился на богатой, у меня работают подмастерья, а ты нищий, тебе есть нечего», — Федор не выдержал и погнался за ним. Гнался он до тех пор, пока не очутился в Колокольном переулке. Его заказчик жил в четвертом доме от угла, в квартире в самом верхнем этаже. К нему нужно было идти длинным темным двором и потом взбираться вверх по очень высокой скользкой лестнице, которая шаталась под ногами. Когда Федор вошел к нему, он, как и тогда, две недели назад, сидел на полу и толок что-то в ступке.

— Ваше высокоблагородие, сапожки принес! — сказал угрюмо Федор.

Заказчик поднялся и молча стал примерять сапоги. Желая помочь ему, Федор опустился на одно колено и стащил с него старый сапог, но тотчас же вскочил и в ужасе попятился к двери. У заказчика была не нога, а лошадиное копыто.

«Эге! — подумал Федор. — Вот она какая история!»

Первым делом следовало бы перекреститься, потом бросить всё и бежать вниз; но тотчас же он сообразил, что нечистая сила встретилась ему в первый и, вероятно, в последний раз в жизни и не воспользоваться ее услугами было бы глупо. Он пересилил себя и решил попытать счастья. Заложив назад руки, чтоб не креститься, он почтительно кашлянул и начал:

— Говорят, что нет поганей и хуже на свете, как нечистая сила, а я так понимаю, ваше высокоблагородие, что нечистая сила самая образованная. У чёрта, извините, копыта и хвост сзади, да зато у него в голове больше ума, чем у иного студента.

— Люблю за такие слова, — сказал польщенный заказчик. — Спасибо, сапожник! Что же ты хочешь?

И сапожник, не теряя времени, стал жаловаться на свою судьбу. Он начал с того, что с самого детства он завидовал богатым. Ему всегда было обидно, что не все люди одинаково живут в больших домах и ездят на хороших лошадях. Почему, спрашивается, он беден? Чем он хуже Кузьмы Лебедкина из Варшавы, у которого собственный дом и жена ходит в шляпке? У него такой же нос, такие же руки, ноги, голова, спина, как у богачей, так почему же он обязан работать, когда другие гуляют? Почему он женат на Марье, а не на даме, от которой пахнет духами? В домах богатых заказчиков ему часто приходится видеть красивых барышень, но они не обращают на него никакого внимания и только иногда смеются и шепчут друг другу: «Какой у этого сапожника красный нос!» Правда, Марья хорошая, добрая, работящая баба, но ведь она необразованная, рука у нее тяжелая и бьется больно, а когда приходится говорить при ней о политике или о чем-нибудь умном, то она вмешивается и несет ужасную чепуху.

— Что же ты хочешь? — перебил его заказчик.

— А я прошу, ваше высокоблагородие, Чёрт Иваныч, коли ваша милость, сделайте меня богатым человеком!

— Изволь. Только ведь за это ты должен отдать мне свою душу! Пока петухи еще не запели, иди и подпиши вот на этой бумажке, что отдаешь мне свою душу.

— Ваше высокоблагородие! — сказал Федор вежливо. — Когда вы мне головки заказывали, я не брал с вас денег вперед. Надо сначала заказ исполнить, а потом уж деньги требовать.

— Ну, ладно! — согласился заказчик.

В ступке вдруг вспыхнуло яркое пламя, повалил густой розовый дым и завоняло жжеными перьями и серой. Когда дым рассеялся, Федор протер глаза и увидел, что он уже не Федор и не сапожник, а какой-то другой человек, в жилетке и с цепочкой, в новых брюках, и что сидит он в кресле за большим столом. Два лакея подавали ему кушанья, низко кланялись и говорили:

— Кушайте на здоровье, ваше высокоблагородие!

Какое богатство! Подали лакеи большой кусок жареной баранины и миску с огурцами, потом принесли на сковороде жареного гуся, немного погодя — вареной свинины с хреном. И как всё это благородно, политично! Федор ел и перед каждым блюдом выпивал по большому стакану отличной водки, точно генерал какой-нибудь или граф. После свинины подали ему каши с гусиным салом, потом яичницу со свиным салом и жареную печёнку, и он всё ел и восхищался. Но что еще? Еще подали пирог с луком и пареную репу с квасом. «И как это господа не полопаются от такой еды!» — думал он. В заключение подали большой горшок с медом. После обеда явился чёрт в синих очках и спросил, низко кланяясь:

— Довольны ли вы обедом, Федор Пантелеич?

Но Федор не мог выговорить ни одного слова, так его распирало после обеда. Сытость была неприятная, тяжелая, и, чтобы развлечь себя, он стал осматривать сапог на своей левой ноге.

— За такие сапоги я меньше не брал, как семь с полтиной. Какой это сапожник шил? — спросил он.

— Кузьма Лебедкин, — ответил лакей.

— Позвать его, дурака!

Скоро явился Кузьма Лебедкин из Варшавы. Он остановился в почтительной позе у двери и спросил:

— Что прикажете, ваше высокоблагородие?

— Молчать! — крикнул Федор и топнул ногой. — Не смей рассуждать и помни свое сапожницкое звание, какой ты человек есть! Болван! Ты не умеешь сапогов шить! Я тебе всю харю побью! Ты зачем пришел?

— За деньгами-с.

— Какие тебе деньги? Вон! В субботу приходи! Человек, дай ему в шею!

Но тотчас же он вспомнил, как над ним самим мудрили заказчики, и у него стало тяжело на душе, и чтобы развлечь себя, он вынул из кармана толстый бумажник и стал считать свои деньги. Денег было много, но Федору хотелось еще больше. Бес в синих очках принес ему другой бумажник, потолще, но ему захотелось еще больше, и чем дольше он считал, тем недовольнее становился.

Вечером нечистый привел к нему высокую, грудастую барыню в красном платье и сказал, что это его новая жена. До самой ночи он всё целовался с ней и ел пряники. А ночью лежал он на мягкой, пуховой перине, ворочался с боку на бок и никак не мог уснуть. Ему было жутко.

— Денег много, — говорил он жене, — того гляди, воры заберутся. Ты бы пошла со свечкой поглядела!

Всю ночь не спал он и то и дело вставал, чтобы взглянуть, цел ли сундук. Под утро надо было идти в церковь к утрени. В церкви одинаковая честь всем, богатым и бедным. Когда Федор был беден, то молился в церкви так: «Господи, прости меня грешного!» То же самое говорил он и теперь, ставши богатым. Какая же разница? А после смерти богатого Федора закопают не в золото, не в алмазы, а в такую же черную землю, как и последнего бедняка. Гореть Федор будет в том же огне, где и сапожники. Обидно всё это казалось Федору, а тут еще во всем теле тяжесть от обеда и вместо молитвы в голову лезут разные мысли о сундуке с деньгами, о ворах, о своей проданной, загубленной душе.

Вышел он из церкви сердитый. Чтоб прогнать нехорошие мысли, он, как часто это бывало раньше, затянул во всё горло песню. Но только что он начал, как к нему подбежал городовой и сказал, делая под козырек:

— Барин, нельзя господам петь на улице! Вы не сапожник!

Федор прислонился спиной к забору и стал думать: чем бы развлечься?

— Барин! — крикнул ему дворник. — Не очень-то на забор напирай, шубу запачкаешь!

Федор пошел в лавку и купил себе самую лучшую гармонию, потом шел по улице и играл. Все прохожие указывали на него пальцами и смеялись.

— А еще тоже барин! — дразнили его извозчики. — Словно сапожник какой...

— Нешто господам можно безобразить? — сказал ему городовой. — Вы бы еще в кабак пошли!

— Барин, подайте милостыньки Христа ради! — вопили нищие, обступая Федора со всех сторон. — Подайте!

Раньше, когда он был сапожником, нищие не обращали на него никакого внимания, теперь же они не давали ему прохода.

А дома встретила его новая жена, барыня, одетая в зеленую кофту и красную юбку. Он хотел приласкать ее и уже размахнулся, чтобы дать ей раза́ в спину, но она сказала сердито:

— Мужик! Невежа! Не умеешь обращаться с барынями! Коли любишь, то ручку поцелуй, а драться не дозволю.

«Ну, жизнь анафемская! — подумал Федор. — Живут люди! Ни тебе песню запеть, ни тебе на гармонии, ни тебе с бабой поиграть... Тьфу!»

Только что он сел с барыней пить чай, как явился нечистый в синих очках и сказал:

— Ну, Федор Пантелеич, я свое соблюл в точности. Теперь вы подпишите бумажку и пожалуйте за мной. Теперь вы знаете, что значит богато жить, будет с вас!

И потащил Федора в ад, прямо в пекло, и черти слетались со всех сторон и кричали:

— Дурак! Болван! Осел!

В аду страшно воняло керосином, так что можно было задохнуться.

И вдруг всё исчезло. Федор открыл глаза и увидел свой стол, сапоги и жестяную лампочку. Ламповое стекло было черно и от маленького огонька на фитиле валил вонючий дым, как из трубы. Около стоял заказчик в синих очках и кричал сердито:

— Дурак! Болван! Осел! Я тебя проучу, мошенника! Взял заказ две недели тому назад, а сапоги до сих пор не готовы! Ты думаешь, у меня есть время шляться к тебе за сапогами по пяти раз на день? Мерзавец! Скотина!

Федор встряхнул головой и принялся за сапоги. Заказчик еще долго бранился и грозил. Когда он, наконец, успокоился, Федор спросил угрюмо:

— А чем вы, барин, занимаетесь?

— Я приготовляю бенгальские огни и ракеты. Я пиротехник.

Зазвонили к утрени. Федор сдал сапоги, получил деньги и пошел в церковь.

По улице взад и вперед сновали кареты и сани с медвежьими полостями. По тротуару вместе с простым народом шли купцы, барыни, офицеры... Но Федор уж не завидовал и не роптал на свою судьбу. Теперь ему казалось, что богатым и бедным одинаково дурно. Одни имеют возможность ездить в карете, а другие — петь во всё горло песни и играть на гармонике, а в общем всех ждет одно и то же, одна могила, и в жизни нет ничего такого, за что бы можно было отдать нечистому хотя бы малую часть своей души.

Оглавление

Made in the USA
Middletown, DE
05 November 2023

41990340R00144